분리된

기억의 세계

USHINAWARETA KAKO TO MIRAI NO HANZAI

©Yasumi Kobayashi 2016

First published in Japan in 2016 by KADOKAWA CORPORATION, Tokyo.

Korean translation rights arranged with KADOKAWA CORPORATION, Tokyo.

고바야시 야스미 지음
민경욱 옮김

분리된
기억의 세계

하빌리스

차 례

제 1 부

1

왠지, 몸이 안 좋은 것 같아.

실신이라도 했었나? 아니면 빈혈 같은 건가?

분명히 인터넷을 하고 있었는데 왜 여기 앉아있지?

기억이 잘 안 나네.

혹시 뇌에 병 같은 게 생긴 거라면 무서우니까 여기 적어두기로 한다.

지금은, 오후 8시 반.

어라? 이거 내가 쓴 거야?

깜빡 졸았나?

내가 쓴 것도 잊어버리다니. 건망증인가?

일단, 지금은, 9시 20분.

무슨 일이지?

나도 모르는 기록이 컴퓨터에 있어. 하지만 쓴 기억이 없는데.

지금 이건 분명히 내가 쓰는 게 맞아.

하지만 8시 반과 9시 20분에 쓴 건, 내가 아니야.

누가 맘대로 썼나? 어떡하지, 무서워.

아니면 내가 쓴 걸까?

나도 모르게 다중 인격이 되어 다른 인격의 내가 썼다거나.

지금은, 10시.

뭐야, 이거? 진짜 이상해.

정말 나, 다중 인격이 된 걸까? 아니면 누군가의 장난?

아니, 그러니까 이 글은 8시 반부터 10시 사이에 작성된 거야.

그 사이, 나는 뭘 했지?

분명히 7시 넘어 저녁을 먹고 내 방으로 돌아와 컴퓨터를 켰지. 그리고……

짜증 나. 어떻게 된 거지?

설마, 정말 다른 인격이 나타났었나?

그럼 인격이 몇 명인 거야?

지금까지 쓴 걸 보면 나 말고도 세 명 정도는 되는 것 같은데.

어떻게 하면 내가 쓴 건지 확인할 수 있을까? 손글씨라면 필적으로 알 텐데.

앗, 그건가! 손글씨로 쓰면 되겠네.

지금은, 10시 반. 손글씨로 시간을 적어두자.

헐, 진짜야? 내가, 다중 인격인 거야?

게다가 다른 인격들이 있는 걸 전혀 몰랐다고?

지금, 글을 쓰는 나는 다섯 번째 인격이야?

하지만 이상해. 7시가 지나 밥을 먹고 내 방으로 돌아와 컴퓨터를 켠 것까지는, 나도 기억한다고. 그럼 네 번째 인격과 나는 같은 인격인가? 그런데 이상하잖아. 나는 10시 반에 글을 쓴 기억이 없단 말이야. 손글씨 필체는 분명 난데.

이건, 장난 수준의 문제가 아니야.

그렇다고 다중 인격도 아닌 것 같은데……

일단 진짜 다중 인격인지 아닌지 확인해보자.

저기요, 다른 인격이신 분, 이걸 읽으면 답장 좀 해줄래요?

나는 유키 리노. 열일곱 여고생의 인격입니다.

겉보기에도 여고생 맞는 것 같은데, 사실은 쉰 넘은 아저씨가 본체이고 그 머릿속 인격일지도 몰라 일단 자기 소개합니다.

잘 부탁드립니다.

잠깐, 지금은, 11시 7분.

잠들었네.

깼더니 엄청난 일이 벌어졌어. 진짜 다중 인격일지도 모르겠다.

아 그럼, 나는 여섯 번째인가?

일단 나도 자기 소개하겠습니다.

나는 유키 리노. 열일곱 여고생의 인격입니다.

근데, 아무래도 전부 여고생 인격인 것 같아.

글을 읽어보면 전부 나와 같은 성격이고.

하지만 쓴 기억이 없으니까 역시 다중 인격인 걸까?

그런데 모두가 같은 성격이면 애당초 다중 인격이 될 이유가 있을까?

아니지. 무슨 대단한 의미가 있어서 다중 인격이 되는 건 아니니까.

하지만 성격도 같고 기억도 같으면, 다중 인격은 아니지 않나?

뭔가 확 와닿질 않네.

일단, 다음 인격이신 분, 읽으면 답장해주세요.

0시 25분.

이게 정말 다중 인격이라고?

만약 다중 인격이라면 내가 일곱 번째라는 소린데.

너무 많지 않나?

네 번째와 다섯 번째가 저녁 먹은 걸 기억한다고 썼는데 나도 기억해.

그 말은 곧 모두가 같은 인격이란 거 아닌가?

그런데 기억은 공유가 안 된다고?

그런데 무엇보다 저녁 식사 이후의 기억은 어디 간 거지?

다른 인격이 가지고 있나?

그렇다고 해도 속속 새로운 인격이 이어서 나타나면 그 기억은 이미 없는 거나 마찬가지 아닌가?

그럼 다중 인격이라기보다 기억 상실이라고 하는 편이 맞는 것 같애.

그래! 기억 상실!! 그게 훨씬 명확하게 설명이 되네.

아마도, 난, 계단에서 헛발을 디뎠든가 아니면 무슨 일이 있어서 머리를 다쳤나 봐. 그래서 과거를 완전히 잊고……. 어라? 하지만 기억하는데? 대체로 다 기억이 난단 말이지.

그럼, 기억 상실이 아닌가?

하지만 저녁 식사 후의 일은 기억이 안 나. 단기간만 기억하지 못하는 기억 상실도 있나? 옛날 일은 기억하는데 최근 일만 기억하지 못하는?

앗! 그거 완전히 취했을 때 일어나는 일이잖아. 취해있는 동안의 일만 기억하지 못하는, 드라마에도 종종 나오는 그거. 아빠도 가끔 그렇다고 했잖아.

그러니까 나, 취했던 거야?

이상하네. 술 같은 거 마시지도 않았는데.

아니면 술 마신 사실 자체를 잊었나?

술을 마신다는 게 그런 거야? 문득 정신을 차려보면 어제 기억이 날아가 있고 술 마신 자체도 잊는 거야?

그럼 파티나 연회를 열 필요도 없잖아. 죄다 잊어버릴 텐데.

무엇보다 저녁을 먹고 6시간밖에 지나지 않았으니까 만약 취한 거라면 아직도 취했어야 하는 거 아닌가? 나는 전혀 취하지 않았어.

어쩌면 술 같은 게 아니라 이상한 약 때문인가?

약 같은 거 산 기억도, 먹은 기억도 없지만. 그런 기억마저 날아가 버렸을지도 모르지.

나, 지금 위험한가?

앗. 맞다. 검색해 보자.

기억 상실이라.

아아. 정말 많이 나오네. 기억 상실에도 여러 종류가 있나 보네.

어?

SNS 실시간 검색 결과가 아주 이상해.

단기간에 엄청난 양이 쏟아지고 있어.

뭐야?

내용이 전부 제각각이라 도통 영문을 모르겠는데 어쨌든 지난 몇 시간 동안 기억 상실에 대해 엄청난 양의 글이 올라왔어. 다들 자기가 기억 상실이 된 것 같다고 적혀 있네.

일단 지금 시간. 1시 12분.

유키 리노는 컴퓨터에 적힌 글들을 읽고 기분이 나빠졌다. 처음에는 계속 글을 쓸까 생각했지만 어쩐지 괜한 일인 것만 같았다. 이대로 계속 쓰는 거야 상관없지만, 아무래도 점점 길어져서 읽는 데 시간만 걸릴 것이다. 쓰는 의미가 있는지도 모르겠고. 하지만 조금 지나면 이런 생각을 했다는 것도 잊어버리고 또 글을 쓸지도 모른다.

리노는 흠칫했다.

이대로 평생 글을 쓰고 읽는 일을 한없이 반복하면 어쩌지?

그러다 곧 간단한 해결책이 있음을 깨달았다.

리노는 문장 제일 처음에 다음과 같이 적어 넣었다.

이유는 뭔지 모르겠으나 기억이 이어지질 않는다. 다음 문장도 그런 사실을 주절주절 늘어놓은 것뿐. 다 읽을 필요는 없다.

이걸로 됐다. 하지만 다음에는 뭘 해야 하지? 일단은 부모님과 상담해보자. 그러고 보니 아빠는 오늘 당직이었지. 그렇다면 엄마다.

리노는 방에서 나와 아래층 거실로 향했다.

방의 위치는 다 기억이 나는데……. 그렇다는 건, 기억 상실은 아니라는 걸까?

거실로 들어가자 엄마 미사키가 멍하니 TV를 보고 있었다. 그런데 훌쩍훌쩍 울고 있다.

뭐야? 슬픈 드라마라도 보고 있나?

하지만 화면을 보니 드라마가 아닌 것 같았다. 스튜디오에서 남녀가 나란히 카메라를 보고 있었다.

이건 뉴스잖아.

다만 상황이 이상했다. 둘 다 멀거니 책상 위 원고를 바라보다가 화면 쪽으로 고개를 들더니, 자신의 이마를 누르기도 하고 땀을 닦기도 하다가 갑자기 머리카락을 헝클었다. 그리고 때때로 무슨 말을 하려고 했다. "아, 그러니까…… 조금 기다리세요." 그리고는 다시 원고로 시선을 떨구었다.

이게 뭐지? 방송 사고야? 아니야. 지금은 TV 프로그램이 어찌 되든 상관없어.

"엄마, 내 얘기 좀 들어봐."

그런데 미사키는 훌쩍훌쩍 울기만 할 뿐이었다.

울고 싶은 사람은 난데.

"엄마, 부탁이야. 나, 몸이 안 좋아."

미사키는 고개를 들고 슬픈 표정으로 리노의 얼굴을 봤다.

"몸이 안 좋아?"

"응. 몸이 너무 안 좋아."

"열이라도 나니?" 미사키는 어떻게든 울음을 멈추려고 하는 듯 보였다.

"열은 없어. 그런데 아무래도 이상해."

"실은 말이야, 엄마도 몸이 안 좋아."

리노는 왠지 안 좋은 예감이 들었다.

"어디가 어떻게 나빠?"

"아마도 엄마가 치매인 것 같아." 미사키는 눈물을 뚝뚝 흘렸다.

"왜 그렇게 생각해?" 리노가 물었다.

"내가 설거지를 했거든. 그런데 정신을 차려보니 TV를 보면서 울고 있더라."

"울어? 왜?"

"몰라. 그런데 울어."

"지금 우는 이유도 몰라?"

"그건 알아. 내가 치매라는 걸 알았으니까."

"그러니까 어떻게 치매라는 걸 알았어?"

"그야 설거지를 하고 있어야 하는데 여기 앉아있으니까."

"설거지를 끝냈으니까 그런 거 아닐까?"

"그건 아니야. 설거지를 끝낸 것도, 여기 앉은 것도, 울기 시작한 것도 전혀 기억이 나질 않아. 나 치매라니까."

그랬구나. 엄마는 자신이 치매라고 생각했구나. 나는 처음에 다중 인격으로 생각했는데.

"하지만 엄마는 치매가 아닌 것 같아." 리노가 말했다.

"왜 그렇게 생각해?"

"나도 같은 증상이니까."

"어머, 큰일이네. 젊은데 그러면 어떡하니. 요즘엔 치매가 일찍 생기기도 한다는데……."

"확률 문제야. 같은 날, 가족 둘이 치매 증상을 보일 수 있나?"

"여기 있잖아."

"확률적으로 말도 안 되는 일이 일어나면 원인이 따로 있지 않은지 의심해야 해."

"식사 같은 생활 습관?"

"치매 원인이 아니라 기억 상실의 원인 말이야."

"기억 상실?"

"우리한테 일어나고 있는 일 말이야." 리노가 말했다. "저기. 엄마, 오늘 우리 술 마셨어?"

"아마 안 마셨을 거야."

"우리 집에서 술 마시는 사람은 아빠뿐이지."

"그렇지. ……그것도 잊었니?"

"기억해. 확인하는 거야. 우선 술이 줄었나 확인하자."

둘은 부엌으로 갔다. 맥주 몇 병과 일본 술, 포도주와 위스키가 한 병씩. 포도주와 위스키는 따지도 않았다.

"맥주가 몇 병 있었는지 기억해?" 리노가 물었다.

"아니."

"새로운 빈 병이 없으니까 아무래도 마시지 않은 것 같아. 일본 술은 줄었어?"

"그것도 모르겠어. 아무래도 치매야."

"마시다 남은 일본 술의 양이 얼마인지 일일이 기억하는 게 더 이상해. 그래도 술을 따른 흔적이 없으니까 아무래도 이것도 안 마신 것 같네."

"마시고 치운 거 아닐까?" 미사키가 말했다.

"기억이 사라질 정도로 취한 상태에서 치웠다고?"

"그럼 취했다고 할 수 없겠지."

둘은 거실로 돌아왔다.

화면 속에서는 혼란이 계속되고 있었다.

리노는 채널을 바꿨다.

이 시간대에 뉴스를 하는 방송국은 많지 않다. 대개는 영화나 버라이어티 같은 방송이 나왔다. 뉴스를 내보내는 방송국은 두세 개였는데 역시나 앵커는 혼란스러운 모습이었다.

"죄송합니다. 제가 아무래도 무슨 발작이 왔는지, 진행 상황을 알 수 없게 되었습니다. 일단 계획표대로 진행하겠습니다. 다소 보기에 불편하신 점이 있더라도 양해 부탁드립니다."

이 앵커는 늘 냉정하고 침착한 사람이었다. 그런데 지금은 완전히 창백한 얼굴에 식은땀을 줄줄 흘리고 있었다.

둘은 말없이 한참동안 TV를 봤다.

리노가 문득 말을 꺼냈다. "엄마, 왜 울어?"

"어? 내가 울어?" 미사키가 말했다.

"정말이네. 왜 울지?"

"나한테 물어도." 리노는 어깨를 으쓱했다.

"이상하네. ……나, 언제부터 울었니?"

"……몰라. 왜 그러지?" 리노는 고개를 갸웃했다.

"나, 뭘 닦고 있었는데……. 어쩌지!!" 미사키가 소리를 지르고는 울기 시작했다.

"엄마, 왜 그래?"

"나, 치매인가 봐!"

"침착해. 치매라는 건 이상해. 대답도 너무 잘하고……. 그러고 보니 나도 2층 방에 있어야 하는데 어느새 1층에 있네."

"맞다. 너, 2층으로 올라간 거는 기억해."

"나는 언제 내려왔어?"

"……몰라. 역시 치매야."

"왜 그런 결론이 되는 거야? 일단 2층으로 가서 상황을 보고 올게. 원인이 뭔지는 모르지만…… 악!!"

"왜?"

"벌써 새벽이잖아!" 리노가 시계를 가리켰다.

"뭐?! 어머, 정말이네. ……역시 난……."

"결론은 좀 기다려. 우선 내 방을 보고 올게." 리노는 2층으로 올라가 자기 방으로 들어갔다.

책상 위에 노트가 펼쳐져 있고 여러 시간이 적혀있었다.

이게 뭐지?

리노는 이어서 컴퓨터 화면을 확인했다.

이유는 뭔지 모르겠으나 기억이 이어지질 않는다. 다음 문장도 그런 사실을 주절주절 늘어놓은 것뿐. 다 읽을 필요는 없다.

어? 진짜?

리노는 자기 눈을 의심했다. 하지만 만약 그렇다면 현재 상황이 설명되었다.

리노는 다음 문장을 쭉 훑어 확인했다. 확실히 기억이 이어지지 않는다는 사실이 계속 적혀있었다. 이 증상은 저녁 식사 직후 시작된 듯했다.

일단 무슨 일이 일어나고 있는지는 알았다. 이걸로 앞으로는 공황 상태에 빠지지는 않으리라. ……그런데 이건 곧 전에도 이 글을 읽었다는 소리인데 공황 상태였잖아! 왜 그랬을까? 그야 읽었다는 걸 까먹었으니까. 꼬박꼬박 기록했는데 왜 잊지? 정답. 1층에 있는 동안에는 이 글을 읽을 수 없었으니까.

리노는 앞부분을 노트에 베꼈다.

이러면 1층에서도 읽을 수 있다.

리노는 그 노트와 볼펜을 들고 1층으로 내려갔다.

미사키가 울고 있었다.

"아직도 울어?"

"그야, 엄마가 치매에 걸린 것 같다고!"

"괜찮아. 치매가 아니니까. ……괜찮다는 말은 적당하지 않은 것 같지만."

리노는 미사키에게 노트를 보여줬다.

"이게 뭐니?"

"적혀있는 대로야. 기억이 이어지질 않아."

"그거, 내 얘기야?"

"아니. 내 얘기야. 하지만 아마 엄마도 같은 증상 같으니까 안심해…… 안심이란 말은 웃기지만."

"그럼 기억 상실이야?"

"그런 것 같아."

"머리를 부딪쳤나?"

"그럴 수도 있지. 하지만 머리가 특별히 아픈 것도 아니고 다친 데도 없고."

거실 TV는 켜진 채였고 앵커가 혼란스러운 모습으로 말하고 있었다.

"이 사람도 기억이 이상해졌나 봐."

리노는 노트에 더 적었다.

> TV 앵커의 모습도 이상하다. 기억이 없어지는 현상은 상당히 광범위하게 일어나고 있는 듯하다.

점점 상황이 이해되었다. 이건 개인적인 병이 아니라 어떤 큰 재해였다. 자연재해인지 사고인지 전쟁인지는 모르겠지만.

고개를 들자 미사키가 울고 있었다.

"또 울어?" 리노는 어이가 없었다.

"엄마가 치매인가 봐." 미사키가 흐느끼면서 말했다.

"뭐야? 또 잊었어?"

"그러니까 치매라 무슨 일이 있었는지 모르겠어."

나는 아직 기억을 유지하고 있는데 엄마는 왜 기억을 잃었을까? 혹시 개인차가 크게 있나?

리노는 미사키에게 노트를 보여줬다.

"무슨 소리야?"

"적힌 대로야. 기억이 이어지지 않아."

"구급차를 부르는 게 나을까?" 미사키가 말했다.

"이게 응급 상황일까? 정신도 말짱하고 마음대로 움직일 수도 있고…….”

“하지만 갑자기 더 악화돼서 말도 못하게 될 수도 있잖아.”

그렇지. 만약 원인이 뇌경색이라면, 그럴 가능성도 있겠네.

“알았어. 구급차를 불러볼게.”

리노는 119를 눌렀다.

전화는 연결되었는데 응답이 없었다.

“여보세요?” 리노가 상대를 불렀다.

“아! 여보세요.” 여성 목소리가 대답했다.

“구급차를 불렀으면 하는데요.”

“아, 그게. 지금 구급차가 출동할 수 있을지 모르겠습니다.”

“무슨 말씀이시죠?” 리노가 물었다.

“무슨 일이 일어났는지 모르겠어요.”

“네?”

“아, 그러니까, 저도 도대체 무슨 영문인지 모르겠는데…….” 여성은 당혹스러워하는 것 같았다.

“그럼 당장 구급차를 보내주시기는 힘든가요?” 리노가 다시 말했다.

“어떤 상태죠?”

“기억이 없어져서요. 뇌에 병이 생긴 건지, 어떤 시간 이후로 기억이 없는 것 같아요.”

여성에게서 답이 돌아오지 않았다.

“여보세요?” 리노는 불안해져 다시 불렀다.

“그렇군요. 그러네요?” 상대는 감탄한 듯 말했다.

"네? 그게 무슨?"

"제 상태요. 아무래도 당신과 같은 것 같아요."

"그쪽도 기억이 없어지나요?"

"네. 다만 저는 너무 혼란스러워서 기억 상실이 됐다는 생각은 하지도 못했네요."

"꼭 그렇지만은 않아요. 생각했는데 기억하지 못하는 걸지도 모르잖아요."

"그렇군요. 그럴 가능성도 있겠어요."

"그럼 일단 메모하세요."

"뭘요?"

"자신의 기억이 이어지지 않는다는 걸요. 그러지 않으면 다시 금방 잊고 같은 일을 되풀이해요."

"그것도 몰랐네요."

"그리고 최대한 빨리 대체 인원을 부르는 게 좋겠어요."

"대체 인원이요?"

"기억이 이어지지 않는 사람이 사람의 생명을 책임지는 일을 하는 건, 너무 위험하지 않나요?"

"정말 그러네요. 그것도 미처 생각하지 못했어요." 상대는 겸연쩍은 모양이었다. "하지만 일단 이 전화는 제가 처리하겠습니다."

"같은 증상인 분에게 부탁하는 게 맞는 건지 모르겠지만……. 그럼 구급차를 불러주세요." 리노는 주소와 이름을 전했다. "메모할 수 있으세요?"

"컴퓨터에 입력했으니까 괜찮을 겁니다. 구급차를 수배할 테니 조금만 기다려주세요."

리노가 전화를 내려놓을 때도 미사키는 울고 있었다.

리노는 말없이 노트를 보여줬다.

미사키는 여러 번 반복해 노트의 글을 읽었다. 혼란스러운 모양이었다.

잠시 후 사이렌 소리가 들렸다. 사이렌은 리노의 집 앞에서 멈췄다. 현관을 여니 구급대원들이 갸웃거리면서 구급차에서 내리고 있었다.

"여기에요. 제가 유키 리노에요." 리노는 구급대원들에게 다가갔다.

"아. 유키 씨……." 구급대원 하나가 영 이해가 안 간다는 듯 중얼거렸다.

"저희 집에 온 게 아닌가요?"

대원은 손에 든 서류를 뚫어지게 쳐다봤다. "확실히 이 주소의 유키 씨 요청으로 출동했네요."

"왜 그러세요? 무슨 문제가 있나요?"

"아, 그게 말이죠……." 구급대원은 멍한 표정이었다. "뭐지, 아직 잠이 덜 깼나?" 그는 불안한 듯 중얼거렸다.

"어쩌면, 제 증상과 같을 수도 있겠네요." 리노가 말했다.

"증상?"

"기억이 이어지지 않거든요. 어젯밤부터."

"아아, 그러니까……." 구급대원은 뭔가를 떠올리려고 했지만, 잘 안 되는 모양이었다. "나도 언제부터인가……."

"기억이 나지 않죠?"

"아무래도, 그런 것 같네요."

"메모나 뭘 가지고 있진 않나요? 스스로 증상을 깨달았으면 메모를 남겼을지도 몰라요. 주머니 안에 없나요?"

구급대원은 더듬더듬 제복 여기저기를 뒤졌다.

"특별히 메모 같은 건 없네요."

"그럼 지금 당장 메모하세요."

"뭘 말인가요?"

"기억이 이어지지 않는 증상이 생겼다고요."

"왜 굳이 그런 걸 적죠?"

"스스로 자기 증상을 기억하지 못하니까요."

"아, 그렇군요."

"그리고 날짜와 시간도 잊지 말고요."

"왜요?"

"적어도 그 증상이 나타난 게 현재 시점 이전이라는 걸 알아야 하지 않을까요?"

"아는 게 나을까요?"

"자기 기억에 얼마나 공백이 있는지 아는 게 좋잖아요?"

"당연한 얘기였네요." 구급대원은 종잇조각을 꺼내 거기에 뭔가를 적기 시작했다.

"그리고 일은 다른 사람에게 맡기세요." 리노가 말했다.

"네?" 구급대원은 의아한 표정을 지었다. "왜요?"

"아저씨는 기억력에 문제가 있는 사람에게 생명을 맡기고 싶으세요?"

"그렇군요. 하지만 말입니다. 나는 충분한 판단 능력이 있습니다."

"기억이 있어야 판단을 할 수 있죠. 환자의 증상을 다 잊으면 어떤 처치를 해야 할지 모르잖아요."

"그래서 메모를 하는 거잖아요."

"메모하는 걸 잊어버리면요? 그때는 중요한 일이 아닌 것 같아 메모를 안 했는데 나중에 중요해질 가능성도 있잖아요."

"그럼 모든 걸 적어두면 되죠."

"그건 불가능해요. 지금 대화를 전부 메모할 수는 없죠."

"그럼 녹음하면 되죠."

"녹음을 다시 듣는 데는 녹음하는 만큼의 시간이 걸려요. 필요한 정보를 바로 검색할 수 없으면 도움이 되질 않잖아요."

"그럼 어떻게 해야 할까요?"

"정상적인 사람에게 일을 넘기고 저처럼 병원에 데려가 달라고 해야죠."

구급대원은 한동안 이마에 손을 대고 생각에 잠겼다가 마침내 입을 열었다. "알겠습니다. 누군가에게 일을 넘기죠. 그런데 누구에게 넘기면 좋을까요?"

"모두 몇 명이 있나요?"

"나랑 이 사람, 그리고 운전 담당이 차에 타고 있어요."

"아저씨 말고 다른 두 분은 정상인가요?"

"글쎄요. 어떨까요. 생각지도 못했네요."

"아저씨 기억력은 어떤가요?" 리노는 두 번째 구급대원에게 물었다.

두 번째 구급대원은 고개를 저었다. "나도 기억에 자신이 없어요. 이상했는데 기분 탓이 아니었구나."

리노는 구급차로 향했다.

운전석에는 세 번째 구급대원이 앉아있었다. 생각 탓인지 공허한 눈빛을 하고 있었다.

리노가 유리창을 두드렸다.

"아니, 왜 그러세요?"

"지금 어떤 상황이세요?" 리노는 일단 물어봤다.

"그게, 뭐라고 해야 좋을지……."

"혼란스럽고, 무슨 일이 일어났는지 모르는?"

"맞아요. 그런 느낌이에요."

"기억이 분명치 않고요?"

"아아. 그러게요. 어떻게 여기에 왔는지 잘 기억나질 않아요."

상황이 변했다.

점점 정보가 사라지는 상태에서 집에 있으면 위험할 듯해 구급차를 불렀는데, 구급대원도 같은 증상이라면 오히려 집에 머무는 편이 안전할 것 같다.

"죄송해요. 오늘은 그만 돌아가 주시겠어요?" 리노는 구급대원들에게 말했다.

"아니? 하지만 급환 아니었나요?"

"급환일 수도 있지만 아저씨들도 그건 마찬가지잖아요."

"아."

"그러니까 병원에는 어떻게든 알아서 갈게요. 아저씨들도 조심히 돌아가세요."

기억 상실인 사람에게 운전까지 시키다니 너무한 것 같았지만 그럴 수밖에 없었다.

구급대원들은 고개를 갸웃거리면서 구급차를 타고 돌아갔다.

어쩌지? 택시라도 불러서 병원에 가야 할까?

리노가 방으로 돌아오자 테이블 앞에서 미사키가 훌쩍훌쩍 울고 있었다.

"나, 치매인가 봐."

"울지 좀 마!" 리노는 노트를 펼쳐 글이 적혀있는 페이지를 탁탁 두드렸다.

2

앗! 내가, 오징어를 주웠나?

유키 조지는 멀거니 생각에 잠겼다.

옆을 보니 부하인 제어 담당 직원 가자미 세이지로가 마찬가지로 오징어를 줍고 있었다.

"오징어다." 유키가 중얼거렸다.

"정말 오징어네요." 가자미는 오징어를 들고 장난치듯 건넸다.

"우리, 왜 오징어 같은 걸 줍고 있지?"

"먹으려는 게 아닐까요?" 가자미는 또 장난을 쳤다.

유키는 시계를 봤다. "이봐, 벌써 20시가 다됐어!"

"예?!" 가자미가 놀랐다. "앗! 정말이네요, 주임님. 오징어 잡는 데 너무 열중해 휴식 시간이 끝난 줄도 몰랐어요."

둘이 오징어를 잡던 곳은, 해수 제진(除塵) 장치의 취수구 근처였다. 먼지 거름 피트로 흘러온 오징어를 기다려 주워 올리던 차였다.

원자력 발전소에서는 초당 60톤이라는 대량의 냉각수가 필요하다. 이를 위해 바닷물을 이용하는데, 바닷물에는 정말 다양한 것들이 떠다니므로 냉각수로 사용하기 전에 부유물을 제거할 필요가 있었다.

먼저 해파리 방지망으로 해파리 등의 유입을 막는다. 다음은 해수 제진 장치로 부유물을 제거한다. 내부는 4단 구조로 이루어져 있어서 냉각수로 이물질이 혼입되는 것을 철저히 막아준다.

부유물의 중심은 해파리와 해조 같은 해양 생물인데, 특히 겨울철에는 방지망을 넘어온 오징어와 문어, 게 등의 어패류가 걸리는 일이 종종 있었다. 그래서 원자력 발전소의 직원들은 휴식 시간을 이용해 이런 해산물 '조업'에 나서고는 했다. 물론 잡은 것들을 판매하려는 건 아니었다. 대개는 그대로 휴게실에서 조리해 먹어치웠다. 휴게실에는 조리도구와 조미료가 갖춰져 있어서 간단한 요리라면 충분히 할 수 있었다.

사실 바다의 먹을거리를 잡을 수 있다는 게 좋은 일만은 아니었다. 때로는 엄청난 정어리 치어 떼가 몰려와 장치의 망이

막혀버릴 때도 있었다. 이럴 때는 죄다 먹어치워 해결할 수는 없는 노릇이었다.

유키와 동료들 역시 가끔 휴식 중에 오징어를 잡으러 왔다. 하지만 중앙제어실로 돌아가는 걸 잊고 오징어 잡기에 열중한 적은 단 한 번도 없었다.

"아무리 열중했다고 해도 휴식 시간이 끝났는데 내내 오징어나 잡다니 이거 큰일이군." 유키가 중얼거렸다. "게다가 둘다 알아차리지 못했다니, 있을 수 없는 얘기야."

"이렇게 됐으니 장치를 점검하고 왔다고 할까요?"

"어이, 농담이라도 그런 말 말아. 우리 일에 적당히 해서 될 일은 없어."

양동이에는 상당한 양의 오징어가 담겨있었다.

"너무 많이 잡았네요. 옮기는 걸 도와달라고 할까요?" 가자미가 또 태평한 소리를 해댔다.

"가지고 갈 수 있을 만큼만 가지고 가야지. 나머지는 바다에 놓아줘."

"아깝네요."

"괜히 죽일 필요도 없고, 놓아주는 거니까 문제는 없겠지."

그러나 아무래도 이상했다.

유키는 고개를 갸웃했다.

상황으로 보건대 가자미와 둘이 오징어를 잡으러 온 건만은 확실했다. 하지만 둘이서 중앙제어실을 나온 기억이 없었다. 단순한 착각일 수도 있으나 만에 하나 기억이 날아가 버린 거라면 큰일이었다. 어제, 늦게까지 술을 마신 것도 아닌데, 만약 기억이 날아가 버렸다면 유키 자신의 건강 문제일 것이다. 일시적인 현상이라면 좋겠는데 만일 뇌경색 같은 병의 조짐이라면 큰 문제였다.

"가자미, 오늘 내 상태가 이상하지 않았나?" 유키는 일단 가자미에게 물어봤다.

"예? 무슨 말씀이세요?"

"비틀대거나 발음이 어눌하지 않았어?"

"설마 주임님, 술 드시고 왔어요?"

"그럴 리 없지. 그냥 몸 상태가 좀 안 좋은 게 아닌가 해서."

"자각 증상이 있어요?"

"자각 증상이 있다고도, 없다고도 할 수 있지."

"무슨 소리세요?"

"그러니까 객관적으로 봤을 때 이상한 점이 없냐고?"

"이상했냐고 물으시니까, 지금이 제일 이상하네요."

"어떤 점이?"

"갑자기 자기가 이상하지 않냐고 물어보니까요."

"물어본 내가 잘못이지."

"하지만……" 가자미가 생각에 잠겼다. "확실히 이상하긴 하네요."

"이제 됐어."

"아뇨, 주임님이 아니라. 생각이 나질 않아요."

"생각이 나질 않아? 뭐가?"

"오늘, 오징어를 잡으러 올 계획이었다는 건 기억하는데……다른 사람들한테 얘기를 했던가요?"

"기억이 안 나?"

"네."

"실은 나도 그래. 어느새 여기서 오징어를 잡고 있었지. 자네, 오늘 일, 어디까지 기억해?"

"당직을 서기 시작했을 때는 평소와 다름없었죠. 1조와 인수인계도 다하고."

"그 후 통상적인 운전 업무에 들어갔지."

"그렇죠. 그건 기억해요."

"휴식을 시작한 건?"

"아, 그게……." 가자미는 미간까지 찌푸리며 열심히 생각해내려는 것 같았다.

그때 발전소 내부용 핸드폰이 울렸다.

"중앙제어실에서 왔어." 유키가 말했다.

"역시 휴식이 너무 길어져서겠죠?" 가자미가 걱정스럽게 말했다. "뭐라고 하죠?"

"아직도 그런 소리를 하나? 당연히 솔직히 말해야지."

"이 나이를 먹고 오징어 잡느라 정신이 팔려 휴식 시간을 초과했다고 말해요? 좀 부끄러운데."

유키는 가자미를 무시하고 전화를 받았다. "여보세요. 유키입니다. 네. 가자미도 여기 있습니다. 죄송합니다. 한심한 행동이긴 한데 어쩌다 둘 다 오징어 잡기에 빠져서요. ……예? 무슨 일이 있었습니까? 네. 알겠습니다. 바로 돌아가겠습니다."

"왜 그러세요?" 가자미가 걱정스럽게 물었다.

"곤란한 일이 생겼다며 바로 중앙제어실로 돌아오래."

"설마, 사고인가요?"

"사고라면 이미 경보가 울렸겠지."

"그럼 사고까지는 가지 않은 문제일까요?"

"그랬다면 내용을 알려줬을 것 같은데 일단 돌아오라고만 하네."

"그럼 바로 돌아가죠." 가자미가 양동이를 들어 올렸다.

"그건 놓아둬."

둘은 서둘러 중앙제어실로 갔다.

두꺼운 콘크리트 안에 있는 중앙제어실은 기묘한 공기로 가득했다. 십여 명에 달하는 당직 스태프 전원이 서류와 디스플레이 화면을 점검하고 있었다. 그리고 오직 한 사람만 호통을 치면서 제어실 안을 바쁘게 돌아다니고 있었다.

"무슨 일이 일어났나요?" 유키는 제어실 안을 둘러보며 서성거리는 당직 과장 다치바나 쇼지에게 물었다.

"무슨 일이 일어났는지 모르는 게 문제야." 다치바나는 제정신이 아닌 듯했다.

"무슨 말씀입니까?" 유키가 되물었다.

"그러니까 무슨 일이 일어났는지 기억하질 못해."

"잠깐만요. 그거 혹시 기억이 날아갔다는 말씀이세요?"

"맞아. 정신을 차렸을 때는 자네를 비롯한 운전원 절반 정도가 제어실에 없었어. 순간 놀랐는데 시계를 보니까 휴식 시간이더군. 그런데 나는 휴식 시간이 시작됐다는 걸 알지 못했거든. 처음에는 잠깐 졸았나 싶었지. 바로 그 순간 남아있던 운전원들이 술렁이기 시작했어. 몇 명인가가 '갑자기 사라진 사람이 있어'라고 말하더군."

"저희 말입니까?"

다치바나가 끄덕였다. "그 시점에서 개인적인 졸음이 아니라는 걸 깨달았어. 나는 그 자리에 있던 전원에게 '휴식 시간이 시작된 걸 아나?'라고 물었지. 결과는 놀라웠어."

"아무도 몰랐나요?"

"그래. 그래서 일단 휴게실에 있던 운전원들을 불러들였어. 그들도 여기에 남아있던 사람들과 마찬가지로 전원이 휴식 시간의 시작을 기억하지 못했어. 자네들은 어떤가?"

유키와 가자미는 고개를 저었다.

"뭔가 이상한 사태가 벌어진 게 틀림없어." 다치바나가 말했다.

조금 전 요란을 떨었던 남성 직원이 두 사람에게 와서 호통치듯 말했다. "주임님, 제 콘솔을 만지셨어요?!"

"아니." 유키는 고개를 저었다. "지금, 오징어를 잡다가……막 돌아왔어."

"그럼 됐어요!" 남자의 눈은 충혈되어 있었다.

"히카와는 왜 저렇게 흥분했나요?"

"누군가가 자기 콘솔을 마음대로 만졌다며 범인 색출 중이야."

"그건 곧 우리 기억이 날아간 사이에 누군가가 히카와의 콘솔을 조작했단 말입니까?"

"그렇지."

"잠깐만요. 우선 상황 좀 정리할게요. 한 사람만이 아니라 전원에게 공백 시간이 있다는 말이죠?"

"맞아."

"전원이 같은 시간에 잠들었다는 건 상식적으로 말이 안 돼요. 혹시 누군가가 가스 같은 물질로 전원을 잠들게 한 건 아닐까요?"

"자네들은 어디서 잠들었나?"

"잠든 기억은 없는데……." 유키가 말끝을 흐렸다.

"저희는 오징어를 잡고 있었어요." 가자미가 태연하게 말했다.

"이 시간까지?"

"휴식 시간이 끝난 걸 알아차리지 못했습니다." 유키가 서둘러 덧붙였다. "아무래도 가스 탓이겠죠."

"냉각수용 해수 제진 장치의 취수구까지 간 건 기억해?"

"아뇨. 그것도 기억하지 못합니다. 중앙제어실에서 근무하고 있었는데 정신을 차렸더니 오징어를 잡고 있었죠."

"그럼 가스를 어디서 마셨을까? 여기? 취수구 부근?"

"여기서 마시고 누군가가 취수구 근처까지 끌어다 놓은 거 아닐까요?" 가자미가 말했다.

"누가 왜 그런 짓을 하지?" 유키는 어이가 없다는 듯 말했다. "게다가 그랬다면 우리는 왜 아무런 의문도 품지 않고 오징어를 잡고 있었을까?"

"그럼 저희가 무의식중에 양동이를 들고 오징어를 잡으러 갔단 말이 되는데요?"

"믿을 수 없지만 아마 그게 정답일 거야." 유키가 팔짱을 꼈다.

"원인 규명은 나중에 해도 되겠지." 다치바나가 대화를 중단했다.

"하지만 원인을 알아내지 못하면 재발 위험성 역시 알 수 없습니다." 유키가 항의했다.

"우리는 원자로를 책임지고 있어. 우선은 원자로의 안전 확인이 급선무야."

"물론 그건 최우선으로 하겠습니다."

"지금, 모두 각자가 담당한 설비를 점검한다. 자네들은 냉각 계통과 터빈을 분담해 점검해주게."

"히카와는 점검에서 빠지나요?" 가자미가 지적했다. "아까부터 닥치는 대로 사람들에게 따지고만 있는데요."

"자기가 작업하는 중에 누군가 콘솔을 만졌으니 엄청 화가 났겠지." 다치바나가 어깨를 움츠렸다.

"한심한 범인 찾기보다는 안전 점검이 우선이죠."

"나도 그렇게 말했는데 '우선순위를 잘못 정해선 안 되죠'

라는 소릴 들었지."

"그야말로 제가 하고 싶은 말이네요." 유키가 말했다.

유키와 가자미는 간결하게 할 일을 나누고 곧바로 각 설비를 점검하기 시작했다. 자동으로 기록된 데이터와 수기 기록을 각각 확인하고, 점검이 끝난 항목은 다른 용지에 명기했다.

전원이 필사적으로 작업을 계속했는데 30분이 지나도 도무지 끝날 기미가 보이지 않았다.

"어라?" 가자미가 소리를 높였다. "왜 이러지?"

"왜 그래? 무슨 이상한 점이라도 발견했나?" 유키의 낯빛이 변했다.

"아뇨. 지금 코를 팠어요."

"그런 건 일일이 보고할 필요 없어!"

"그게 아니라, 이상해요."

"자네 코가?"

"코가 아니라 손가락이요."

"손가락이 왜?"

"손가락에서 냄새가 나요. 정확히 말하면 오징어 냄새요."

"그거, 저질 농담이야?"

"농담이 아니에요."

"무슨 소릴 하고 싶은 거야?"

"그러니까 오늘, 휴식 중에 주임님과 오징어를 잡으러 갈 계획이었죠."

"그러고 보니 그러네."

"주임님은 가셨어요?"

"뭐?" 유키는 잠시 생각했다. "그러고 보니 안 갔네."

"정말?"

"아, 거짓말할 이유가 없잖아."

"손가락 냄새를 맡아보세요."

"뭐라고?"

"일단 주임님 손가락 냄새를 맡아보시라고요."

유키는 반신반의하며 손가락 냄새를 맡았다.

"윽!"

"왜요?"

"오징어 냄새야."

"그렇죠? 냄새가 나죠?"

"무슨 일이지?"

"아무래도 우리가 오징어를 잡으러 갔나 봐요."

"언제?"

"아마 휴식 중이겠죠?"

"모두 잠깐 내 얘기 좀 들어봐!" 유키가 일어났다. "오늘, 우리가 오징어 잡으러 간 거 기억하는 사람?"

운전원들은 저마다 얼굴을 마주봤는데 대답하는 사람은 없었다.

단 한 사람, 히카와가 일어났다. "그것보다 누가 내 콘솔을 마음대로 만졌어!!"

"히카와, 미안한데 잠깐만 입 다물어줘." 다치바나가 조금 불쾌한 듯 말했다. "유키, 갑자기 무슨 말을 하는 거야?"

"과장님, 큰일이 발생했다는 사실을 깨달았습니다. 저와 가자미의 손가락에서 냄새가 납니다."

"회라도 집어 먹었나?"

"아마도 이건, 오징어를 잡았기 때문인 것 같습니다."

"아아, 냉각수 취수구군."

"그렇습니다."

"그래서 그게 뭐 어떻다고? 휴식 중이었으면 특별히 문제가 될 건 없지."

"저희는 오늘 오징어를 잡으러 간 기억이 없습니다. 저희만이 아닙니다. 다들 기억이 없습니다."

"기억이 없어? 잠깐만, 그게 무슨 말이야?"

"기억에 공백 기간이 있다는 말입니다."

"언제부터인가?"

"아마도 휴식 시간 조금 전, 18시 부근 아닐까요?"

"그런데 그런 일이 있을 수 있나? 그렇다면 긴급 사태 아닌가?"

"어떻게 할까요?"

"우리는 원자로를 책임지고 있어. 우선 원자로의 안전 확인이 급선무야. 각자가 담당한 설비의 데이터를 점검해야겠지."

"그겁니다. 지금, 저희가 하고 있던 작업을 보세요."

"이건……" 다치바나는 유키 팀이 써놓은 메모를 봤다. "지금, 이미 점검하고 있단 말인가?"

"네. 작업을 했던 건 기억합니다. 그런데 이런 작업을 하게 된 이유를 모르겠습니다."

"그건 어떤 이상 사태가 발생해서 원자로의 안전을 확인했던 게 아닐까?"

"그렇게 생각하는 게 자연스럽죠. 그런데 누구 지시로 했을까요?"

"누구지?" 다치바나는 어쩔 줄 모르는 것 같았다. "자네인가?"

"저는 아닙니다. 적어도 그렇게 지시한 기억이 없습니다. ……지금 각 설비의 데이터 확인 작업을 하는 사람은 손 좀 들어봐."

히카와 이외의 모든 사람이 손을 들었다.

히카와는 여전히 동료를 심문하고 있었다.

"그 작업을 지시한 사람을 기억하는 사람은 손들게."

아무도 손을 들지 않았다.

"무슨 일이지? 각자가 우연히 마음대로 확인 작업을 시작했단 말인가?"

"그럴 가능성은 일단 없겠죠. 가장 있을 법한 일은 누군가의 명령을 받은 거죠."

"그러니까 누가 명령했다는 거지?"

"아마도 과장님이겠죠. 가능성은 적지만 저일 수도 있고요."

"무슨 소릴 하나? 나는 그런 지시를 내린 기억이 없어."

"저도 그렇습니다. 그러나 누군가 지시를 내렸습니다."

"무슨 소리지?"

"답은 간단합니다. 공백을 깨달은 사실 자체도 잊어버리고 다시 공백이 되어버린 거죠."

"그런 말도 안 되는 일이!"

"바보처럼 여겨질 수도 있으나 지금 상황을 설명하는 데는 이게 가장 자연스러운 추측입니다."

"기억의 소실이 여러 번 일어났다는 말인가?"

"네. 그보다는 기억 소실이 계속 일어나고 있다고 생각해야겠죠."

"그럴 리는 없을 거야."

"왜 그렇게 말씀하시죠?"

"현재 이렇게 모든 걸 기억하잖아. 기억 소실이 있다고 하더라도 현재 시점에서 해결된 게 분명해."

"단시간 동안만 기억할 수 있는 것일지 모릅니다. 무엇보다 과장님이나 저 중 하나가 전원에게 지시를 내렸다는 건, 그 시점에서는 기억이 보전되어 있었다는 말입니다. 그렇지 않으면 지시하는 것조차 불가능하니까요. 하지만 그 직후에 그 기억이 사라졌습니다."

"그 말은 곧 지금 기억도 사라진다는 건가?"

"그렇게 생각하는 게 이치에 맞겠죠."

"그렇군. 그럼 큰 문제가 있네. 우리는 원자력 발전소를 운전하고 있어."

"맞습니다. 정말 큰 문제죠."

"바로 대책을 세울 필요가 있어. 우리 기억이 사라지지 않은 동안에."

"그 전에 한 가지 할 일이 있습니다. ……전원 주목!" 유키는 전원에게 말을 걸었다. "현재 기묘한 현상이 일어나고 있을 가능성이 있다. 우리 기억이 점점 사라지는 것이다. 즉 이 발언도 곧 잊을지 모른다. 일단 눈앞에 있는 종이에 메모부터 해. 중앙제어실의 전 운전원의 기억이 점점 사라지고 있는 사실과 현재의 시각을 기록해."

유키 자신, 그리고 다치바나와 가자미도 메모했다.

"앞으로 한 가지 작업을 할 때마다 그 작업 내용과 시각을 메모할 것." 유키는 지시를 추가했다.

"유키 주임과 미사키 반장, 야마모토 조작장은 이쪽으로 와주게. 다른 사람들은 하던 작업을 계속하게." 다치바나는 상급자들을 불렀다.

"자, 우리가 어떻게 해야 할지, 의견 있나?" 다치바나가 말을 꺼냈다.

"저희끼리 판단해선 안 될 것 같습니다." 야마모토 조작장이 말했다.

"일리는 있어. 하지만 기억이 점점 사라지고 있다면 외부 판단을 기다리는 동안에 문의한 일 자체를 잊을 수도 있어."

"그래도 일단은 외부 판단을 묻는 게 좋을 겁니다."

"좋아. 어디에 판단을 묻지? 전례가 없으니, 본사의 수뇌부에?"

"경영 판단은 나중에 해도 됩니다."

"그럼 중앙 전기 공급 지령소겠군. ……여보세요." 다치바나는 전화를 걸고 발전소 이름을 댔다. "문제가 발생했어. 아니, 사고는 아니야. 다만 문제가 생겨서 지시를 청하고 싶은데. ……뭐? 무슨 소리야? ……상황 파악을 할 수 없다는 말이야? 그건 아무래도 시스템이 아니라 사람 문제겠지. 지금부터 하는 말을 메모해. 인간의 기억이 소실되는 현상이 일어나고 있다. 적어도 이 발전소와 중앙 전기 공급 지령소에서. ……알겠네. 추가 지시가 있을 때까지 현상을 유지한다."

"저쪽도 같은 상황이란 말입니까?" 유키가 물었다.

"우리가 더 나아. 저쪽은 기억이 계속 사라지고 있다는 사실 자체를 알지 못했어. 단순히 1시간 정도 정신을 잃었다고 생각하더군. 게다가 각 발전소로부터 일제히 판단을 묻는 전화가 와서 두 손 든 상태인 듯해. 일단 현상을 유지하기로 했어."

"전력 관련 시설에서 일어났다면 전력선과 관계가 있는 현상일까요?"

"원인 규명은 나중에 해도 되겠지. 지금은 일단 지시대로 현상 유지에 힘써야 해."

"현상을 유지해야 하나요?" 미사키 유리코 반장이 말했다.

"무슨 소리지?"

"우리가 제어하는 것은 원자력 발전소입니다."

"알아. 그건 잊지 않았네."

"기억 장애가 있는 사람이 운전해도 될 만한 시설이 아닙니다."

"그럼 어떻게 해야 할까?"

"지금 당장 제어봉을 넣고 원자로를 정지해야 합니다."

"중앙 전기 공급 지령소의 지시는—"

"지령소의 지시가 옳다는 근거는 없죠."

"저는 어디까지나 현상 유지에 힘써야 한다고 생각합니다." 유키가 말했다.

"왜 그렇게 생각하세요?"

"원자로를 계속 가동하는 것은 정상 업무야. 그에 반해 긴급 정지는 비정상 업무지. 실수나 고장 등 문제가 발생할 가능성이 커. 운전원이 전원 정상이 아닌 상태에서 그런 위험한 일을 벌일 수는 없어."

"원자로를 계속 가동하는 게 안전하다는 말씀이세요?"

"나는 그렇게 생각해." 유키가 말을 이었다. "계속 가동해야 하는 다른 이유도 있어."

"뭡니까?"

"이상이 일어나고 있는 발전소는 여기만이 아니야. 어쩌면 모든 발전소가 이런 상태일지 몰라. 그런 가운데 몇 퍼센트가 정지하면 전력 공급이 부족해져. 전기에 의존하고 있는 현대 사회에서 대규모 정전은 그야말로 엄청난 재해야."

"기억이 없는 상태에서 원자로 가동이 가능할까요?" 유리코는 물러나지 않았다.

"그럼 거꾸로 묻지. 원자로 운전에서 인간의 기억이 중요한 지점이 있나? 원자로는 항상 자동 운전으로 적정한 상태를 유지해. 운전원이라고는 하지만 우리의 주요 정상 업무는 프런트 감시와 설비 점검이지. 오히려 운전 정지나 재가동 때만 바빠. 가령 기억이 없더라도 정확히만 기록하면 운전은 계속할 수 있어."

"하지만 만약 이런 상태가 한없이 계속된다면 어쩌실 거예요? 언젠가는 멈춰야만 합니다."

"그때까지 많은 준비가 필요해. 하지만 일단 지금 우리에게 필요한 건 정확한 현황 파악이야."

"현황 파악이요?"

"예를 들어 우리 기억이 얼마나 유지되는지부터 파악해야 해. 지극히 짧은 경우, 원자로 정지 같은 복잡하고 시간이 걸리는 작업은 상당히 어렵겠지. 다음은 이 발전소 이외의 장소가 어떤 상태인지를 알아야 해. 이건 TV나 인터넷이 도움이 될 거야."

"만약 광범위하게 이런 현상이 일어나고 있다면 TV와 인터넷이 기능할까요?"

"원자력 발전소처럼 복잡한 시스템도 기능해. 세상 시스템 대부분은 멈추지 않았을 거야. ……가자미, 휴게실로 가서 뉴스 프로그램을 점검해주겠나? 그리고 인터넷 상황도."

"알겠습니다." 가자미는 노트를 들고 방을 나갔다.

남은 사람들은 자신의 자리로 돌아가 작업을 재개했다. 온갖 데를 돌아다니며 동료를 조사하는 히카와만 제외하고.

다치바나가 일어났다. "이 메모에 따르면 대책 회의를 하고 20분이 지났네. 먼저 말해두겠는데, 나는 그 회의 일이 기억나지 않아. 누구 기억하는 사람은 손을 들게."

아무도 손을 들지 않았다.

"모두에게 기억 소실이 일어난 현재 상황은 파악했나? 파악하지 못한 사람은 손을 들게."

히카와 제어원이 조심스럽게 손을 들었다.

"자네는 메모하지 않았나?"

"무슨 메모요?"

"모두의 기억이 없어지고 있다는 것 말이야."

"언제부터요?" 히카와는 상당히 혼란스러운 듯했다.

"아마도 오늘 18시 이후인 것 같아. 그리고 지금은 21시이고."

"예?!" 히카와는 시계를 봤다. 그리고 금방이라고 울 듯한 표정이 되었다. "아직 19시 전이라고 생각했는데. 게다가 누군가가 제 콘솔을 마음대로 만졌어요!!"

"히카와 제어원. 미안하지만 자네의 혼란에 맞장구칠 여유는 없네. 이러는 동안에도 모두의 기억이 사라지고 있어. 최대한 짧게 방침을 확인해야 해. 고다이 군, 미안하지만 히카와 군을 도와주게."

"알겠습니다." 고다이는 히카와를 방구석으로 데려가 노트를 보여주며 설명을 시작했다.

"다음은 기억의 유지 시간을 알아보지." 다치바나가 이야기를 계속했다. "각자의 메모를 보면 기억된 가장 오래된 작업 시간부터 추측할 수 있을 거야. 각자 알려주게. 참고로 내 기억은 약 10분이면 사라지는 것 같아."

각자가 자신의 기억 유지 시간을 보고했다. 짧으면 7분, 길면 15분이었다.

"이거 큰일일 수 있겠네." 다치바나의 낯빛이 변했다.

원자력 발전소의 설계에는 '10분 법칙'이라는 게 존재했다. 경보가 울린 후 운전원이 대책을 세울 때까지의 여유 시간은 원칙적으로 최소한 10분이라는 설계였다. 운전원은 이 10분 동안에 대책을 세워야 했다. 그런데 기억이 10분 이하라면, 대책을 세우다가 기억을 잃는다는 소리였다.

"경보가 울린 후 7분 동안 대책을 세우는 게 가능한가?"

"그야 상황에 따라 다르겠죠." 유키가 대답했다.

"이런 상황이 계속 길어진다면 진지하게 운전 정지를 검토해야 할지도 몰라." 다치바나가 말했다.

문이 열리고 가자미가 돌아왔다. "TV와 인터넷을 점검하고 왔습니다."

전원이 의아한 표정으로 가자미를 봤다.

"아, 저기, 저는 기억하시죠?"

"아아. 자네는 기억해. 하지만 어디 갔었지?" 유키가 물었다.

"지시대로 TV와 인터넷으로 외부 상황을 조사했죠." 가자미가 메모를 보여줬다.

"누구 지시였지?"

"그건 메모에 적지 않아서 모릅니다. 과장님이나 주임님 아닐까요?"

다치바나와 유키는 서로 얼굴을 바라보고 어깨를 움츠렸다.

"아아, 모르겠다. 그런 거야 어찌 되어도 상관없잖아요!" 가자미는 짜증스럽게 말했다.

"미안. 지시한 사람도 메모를 했어야 하는군. 그런 습관이 없어서 생각하지 못했어." 유키가 사과했다. "그래서 밖은 어떤 상황인가?"

"일단 인터넷은 엄청 혼란합니다. 개개인이 제멋대로 이런 저런 글을 올리고 영상도 올려서 혼란 그 자체입니다. 물론 그 중에는 신뢰할 만한 정보도 있겠으나 분간할 방법이 없어요. 일단 많은 사람이 기억 장애가 일어났음을 깨달은 것 같습니다. 내용으로는 도움을 요청하는 게 가장 많고 그다음이 자기에게 쓰는 메모입니다. 그런데 블로그나 SNS에 메모하는 이유를 잘 모르겠어요."

"아니야. 상당히 영리한 방법일 수 있어. 종이 메모는 분실할 우려가 있는데 블로그나 SNS에 쓴 글은 잊어도 다시 볼 가능성이 크지." 유키가 말했다.

"세 번째로 많은 내용이 가족이나 지인에게 전하는 말입니다."

"TV는 어떤 상태인가?"

"그쪽이 조금 낫습니다. TV 방송국에 따라서는 당황하는 앵커의 모습을 내보내거나 드라마 같은 일반 방송을 틀기도 하는데 그중에는 '긴급 사태가 일어났으니 가능한 밖에 나가지 말고 문단속 잘하고 불조심해라'며 호소하는 방송국도 있었습니다."

"그 조언이 가장 정확하겠네."

"어떤 방송국이었나?"

"아, 그게…… 메모에 없네요."

"TV에서 현재 상황을 분석하진 않던가?"

"아, 그게," 가자미는 메모를 훑었다. "그런 것 같진 않네요. 대체로 혼란한 거리 모습을 보여주는 정도였어요."

"폭동이라도 일어났나?"

"아, 공황 상태라고 할 수 있죠. 하지만 폭동은 아닙니다. 모두 어쩔 줄 모른 채 돌아다니거나 쭈그려 앉아있었습니다. 기억이 사라지면 보통 난동을 피우기보다 침울해지잖아요."

"알겠네. 현황 파악은 이게 최선일 거야." 유키가 발언했다. "의견 있는 사람은?"

유리코가 손을 들었다. "앞으로 2시간 뒤에는 3조와 교대할 시간인데 제대로 교대할 수 있을까요?"

"글쎄 어떨지 모르겠네. 나를 그들 입장에 놓고 생각해보니까 다음 당직인 사람들이 다 모이는 건 무리이지 않을까 싶은데."

"그 말씀은 우리가 계속 운전해야 한다는 말이군요."

"일단 식료품은 일주일치가 비축되어 있고…… 종이는 아끼는 게 좋으니까 메모는 가능한 컴퓨터 파일로 남기게."

"기억이 없으면 검색이 힘들지 않을까요?"

"그럼 파일 이름과 간단한 내용은 종이 메모로 남기지. 아, 그리고 지금 대화, 누가 메모했나?"

"누군가가 아니라 전원이 메모하는 게 낫지 않을까요?" 유리코가 말했다.

"그건 그렇군."

전원이 메모했다.

그때 경보가 울렸다.

중앙제어실이 술렁였다.

"아아!" 유키가 여유롭게 말했다. "전원, 우선 심호흡하게. 그리고 당황하지 말고 경보의 종류와 시간을 메모해. 그리고 대책을 생각한다. 설계 규칙을 믿는 한 아직 충분히 여유가 있어."

3

어라? 거실에서 잠들었나?

리노는 눈을 떴다.

거실 테이블에 엎드려 자고 있던 듯했다.

무슨 일이지? 분명히 내 방에서 컴퓨터를 하고 있었는데. 그 뒤에 다시 내려와 여기서 잤다고?

지금 몇 시지? 악! 벌써 아침 8시 반이네.

거실 TV는 켜진 채였다. 화면이 둘로 나뉘어 하나는 스튜디오가, 다른 하나는 거리 모습이 비춰졌다.

스튜디오에서는 여성 앵커가 이마의 땀을 닦으면서 원고

를 읽고 있었다.

"현재 전국적으로 이상 사태가 발생한 모양입니다. 꼭 필요한 일이 아니면 외출은 피해주십시오. 통근이나 통학도 하지 않는 게 안전합니다. 문단속하시고 부디 불조심해주세요."

뭐? 무슨 일이야? 전쟁인가? 아니면 또 대지진이나 쓰나미?

거리에는 많은 사람이 있었는데 대부분은 멍하니 서 있거나 주위를 두리번거리고 있었다. 그밖에는 스마트폰을 만지거나 전화를 걸고 있었다. 리포터가 인터뷰하는 영상도 아니고 그저 거리 모습만 흘러나왔다.

그다지 긴급 사태가 일어난 것처럼 보이지는 않았다. 하지만 거리 상황은 확실히 평소와 달랐다.

리노는 커튼을 열고 집 밖을 살폈다. 이웃 사람 몇이 밖에 나와 있었다. 딱히 어딜 가는 게 아니라 불안한 듯 서성이며 이야기를 나누고 있었다. 그중에는 미사키도 있었다.

나도 밖으로 나가 사람들 얘기를 들어볼까?

리노는 밖으로 나가기 전에 방안을 확인했다.

그때 비로소 리노는 테이블 위의 노트를 발견했다.

무슨 노트지?

노트는 펼쳐져 있었다.

이유는 뭔지 모르겠으나 기억이 이어지질 않는다.

어? 이게 뭐지?

리노는 계속 읽었다.

TV 앵커의 모습도 이상하다. 기억이 없어지는 현상은 상당히
광범위하게 일어나고 있는 듯하다.

이거, 내 글씨잖아. 쓴 기억이 없는데.

리노는 휘리릭 노트를 넘겼다. 단편적인 대량의 메모가 시
간과 함께 적혀있었다. 모두 자신의 글씨였다. 이 기록을 믿는
다면 자신은 새벽까지 깨어있었다는 소리다. 하지만 하나도
기억나질 않았다.

리노는 심호흡했다.

아빠는 항상 "합리적인 판단이야말로 긴급할 때 목숨을 지
켜주는 가장 중요한 요소야."라고 말했다.

자, 이 노트의 존재를 설명하는 합리적인 가설은 무엇일까?
이 노트에 적힌 내용이 틀렸다고 가정해보자. 즉, 그건 기억
이 사라지는 현상이 일어나지 않았다는 소리다. 그렇다면 자
신의 필적이 분명한 이 노트의 존재 자체를 기억하지 못한다
는 모순이 발생한다.

결론. 이 노트에 적힌 게 사실이다.

"엄마. 잠깐 이것 좀 봐!!" 리노는 미사키에게 방금 알아낸
사실을 설명하려고 밖으로 뛰어나갔다.

미사키와 함께 집으로 들어오자마자, 리노는 테이블 위에

노트 두 권을 펼쳤다. "이게 엄마 전용 노트야."

"왜 노트 같은 게 필요해?"

"기억을 보완하기 위해서지."

"그러니까, 치매라는 거야?"

"자, '기억이 점점 사라지니까 필요한 건, 이 노트에 적어둘 것'이라고 적어." 리노가 미사키를 재촉했다.

"그런 거 하지 않아도 괜찮지 않아?"

"아니야. 안 하면 안 돼. 다 잊으니까."

"중요한 일은 다 아니까 괜찮아."

"아니야. 기억했다면 이런 난리는 안 벌어졌을 테니까."

"난리 치는 사람은 너야."

"TV도 난리야."

"또 과장한다."

"그럼 TV를 잘 봐." 리노는 긴장감이 전혀 없는 미사키를 TV 앞으로 끌고 갔다. "봐, 상황이 심각해."

"그래? 그냥 다들 걸어 다니고 있는데?"

"이 시간에 저만큼 많은 사람이 어쩔 줄 모르는 것 자체가 이상하지!!"

"지진 때는 더 많은 사람이 저랬어."

"그때는 지진이 일어났다는 사실이 분명했잖아. 지금은 원인을 모르는 긴급 사태라고!"

"그럼 사정을 알 때까지 기다려야 하는 거 아닐까?"

리노는 혀를 차고 미사키용 노트에 문장을 적었다.

유키 미사키는 기억 장애가 생겨서 새로운 사실을 기억해도 몇 분이면 잊고 만다. 하지만 치매는 아니다. 리노나 세상 사람들 모두 같은 상황이다. 생각나면 뭐든 이 노트에 적어둘 것.

만약을 위해 표지에도 적었다.

중요! 이 노트는 생명 다음으로 중요! 진짜라고!

리노는 미사키의 눈앞에 노트를 두고 자기 방으로 돌아왔다.

엄마에게 의지할 수 없다는 것은 분명했다. 그러니 일단은 지금 할 수 있는 일과 지금 해야만 하는 일을 명확하게 구분해야 한다.

노트에 적힌 바에 따르면, 기억이 계속되는 것은 길어야 십여 분 정도인 듯했다(확실한 사실인지 실험으로 확인하고 싶으나 그런 일을 했다가는 영원히 확인 작업이 끝나지 않으므로 일단 기록을 믿기로 하자). 따라서 작업 단위는 10분 이하로 해야 한다. 시간이 더 걸리는 작업은 어떻게 해서든 간략화하거나 나눠서 순서대로 수행하는 수밖에 없다. 간단한 생각이라도 반드시 알고리즘을 적고 그에 따라 행동할 필요가 있는 것이다.

자, 지금 제일 중요한 일은 뭐지?

그건 가족의 안전이다. 물론 인류의 존속도 중요하지만. 어쩼든 현재 상황 파악이 중요한 건 마찬가지다. 십여 분의 기억으로 현재 상황 파악이 가능할지는 모르겠으나 논리상으로는 가능하다.

얼마 전 책에서 튜링 머신이라는 장치에 대해 읽었다. 이 장치는 '무한하게 긴 테이프'와 '정보를 읽고 기록하는 헤드'와 '내부 상태를 기록하는 메모리'로 구성된다. 이론적으로는 이 요소만 갖추면 컴퓨터와 똑같은 기능을 할 수 있다.

무한하게 긴 테이프는 실제로 존재하지 않지만, 충분한 양의 노트가 있으면 가능하다. 정보를 읽고 쓰는 헤드는 리노 자신의 눈과 손이다. 그리고 내부 상태를 기록하는 메모리는 리노의 뇌다. 다만 이게 십여 분만 유지된다는 게 문제인데, 읽고 쓰는 단순한 일이라면 여유는 충분할 것이다. 하지만 그러기 위해서는 초인적인 정신력과 고도의 논리 능력이 필요하다.

내가 할 수 있을까?

아니, 해보기도 전에 포기해선 안 돼. 이건 누군가 해야만 하는 일이야. 그것도 한둘이 해봤자 의미가 없어. 가능한 많은 사람이 힘을 합쳐야 해. 지금 포기하면 모든 게 끝날 수 있어.

리노는 SNS에 적었다.

아마도 인류에게 기억 장애가 생긴 듯합니다. 모든 기억이 10분 남짓의 시간이 지나면 사라집니다. 당신의 기억도 사라집니다. 원인은 아직 모릅니다.

그러므로 당신이 살아남기 위해서는, 그리고 인류가 살아남기 위해서는, 다음과 같이 행동하십시오

- 메모 용지를 준비하세요. 그리고 이 기록 내용을 베껴주세요.
- 그리고 다음은 중요한 일을 적으세요. 뭐가 중요한지 모를 때는 생각나는 순서대로 적으세요.
- 메모 뒤에는 반드시 날짜와 시간을 기록하세요.
- 가능한 많은 사람에게 이 사실을 알려주세요.

일단 지금 할 수 있는 일은 이 정도였다. 더 생각나면 추가해야지. 엄마는 아무래도 도움이 안 될 듯했다. 아빠는 어떻게 지내고 있을까.

리노는 아빠의 핸드폰에 전화하려다 그만뒀다.

아빠는 지금 틀림없이 심각한 상황에 처했을 것이다. 괜히 전화해서 번거롭게 하고 싶지 않았다. 게다가 아직 전기가 끊기지는 않았다. 그렇다면 아빠 회사 사람들이 잘 헤쳐 나가고 있다는 거겠지. 그러니까 아빠는 틀림없이 괜찮을 거야.

리노는 자신을 다독였다.

"리노! 잠깐 이리와 봐!!" 미사키가 불렀다.

"왜, 엄마." 리노가 거실로 돌아왔다.

"리노, 이거 네가 적었니?"

리노가 끄덕였다.

"도대체 무슨 소리야?"

"적힌 대로야."

"내가 치매라고?" 미사키가 울음을 터뜨릴 것만 같았다.

"아니야. 아니라고 적었잖아."

"농담이지?"

"농담이 아니라는 건 엄마도 알잖아. 어제 일, 기억해? 오늘, 일어났을 때 기억해?"

"……기억나지 않아."

"그럼, 이 노트에 적힌 게 다 사실이란 걸 알겠네."

"아니, 이상하네. 그럴 리가 없는데. 아무래도 치매인가 봐."

미사키는 훌쩍거렸다.

"……엄마, 두 손을 내밀어봐."

"왜?"

리노는 미사키의 손바닥에 매직으로 글을 썼다.

치매가 아니니까, 울지 마!!

"이래도 모르면 이제 설명하지도 않을 거야."

"왜?"

"시간 낭비니까. 지금 이해하지 못하면 다음에 기억이 사라졌을 때도 또 이해하지 못할 거야. 10분마다 설명하다가는 시간이 아무리 많아도 소용없겠다. 지금부터 살아남으려면 힘든 일이 많을 텐데 엄마랑 씨름하고 있을 시간이 없어."

"아니, 그래, 알았어."

"정말이야?"

"물론이지. 사실 다 이해하진 못했는데 이해하지 못했다고 하면 얘기가 진행되질 않잖아. 이제 성가시다."

리노는 조금 감동했다.

엄마가 뭐든 금방 귀찮아하는 성격이라 다행이다.

"넌, 네 아빠를 닮아서 이런 상황에서도 정말 냉정하고 침착하구나." 미사키는 감탄한 듯했다.

창밖을 보니 이웃 사람들이 모여 얘기하고 있었다.

"저 사람들도 이 사태를 이해하고 있을까?" 미사키가 말했다.

"잠깐만, 메모를 확인할 테니까……."

"그러지 말고 직접 물어보면 되잖아." 미사키가 밖으로 나갔다.

리노는 서둘러 따라갔다.

"안녕하세요!" 미사키가 말했다.

"안녕하세요." 여성들도 답했다.

"저기, 우리 딸이 한 말인데……."

여성들은 영문을 모르겠다는 표정으로 미사키를 봤다.

"아, 그게……." 미사키는 뭐라고 해야 좋을지 몰랐다.

"따님이 뭐라고 했는데요?"

"기억이 이어지질 않는대요."

"어머, 그래요? 공부를 너무 열심히 했나?"

"여러분은 기억, 괜찮아요?"

"기억?"

"오늘, 일어나서 지금까지의 일을 기억하세요?"

"아, 그럼요. 오늘 일어나서부터라. ……어머. 무슨 일이지?

기억이 나질 않네."

"여러분, 침착하고 들으세요." 미사키는 손바닥을 보면서
말했다. "우리, 치매예요."

"그게 아니라고!" 리노가 소리쳤다.

4

　어떻게 하지? 아무것도 기억할 수 없게 됐네?

　도치타 타다시는 컴퓨터 앞에서 넋을 놓고 있었다. 정신을 차리니 컴퓨터 앞에 앉아있는 상황이었다. 아까까지 분명 TV를 보고 있었는데. 게다가 날짜를 보니 다음 날 낮이었다.

　도대체 무슨 일이 일어난 거지? 분명 무슨 일인가를 하려고 했을 텐데.

　그런데 그게 기억나질 않았다.

　내내 취직도 안 하고 살면 이런 상태가 되나? 나도 이제 끝인가?

컴퓨터 화면에는 SNS 사이트가 떠있었다. 모두 단편적인 글이라 무슨 소리인지 이해가 가질 않았다. 대부분은 도움을 요청하거나 혹은 무슨 일이 일어났는지를 묻는 내용이었다.

아무래도 다들 당혹스러운 것 같네.

타다시는 한숨을 지었다. 물론 자신도 당혹스럽긴 마찬가지였다. 무슨 일이 일어났는지 전혀 모르니까.

나도 질문해보는 게 나을까? 그럼 틀림없이 누군가 대답해주겠지. 인터넷이란 그런 거잖아?

타다시는 질문하기 전에 자신의 SNS 기록을 확인해봤다.

누군가 알려주세요. 정신을 차리니 어제부터 지금까지의 기억이 없는데 무슨 일이 일어난 건가요?

타다시는 경악했다. 이제부터 쓰려던 문장이 이미 적혀있었다.

무슨 일이지? 이제 SNS는 미래에서 적는 것도 가능해졌나?

타다시는 SNS 친구들의 글도 확인했다. 같은 사람이 거의 같은 내용의 글을 수없이 되풀이해 쓰고 있었다. 그것 때문에 사람들은 더 혼란스러워했고 더 열심히 도움을 요청하는 글들을 올렸다.

이제 끝장이야. 틀림없이 지진이야. 지진이 일어나서 뇌를 다치게 했거나 그랬을 거야!

타다시는 컴퓨터 앞에서 벗어나 전화로 향했다.

도움을 청해야 해.

복도를 걷는데 TV를 멀거니 보고 있는 가족을 발견했다. 왠지, 가족에게 도움을 구해야겠다는 생각은 들지 않았다.

그런 일을 해봤자 소용없어.

마치 수없이 같은 실패를 되풀이한 듯한 확신이 들었다.

타다시는 110(범죄 신고)과 119에 여러 번 전화를 걸었지만 연결이 되지 않았다. 회선이 폭주 중인 모양이었다. 타다시는 완전히 낙담한 채 컴퓨터 앞으로 돌아왔다.

역시 누군가에게 질문하자.

그렇게 생각했을 때 딱 하나 이전과는 다른 글을 발견했다.

아마도 인류에게 기억 장애가 생긴 듯합니다. 모든 기억이 10분 남짓의 시간이 지나면 사라집니다. 당신의 기억도 사라집니다. 원인은 아직 모릅니다.

그러므로 당신이 살아남기 위해서는, 그리고 인류가 살아남기 위해서는, 다음과 같이 행동하십시오.

타다시는 수긍했다.

이건 질문에 대한 답이 아니다. 그렇다고 구원의 손길도 아니다. 하지만 뭘 해야 하는지는 분명히 알 수 있었다.

타다시는 메모하기 시작했다.

5

"1차 냉각수의 가압기 조절 밸브가 열린 것 같습니다." 유키는 경보기를 점검했다.

"냉각수 압력이 올랐나? 2차 냉각수 공급은 어떤가?" 다치바나가 물었다.

"1차 냉각, 2차 냉각, 각각의 온도와 압력 등은 정상입니다."

1차 냉각수란 직접 원자로를 식히는 냉각수로, 원자로 격납 용기 안에 들어있다. 2차 냉각수는 1차 냉각수의 열을 증기화해서 터빈을 돌린 후 발전소 밖에서 끌어들인 바닷물로 식혀 액체 상태로 환원한 냉각수이다. 요컨대 1차 냉각수와 2차 냉각수는 섞이는 일 없이 열 교환기를 통해 열을 교환하는 구조였다. 이때 가압기 조절 밸브는 1차 냉각수의 압력이 지나치게 높을 경우 냉각 장치의 파손을 막기 위해 자동으로 1차 냉각수를 다른 탱크로 빼는 역할을 담당한다.

"그렇다면 제어 신호의 노이즈 때문에 열렸나?"

"그럴 가능성이 큽니다. 어떻게 할까요?"

"어떻게? 평소라면 안전밸브를 닫으면 그만이지."

"저도 그렇게 생각합니다. 그러나 지금은 신중하게 처리해야죠."

"마음에 걸리는 점이라도 있나?"

"만에 하나, 그 판단이 잘못되었을 경우, 무슨 일이 일어나겠습니까?"

"그건 모르지. 애당초 뭐가 어떻게 잘못되었는지 지금 현재로서는 알 수 없으니까."

"그렇습니다. 하지만 가령 잘못되었다고 하더라도 보통은 사고가 일어나진 않습니다. 왜냐면 이상 사태가 진행되어도 그에 대응한 다른 경보가 울리니까요. 우리는 울린 경보의 종류와 각종 계기의 수치를 종합적으로 판단해 진짜 문제의 원인을 추정합니다."

"맞아. 우리 모두 그렇게 훈련받았지."

"과연 기억력이 없는 상태에서 같은 일을 할 수 있을까요? 그러니까 안전밸브를 닫은 후 30분이나 1시간이 지난 후 다른 경보가 울렸을 때, 우리 두뇌에서는 안전밸브가 자동으로 열렸다는 사실 자체가 사라졌을 겁니다."

"그래서 노트가 있지 않나?"

"그렇습니다. 그러나 사태가 더 복잡해지면 어떨까요? 사태가 몇 시간 동안 수습되지 않으면 어쩌죠? 노트의 기록을 읽으면서 정확하게 상황을 파악하고 적절한 대책을 세우는 일은 어렵지 않을까요?"

"자네의 결론은 지금 당장 원자로를 정지시켜야 한다는 말인가? 노트 기록에 따르면 미사키 군이 그렇게 제안했는데 자네가 반대했다고 되어있는데."

"아니. 정지시키자는 말은 아닙니다. 원자로의 긴급 정지는 비정상 업무이므로 더 성가신 일이 일어날지도 모릅니다."

"그래. 아까도 자네는 분명 같은 말을 한 듯해." 다치바나는 노트를 넘겼다. "그럼 어떻게 하자는 거지?"

"우리는 더 신중하게 행동해야만 합니다. 평소 상태라면 간단히 수정할 수 있는 실수도 지금 상황에서는 돌이킬 수 없는 사태로 번질 수 있습니다. 작업 하나를 하는 데도 세심한 주의를 기울여 가능한 실수를 배제해야 합니다."

"하지만 현실적으로 경보가 울리고 있는데 그냥 둘 수는 없잖은가."

"그래서 10분 법칙이 있죠. 판단은 원칙적으로 10분 이내에 하면 됩니다."

"저기요." 가자미가 손을 들었다. "말씀드릴 게 있습니다."

"뭐지?" 유키가 대답했다.

"무엇보다 이 방에 있는 사람들의 반은 기억이 10분도 되지 않습니다. 어떻게 하죠?"

"그 평균을 짐작하기는 어려워." 유키가 말했다. "하지만 반대로 사람들의 반은 기억이 10분 정도는 유지된다는 말이야. 그러니 마지막 순간까지 검토를 계속하는 게 최선이라고 믿네."

"그래. 유키 군의 말에 일리가 있어. 그런데 이렇게 얘기하는 사이에 마감 시간이 다가왔어. 즉 10분 법칙과 기억 소실이라는 두 가지 마감이 있네. 여기서는 내가 결론을 내야겠네. 유키, 그래도 되겠나?"

"물론입니다. 제가 괜한 말을 했습니다."

"아니야. 시간을 들여서라도 의논했어야 했던 주제야. 다만 10분을 다 논의에 사용하는 건 좋은 방법이 아니야. 기록할 시간이 필요하니까 토의 시간은 7분으로 하지."

"7분이요?"

"짧은가?"

"네. 하지만 어쩔 수 없죠."

"그럼 빨리 진행하지. 경보가 울리고 벌써 5분이 지났네. 그러니까 이제 2분밖에 남지 않았어. 이번 1차 냉각수의 안전밸브가 열린 건인데 대책으로 안전밸브를 닫을지 그냥 둘지의 두 가지 선택지가 있어. 다른 대책이 있는 사람이 있으면 말하게."

"네." 야마다가 손을 들었다. "안전밸브를 열어놓고 경보를 끄면 어떨까요?"

"이유는?"

"안전밸브를 열어놓는다는 건, 상황의 추이를 관찰해 원인을 규명하기 위해서이고, 경보를 끄는 것은 너무 시끄러우니까요."

"기각." 다치바나가 쓴웃음을 지었다. "아무리 시끄러워도 경보를 끄면 경보가 울렸다는 자체를 잊을 위험이 있어. 게다가 안전밸브를 열어놓으면 언젠가 가압기 압력 저하로 원자로는 자동 정지해. 다른 사람?"

발언은 없었다.

"좋아. 그럼 안전밸브를 닫아야 한다고 생각하는 사람은 손들게."

약 반수가 손을 들었다.

"그냥 둬야 한다는 사람?"

아무도 손을 들지 않았다.

"다른 사람은?"

"모두 저와 마찬가지겠죠. 판단이 서질 않는 겁니다." 유키가 말했다.

"아, 그 마음은 잘 알겠네. 하지만 이제 시간이 없어." 다치바나가 시계를 봤다. "좋아. 마감이야. 그럼 내가 정하지. 안전밸브를 닫는다."

안전밸브의 폐쇄 장치가 가동하고 경보가 멈췄다.

"좋았어. 부디 이대로 수습되어주길 빌어야지."

경보가 울렸다.

"우선 침착해." 유키가 말했다. "어떤 경보인지 확인해주게."

"1차 냉각수 가압기의 수위 이상입니다. 너무 높아졌습니다." 히카와가 대답했다.

여러 경보가 동시에 울렸다.

"1차 냉각수 관련 경보가 동시에 울리고 있습니다." 유리코가 말했다. "가압기 조절 탱크의 수위, 온도……."

"이렇게 많은 경보가 울릴 때는 개별 경보기의 이상에 하나씩 대응해선 해결되지 않을 가능성이 커." 유키가 말했다. "모든 경보기가 동시에 작동하는 원인을 생각해야 해."

"노트 기록으로는 아까 안전밸브를 닫은 듯하네." 다치바나가 말했다. "같은 날 다른 문제가 별개로 발생할 가능성은 적어. 이 문제가 계속되었다고 보는 게 맞겠지."

"닫은 게 잘못이었나요?" 가자미가 말했다.

"아직 결론을 내리기에는 일러." 유키가 노트를 확인했다. "10분…… 아니, 7분간의 여유가 있어."

"안전밸브를 닫아서 문제가 생겼다면 도대체 뭐지?" 다치바나가 말했다.

"원래 밸브를 열어야 했는데 닫았다면 무슨 일이 일어날까?" 유키가 중얼거렸다.

"1차 냉각수가 너무 많다면 가압기 수위가 올라가는 것도 이상할 게 없죠." 야마모토가 말했다. "역시 1차 냉각수가 과잉인가."

"그럴 경우의 처리는 다시 안전밸브를 여는 거지." 다치바나가 말했다. "안전밸브를 여는 데 찬성하는 사람은 손을 들게."

삼분의 일 정도가 손을 들었다.

"그럼 반대하는 사람?" 유키 혼자 손을 들었다.

"다른 사람은 모르겠나. 이거 곤란하군." 다치바나가 머리를 긁적였다. "안전밸브를 다시 여는 게 다수인데 그래도 과반수는 아니야. 안전밸브를 열자는 사람의 이유는 명확해. 어떤 원인으로 냉각수가 과잉이어서 가압기의 수위가 올라갔기 때문이지. 유키, 자네는 열어선 안 된다는 이유가 뭐지?"

"제 기록에는 안전밸브가 열렸을 때 다른 경보는 울리지 않았습니다."

"내 기록도 그런데 그게 왜?"

"그 말은 그 시점에서 가압기의 수위에 이상은 없었다는 말입니다."

"누군가 점검하게." 다치바나가 명령했다.

운전원 몇이 확인 작업을 시작했다.

"확인했습니다. 안전밸브가 열린 시점에서는 가압기의 수위가 정상이었습니다. 그리고 안전밸브를 닫은 후에 서서히 수위가 상승했습니다." 유리코가 보고했다.

"그러니까 안전밸브가 열린 시점에서 냉각수는 과잉이 아니었습니다." 유키가 말했다.

"하지만 현재는 과잉이니까 안전밸브를 여는 게 합리적인 것 같은데요." 유리코가 반론했다.

"안전밸브가 열린 것과 냉각수가 과잉인 것. 이 두 가지 관계가 마음에 걸려. 어느 쪽이 다른 하나의 원인일까. 아니면 공통된 다른 원인이 있을까. 안전밸브를 여는 건 대증요법에 지나지 않아. 원인을 해결하지 않으면 문제가 계속될 가능성이 있어."

"일단 대증요법으로 상황을 지켜보는 수밖에 없지 않나요? 더는 판단을 망설일 시간이 없어요." 유리코가 조금 강하게 말했다. "이제 3분 남았어요."

확실히 그랬다. 우물쭈물 판단을 미루다가는 돌이킬 수 없는 사태에 빠질 가능성이 있었다. 하지만 뭔가 마음에 걸렸다.

"어떻게 할 건가. 유키." 다치바나가 판단을 재촉했다.

"좋습니다. 안전밸브를 열고 상황을 보죠."

"가압기의 수위가 더 상승하고 있습니다." 가자미가 보고했다.

"무슨 소리야? 무슨 일이 벌어지고 있지? 어디서 냉각수가 공급되고 있지?!" 좀처럼 냉정함을 잃는 법이 없는 다치바나가 웬일로 안달하듯 말했다.

"충전 펌프를 정지하는 수밖에 없습니다." 가자미가 조용히 말했다.

경보의 수가 점점 늘어났다.

진짜 원인은 뭐지? 무엇이 가압기의 수위를 올리는 거지?

유키는 자신의 노트를 넘겼다.

젠장! 아무것도 기억나지 않아. 처음 경보기가 울렸을 때 무슨 일이 있었지?

평소라면 그때그때의 분위기를 오감으로 느끼고 평소와 다른 뭔가를 알아챘을 것이다. 그런데 그건 노트에 기록할 수 없는 미묘한 감성에 기인하는 것이다. 현재는 그것에 따를 수가 없었다.

"그럼 충전 펌프 정지에 찬성하는 사람은 손들게." 다치바나가 말했다.

"잠깐만요. 투표는 아직 일러요." 유키가 말했다.

"그러나 이미 처음 경보가 울리고 30분이 지났어. 10분 법칙이 훌쩍 지났다고! 즉 설계상 당장 파국적인 붕괴가 일어나도 이상할 게 없어! 지금, 이 순간에도 말이야! 사태는 촌각을 다투고 있어!!" 다치바나가 초조한 기색을 드러냈다.

"그렇지만, 하지만⋯⋯." 유키가 입술을 깨물었다.

이 감각. 어떻게 사람들에게 전하면 좋을까?

"찬성하는 사람, 손을 들어."

유키와 히카와를 빼고 모두 손을 들었다.

"반대 이유는?"

"계속 대증요법을 해도 사태가 수습되지는 않습니다." 유키가 말했다. "먼저 원인을 규명해야 합니다."

"그러니까 우리는 이미 시간을 다 썼다고! 원인 규명 같은 걸 하고 있을 시간이 없어!!" 다치바나는 유키를 노려봤다.

맞는 말이었다. 다치바나는 정론을 펼치고 있었다. 하지만 만약 그 판단이 틀렸다면? 이 시점에서의 잘못된 조작이야말로 곧장 파국적인 붕괴로 이어지는 게 아닐까.

"히카와 군은 왜?" 다치바나가 다른 사람에게 의견을 구했다.

"제 콘솔을 누가 만진 것 같아서⋯⋯." 히카와는 콘솔을 무시무시한 기세로 조작하고 있었다.

"저기, 자네는 현상 파악은 하고 있나?!" 다치바나가 물었다.

"지금 하려고 하는데 누가 콘솔을 마음대로⋯⋯."

"우선 노트부터 읽으라고!!"

"아니, 지금 그럴 때가 아닙니다." 히카와는 바쁜 듯 보였다.

유키는 히카와의 모습에 낙담하고 말았다.

원군인 줄 알았는데.

"그는 그냥 두지. 이미 냉정한 판단 능력을 잃었어." 다치바나가 차갑게 내뱉었다.

"유키 주임 말고 의견 있는 사람은?"

아무도 발언하지 않았다.

"과장님, 들어보세요. 원자로의 이상 동작을 설명하는 가설을 세우지 않은 채 계속 대증요법을 반복하는 데 반대합니다. 만약—"

그런데 다치바나는 손바닥을 보이며 유키의 말을 제지했다. 그리고 눈을 감고 심호흡했다. "내가 모든 책임을 진다. 충전 펌프 정지!"

"이상해. 아직도 가압기의 수위가 내려가질 않아." 다치바나가 말했다. "이대로 가면 자동 정지 시스템이 가동할 거야."

격렬하게 경보음이 울려 퍼지는 가운데 유키는 수없이 노트를 살펴보고 있었다.

뭔가 이상해. 단순한 안전밸브 문제가 아니었어. 어떻게든 기록에서 원인을 찾아야 해. 젠장! 경보가 너무 시끄러워 머리가 돌아가질 않아.

"이럴 바에는 자동 정지되기 전에 긴급 정지할까?" 다치바나가 제안했다.

"찬성입니다." 유리코가 말했다. "다소 위험 부담이 있을 수 있으나 문제가 계속되는 원자로의 운전을 지속하는 것보다는 낫다고 생각합니다."

아니야. 그건 아니지.

"잠깐만요." 유키는 현기증을 느꼈다. "뭔가 마음에 걸립니다."

유키는 머릿속 저 안쪽에서 계속 꿈틀대는 뭔가를 품고 있었다.

뭐지? 내가 뭘 알아차렸지? 아마 무의식적으로 알아차린 듯했다. 그런데 그걸 말로 표현하기에 시간이 부족해. 직감이 말이 되어 나오기 전에 점점 사라져버려.

"뭐가?"

"말로 잘 표현할 수가 없습니다."

"그런 애매한 것에 원자력 발전소를 맡길 수는 없어."

"하지만……."

"이제 포기해야겠어. 이미 데드라인을 넘어버렸어! 우리는 졌네." 다치바나가 패배를 선언했다. "그럼 투표하지. 원자로 정지에 찬성하는 사람?"

유키와 히카와를 제외한 전원이 손을 들었다.

"반대하는 사람?"

끝났다. 반대하는 이유도 설명할 수 없었다.

히카와가 손을 들었다.

"이유를 말해주겠나?" 다치바나가 물었다.

"누군가가 제 콘솔을 맘대로 만졌습니다."

"또 그 소리야?" 다치바나가 졌다는 듯 말했다. "자네는 일에서 손을 떼도 좋아. 우선은 누가 현황을 좀 알려주게. 이야기는 그다음에—"

"그런데 그 누군가가 작업을 중간까지 해줘서 살았습니다." 히카와가 말을 계속했다. "지금, 이 상태라면 정지 작업에 들어가도 노심 용해가 일어납니다."

"뭐?"

모두 술렁였다.

"무슨 소리인가?"

"왠지 지난 몇 시간 동안의 일이 생각나지 않는데, 원자로의 각 파라미터는 컴퓨터에 남아있어서 해석은 가능합니다. 누군가가 제 콘솔을 마음대로 조작한 듯한데 왠지 각 파라미터의 상관을 시간별로 산출했습니다." 무시무시한 경보 속에서 히카와는 느긋하게 말했다.

"결론만 말해. 자네가 생각하는 만큼 우리에겐 시간이 없어."

"1시간쯤 전, 1차 냉각수의 안전밸브가 열린 듯합니다. 그러나 다른 파라미터에는 이상이 없었으니까 아무래도 제어 신호의 노이즈가 원인이었겠죠. 문제는 그 후입니다. 시간이 흐름에 따라 다양한 파라미터가 이상치가 되었습니다. 제일 먼저 경보 수준에 도달한 것이 가압기의 수위 상승과 가압기 조절 탱크의 수위, 온도, 압력의 상승입니다. 이건 모순됩니다."

확실히 가압기의 수위는 1차 냉각 시스템의 안쪽에 남아 있는 수량을 표시하고, 가압기 조절 탱크의 수위는 안전밸브에서 빠져나간 분량의 증기량을 표시한다. 안전밸브를 닫은 후 그 양쪽이 동시에 상승하는 일은 있을 수 없다. 특히 안전밸브를 닫았는데 조절 탱크의 수량이 더 늘어나는 일은 있을 수 없다.

"그럼 시스템이 한계에 도달해서 경보 시스템이 혼란을 일으킨 게 아닐까?"

"아뇨. 각 수치의 상관을 보면 바르게 계측했다는 걸 알 수 있습니다. 단 하나의 수치를 제외하고요. 이 수치만 올바른 상관에서 벗어나 있습니다." 히카와는 하나의 수치를 가리켰다.

"가압기 수위?" 유키가 낮게 읊조렸다.

히카와가 고개를 끄덕였다. "네. 그냥 두면 노심 용해가 일어납니다."

"무슨 소리야?" 다치바나가 말했다.

"잠깐만요." 유키는 화면을 뚫어지게 쳐다봤다.

가압기 수위의 수치만 제외하고 다른 수치를 이용해 추리했다. 그러자 아무런 모순 없이 하나의 스토리가 완성되었다.

"그랬구나!"

노트에 매달리느라 간과한 거였다. 자신의 기억을 보완하는 게 노트라 믿고 노트의 기록에서 결론을 끌어내리고 했다. 하지만 그건 틀렸다. 히카와처럼 자신의 기억이 아니라 컴퓨터가 기록한 데이터를 이용해 해석하는 게 가장 확실하고 빠르게 현황을 파악하는 방법이었다. 히카와는 자신이 기억 장애라는 걸 잊었기에 오히려 올바른 방법에 도달할 수 있었다.

"알았습니다!!" 유키가 말했다. "일의 발단은 역시 안전밸브가 열린 겁니다. 그건 틀림없습니다. 원인은 제어 신호의 노이즈이거나 그와 관련된 것이겠죠."

"그렇다면 안전밸브를 닫은 것으로 문제가 해결됐어야지." 다치바나가 말했다.

"그렇습니다. 그걸로 사태는 수습되었을 겁니다. 만약 안전밸브가 닫혔다면요."

"안전밸브가 닫히지 않았다고? 그러나 노트 기록에 따르면—"

"노트를 보지 않아도 안전밸브를 닫으라는 명령이 내려진 것은 컴퓨터 기록에 남아있습니다. 그러나 실제로 닫히지 않았습니다. 이유는 모르겠으나 아마도 안전밸브가 열린 채 고정되어버린 거겠죠."

"안전밸브가 열려있다고 보는 근거는?"

"안전밸브에서 누출된 증기는 가압기 조절 탱크로 보내집니다. 그리고 수치를 보면 안전밸브가 한 번 열린 이후 탱크 수위가 계속 상승하고 있습니다. 즉 안전밸브가 닫히지 않은 거죠."

"그렇다면 냉각기 내부의 물이 점점 줄어야 하지 않나? 하지만 가압기의 수위는 거꾸로 증가하고 있다고. 왜지?"

"그렇습니다. 가압기의 수위 계측 값이 증가했죠. 우리는 그게 진짜 수위라고 착각했기에 상황 파악에 실패했습니다."

"무슨 말이지? 실제로는 수량이 늘어나지 않았다는 말인가?"

"냉각기 안의 냉각수가 줄면 어떤 일이 일어납니까?"

"……그렇군. 압력이 떨어지고 온도가 올라가 냉각수가 끓기 시작하지."

"그렇습니다. 작은 냄비에 물을 반쯤 넣고 끓이면 거품이 솟아오릅니다. 그와 같은 현상이 일어나 증기 거품이 수위계를 올려 마치 냉각수의 양이 증가한 것처럼 착각해버렸죠."

"그럼, 지금 냉각수의 상태는……."

"안전밸브에서 수십 톤의 냉각수가 새어 나와 빈 가마나 마찬가지인 상태입니다. 이대로 가면 노심이 드러나 용해될 겁니다."

중앙제어실 안이 순간 정적에 휩싸였다.

다치바나는 수없이 심호흡했다. "아무래도 그 추리가 틀림없는 것 같네. ……이의 있는 사람은 손들게."

아무도 손을 들지 않았다.

"좋아. 우선 밸브를 닫아야 해. 안전밸브의 상류 쪽 전동 밸브를 닫는 건 어떨까?" 다치바나가 제안했다.

"그걸로 될 겁니다."

"다음은 충전 펌프의 재가동이야. 이걸로 잃어버린 냉각수는 자동 보급되어 불가마 상태는 해소되겠지."

"그 대응도 찬성합니다."

"반대 있나?"

물론 아무도 손을 들지 않았다.

"좋아. 바로 실행하지. 부디 너무 늦은 조치가 아니길 바라야지." 다치바나가 기도하듯 말했다.

만약 제시간에 해결하지 못한다면 사태 수습은 절망적일 것이다. 기억이 없는 주민들을 어떻게 피난시킬 수 있을까.

유키도 기도하는 수밖에 없었다.

"다 수습되었습니다." 유키가 다치바나에게 보고했다. "1차 냉각수가 원상 복귀됐고, 원자로는 순조롭게 냉각되었습니다. 출력도 안정을 찾았습니다. 다른 문제도 발생하지 않고 있습니다."

"야호!" 가자미가 환호성을 올렸다. "주임님, 축배를 들어요! 나는 안주로 오징어를 잡아 올게요."

"술은 안 되지 않을까." 유키는 어이없다는 듯 말했다.

"술을 마시지 않더라도 주스면 충분해요. 기억이 날아가니

취한 거나 마찬가지니까요."

"정말 엉뚱한 녀석이야." 유키가 쓴웃음을 지었다.

다치바나는 기쁨으로 들끓는 중앙제어실의 상황을 보면서 일단 안도했다. "그러니까 간단히 정리하자면, 발생한 문제는 안전밸브가 노이즈로 인해 우발적으로 열린 것과 그게 고정되면서 닫히지 않았던 것까지 두 가지였는데, 우리 대응이 형편없어서 하마터면 큰 사건이 될 뻔했다는 얘기지."

"결론부터 말하자면 그렇죠. 만약 우리가 아무것도 하지 않았다면 원자로는 긴급 노심냉각장치로 냉각된 상태에서 안전하게 자동 정지했을 겁니다."

"이건 곧 우리가 걸린 기억 장애 탓이 아닌가? 그렇다면 이런 문제는 앞으로도 계속될 거야. 우리 능력의 한계가 아닐까?"

"이번 문제의 원인이 기억 장애 탓인지를 묻는다면 그렇다고도 할 수 있고 아니라고도 할 수 있죠. 우리의 가장 큰 실수는 노트 기록에 너무 집착한 점입니다."

"무슨 소리지?"

"좀전에 저는 노트에 이렇게 기록했습니다. '노트 기록은 메모에 불과하다. 원자로의 상황 파악은 어디까지 컴퓨터에 축적된 데이터에 근거할 것. 안전밸브에서 냉각수가 대량으로 유출한 일의 원인은 문제 해결을 위해서 노트를 과신한 것이다'라고. 만약 처음부터 컴퓨터로 데이터를 해석했다면 사태는 즉시 수습되었을 겁니다."

"우리의 접근 방법이 틀렸다는 말인가."

"기억 장애에 너무 매달렸기 때문입니다. 기억 장애를 보완하기 위해서는 노트 메모가 필요하니까 무슨 일을 하든지 메모를 참고하고, 또 그것을 바탕으로 행동해야 한다고 믿었죠. 일상생활이라면 확실히 그래야 합니다. 그러나 발전소 같은 거대한 시스템은 애당초 인간의 기억에 의존하는 구조가 아닙니다. 오히려 애매한 노트 기록에 집착했던 게 가장 문제였죠."

"그 말은 지금까지와 마찬가지로 시스템이 기록하는 데이터를 바탕으로 관리하면 문제가 없단 말인가?"

"제 결론은 그렇습니다. 물론 제 생각만으로 결정할 일은 아니지만요."

"생각해보니 현재의 거대 시스템은 모두 그런 방식이지. 발전소도 항공기도 통신도. 만약 이 방법을 인정하지 않는다면 우리는 문명을 잃게 될 거야."

"맞습니다. 그러니 결정해야 합니다. 인류의 기술을 믿고 앞으로 나아갈지, 아니면 문명을 포기할지."

"그런 결단을 내릴 수 있는 사람이 있을까?"

"아마도 개개인의 결단은 의미가 없겠죠. 이렇게 된 이상 단독의 인간이 할 수 있는 일은 매우 한정적일 겁니다. 원래 인간은 매우 약한 생물이니까요. 약하기 때문에 지력을 짜내 살아남았던 겁니다. 게다가 이번에 일어난 일, 자연재해인지 인재인지는 모르겠지만, 아무튼 이로 인해서 개개인의 힘은 더욱 줄어들겠죠. 그러나 다행히 인류는 이미 자신의 외부에 지력의 일부를 옮기는 데 성공했습니다."

"컴퓨터 말인가?"

"물론 컴퓨터도 그렇지만 그것만이 아닙니다. 직접 쓰는 글자 역시 아주 훌륭한 지성의 한 부분입니다."

글자는 점토판에 그림 문자를 새기기 시작한 고대 문명 때 시작된 것이다. 글자 덕분에, 그전까지는 가족이나 기껏해야 수십 명의 친한 사람들끼리만 공유할 수 있었던 지식을 시간과 공간을 초월해 공유할 수 있게 되었다. 기록과 통신 기술의 발전으로 지금은 하나의 정보가 순식간에 전 세계로 퍼지고 수십 년 전의 정보를 바로바로 검색할 수 있다. 정보의 공유만이 아니다. 정보공학의 급속한 발전으로 수치 계산 등의 단순한 작업은 컴퓨터에 맡기게 되었다. 즉 본래 인간의 뇌가 수행하던 지적 작업의 큰 부분을 외부에서 실행할 수 있게 된 것이다.

"지금은, 지성이란 게 인간의 신체 내부에 머물지 않고 외부의 광대한 인터넷 공간에 흩어져 있다고 할 수 있죠. 혼란스럽고 엄청나게 거대한 네트워크와 그 내부에 흩어진 지성의 핵심인 개별 인간의 정신, 저는 이게 인류가 도달한 지성의 모습이라고 생각합니다. 다만 지금까지는 개별 인간이 단독으로 지성적인 듯 행동할 수 있었는데, 기억이 무너진 지금은 단독 지성이 무력해진 것뿐이지 않을까 싶습니다. 이제 개별 인간의 결단은 의미가 없어졌다고 봐야 하지 않을까요? 인간을 포함한 거대한 시스템 전체가 결단하길 기다려야겠죠."

"그런 결론을 내린다는 근거가 있나?"

"없습니다. 하지만 인류와 인류의 문명을 믿고 싶습니다."

"그럼 나도 믿어보지."

"주임님, 언제까지 우리끼리 운전을 계속해야 할까요?"

가자미의 목소리에 유키는 눈을 떴다.

"미안. 잠깐 졸았나 봐. 운전 중에 있어선 안 될 일인데. 지금, 몇 시지?"

"어쩔 수 없어요. 다들 이미 지친 상태라고요. 운전원의 삼분의 일은 가수면 중입니다. 지금, 6시가 넘었어요."

"6시……? 18시가 넘었다고?"

"아뇨. 오전 6시입니다."

주위를 둘러보니 확실히 운전원 몇이 자고 있었다. 다치바나까지 자는 중이었다.

"과장님…….." 유키는 다치바나를 깨우려고 했다.

"앗, 지금 막 잠드셨으니까 그대로 두세요."

"하지만 운전 중에 이렇게 많은 사람이 자는 건……?"

"맞다. 주임님은 이제 막 일어나셨구나. 일단 노트를 읽으세요."

"노트라니?" 유키는 눈앞에 있는 노트를 발견했다. "이걸 읽으면 되나?"

노트 앞부분을 읽은 유키는 자신들 전원에게 기억 소실 증상이 나타남을 알았다.

"이거 정말 긴급한 사태로군. 어젯밤부터 내내 이런 상태란 말인가?"

"달력의 날짜를 보세요. 일주일 전 밤부터입니다."

"뭐? 그럼, 일주일 동안 내내 이러고 있다고?"

"그런 것 같아요."

"당연히 피곤하겠군. 이거 어쩔 수 없겠어."

"일한 기억이 없으니 뭔가 달성했다는 느낌도 없고, 그냥 피곤하기만 해요." 가자미가 한탄했다.

"그런 데 익숙해지는 수밖에 없겠지. 그보다 익숙해지는 게 가능이나 할까?"

"고칠 방법을 알면 문제는 해결되는데."

"온 세상이 이런 상태라면 의사조차 기억이 이어지지 않을 테니 치료법을 발견하는 일은 극히 어려울 거야." 유키가 진저리를 쳤다. "그런데 어쨌든 이곳의 운전은 양호한 것 같군."

"그렇지도 않았나 봐요. 하마터면 노심 용해가 일어날 뻔했대요."

"그게 정말이야? 도대체 무슨 일이 일어난 거지?"

"기억나질 않아요."

"하지만 경험했잖아."

"그야 주임님도 마찬가지죠."

"그런가? 정말 찜찜하네."

유키는 노트를 계속 읽으며 안전밸브 문제로 하마터면 노심 용해가 일어날 뻔한 것을 알았다.

그랬구나. 원자로의 운전은 노트보다는 컴퓨터란 말인가. 듣고 보니 당연한 말인데 초조해지면 이런 실수를 하겠구나.

"음식은 아직 있나?"

"네. 지금은 괜찮은데 슬슬 조달할 필요가 있습니다. 아, 저는 무엇보다 목욕하고 싶어요."

"다른 당직 조는 어떻게 하고 있을까?"

가자미는 노트를 확인했다. "연락은 취했던 것 같아요. 하지만 전화가 잘 연결되지 않는 데다 일단 연락이 되어도 그걸 제대로 메모하지 않으면 잊으니까……. 아직도 혼란스러운 상황입니다."

"그럼, 이대로 우리끼리 최선을 다하는 수밖에……."

유키는 문득 미사키와 리노를 떠올렸다.

가족들도 기억이 사라졌을까? 제대로 생활하고 있을까? 10분 정도 사이에 사태를 파악했는지가 관건이겠지. 아마도 리노라면 가능하리라. 하지만 미사키는 어떨까? 느긋한 성격이니까 이해하지 못하더라도 잘 넘길 것이다. 매사에 선선한 편이니까 이해하지 못하더라도 리노의 말을 따라줄 가능성이 크다.

나는 기억이 사라지기 시작한 후부터 지금까지 얼마나 가족을 생각했을까? 떠올렸다 해도 그걸 일일이 노트에 기록하지는 않았을 테니까 떠올린 것도 잊고 말았겠지. 언제 떠올렸는지, 얼마나 떠올렸는지조차 잊고 만다. 쓸쓸한 마음이 들지만 애당초 인간의 기억력은 그리 좋지 않다. 평소에도 잘 잊는다.

그러니까 그렇게 안타까워하지 말자.

그리고 보니 나는 가족에게 연락했나? 전화 연결이 쉽지는 않은 듯하지만.

유키는 노트를 넘겨 확인하려고 했다.

"주임님, 이걸 보세요!!" 가자미가 모니터를 가리키며 소리쳤다.

또 문제가 생겼나 싶어 깜짝 놀랐는데 그 모니터는 시설 입구에서 시설 밖을 비추는 카메라 영상이었다.

그 너머로 출근용 셔틀버스가 다가오는 게 보였다. 버스 정류장에 서자 안에서 제복을 입은 사람이 차례로 내렸다. 영상은 작았지만 1조와 3조 당직 사람들인 게 분명했다. 모두 손에 노트를 들고 있었다.

"녀석들이 와줬어!!" 유키가 소리쳤다.

"아니? 뭐지? 무슨 일이 있나?" 유키의 목소리에 다치바나가 눈을 뜬 모양이었다. "미안하네. 잠들었나 봐. 지금 몇 시지?"

"아침 6시가 지났습니다. 그리고 더 질문하기 전에 일단 눈앞의 노트를 읽으세요." 유키가 말했다.

"어쨌든 오늘은 집에 갈 수 있겠네요." 가자미가 신이 나 말했다. "회사에서 일주일이나 지냈다는 실감은 나지 않지만."

"뭐, 자네 일주일이나 지냈다고?" 다치바나가 놀란 듯 말했다.

"그러니까 노트를 보시라고요."

"이거 아주 좋은 상황이야." 유키가 말했다.

"과장님이 잠꼬대 같은 소리를 하는 게요?"

"아니. 다른 조가 일주일 만에 완전히 일할 수 있는 상태가 된 거 말이야."

"우리는 불과 수십 분 만에 일할 수 있게 된 것 같던데요."

"그건 처음부터 여기에 전문가들이 모여있으니까. 서로 아이디어를 내거나 테스트하거나 해서 가장 짧은 시간에 진실에 도달할 수 있었지. 하지만 저 사람들은 전부 다른 장소에 흩어져 있었어. 거의 혼자서 자신의 상황을 파악해야만 했겠지. 이건 상당히 힘든 일이야. 그런데 저들은 며칠 사이에 재조직화까지 했어. 인류의 저력을 본 것 같군. 우리가 의외로 쉽게 시련을 극복할 수 있을 거라는 희망이 생겨."

"진짜 어떨까요? 인류에게는 현명함과 어리석음이라는 두 가지 특징이 다 있잖아요."

그때 문이 열렸다. 양손에 양동이를 든 히카와가 서있었다.

"뭐야, 그거? 냄새나!" 유키가 투덜거렸다.

"누굽니까? 오징어를 잡고는 냉각수 취수구에 그대로 내버려둔 사람이?! 다 썩었다고요!"

"진짜네! 정말 아깝게 됐어." 가자미가 양동이를 들여다봤다. "누가 오징어를 잡았지?"

전원은 얼굴을 마주 보고 어깨를 움츠렸다.

히카와는 양동이를 내려놓고 불쾌한 듯 자기 자리로 돌아갔다. 그리고 화면을 보며 비명도 한숨도 아닌 소리를 냈다.

"누구야? 내 콘솔을 맘대로 만진 사람?!"

6

아, 그러니까 지금 6시인가.

리노는 서랍장 위의 디지털 시계를 확인했다.

그런데 아침이야, 저녁이야? 시계는 24시간으로 표시되거나 아니면 오전과 오후를 구별할 수 있는 것으로 바꾸는 게 좋겠네.

미사키는 대체로 멍하니 TV를 보고 있다. 그러다 30분에 한 번쯤 살짝 눈물짓는데 자기 손바닥에 적힌 글자, 혹은 노트를 발견하고는 리노를 불렀다. 리노는 바로 미사키에게 가지 않고 한동안 무시하기로 결정했다. 스스로 해결하는 습관을 들여야 하기 때문이다. 다행히 노트를 읽고 이해했는지, 혹은 리노를 부른 이유를 잊었는지 금세 조용해졌다.

엄마가 좀 더 활동적으로 움직일만한 방법을 생각하는 게 좋겠어. 이대로 가면 정말 치매가 될 수도 있겠다. 그건 나한테도 적용되는 말이지만.

정신을 차리니 눈앞에 방대한 일정표가 보였고 실행한 일에는 차례로 두 줄이 그어져 있었다.

정말 이렇게 많은 일을 했단 말이야? 물론 나 혼자만의 힘은 아니었다. 상황이 발생한 후 제일 먼저 대책을 취할 필요성을 깨달은, 얼굴도 이름도 모르는 사람들이 힘을 합쳤기에 가능한 일이었다. 하지만 분명 나도 그중 한 사람이었다.

기억이 없어진 순간, 개별로서의 인류는 더 이상 지적 생명체가 아니었다.

아무리 훌륭한 사색을 해냈더라도 10분만 지나면 사라졌다. 물론 기록을 남길 수는 있으나 인간이기에 가능한 순간적인 번뜩임은 도저히 문자나 그림에 담을 수 없었다. 당면한 일상생활은 할 수 있더라도 새로운 발명이나 발견은 거의 불가능해졌다. 새로운 아이디어는 문자로 표출되기 전에 어떤 형태로든 머릿속에서 재구축되어야만 하기 때문이다. 장인의 기술을 계승하는 것도 어려워졌다.

이런 식이라면, 아마 문자로 표현할 수 없는 비결은 점점 사라질 것이다. 수리할 수 없는 게 조금씩 늘어나고 마침내 문명을 유지할 수 없게 되어 인류는 서서히 쇠퇴할 것이다. 문명이 사라지면 사람들 주위에서 정보가 급속히 사라질 테고, 인간은 잠재적인 지적 능력을 쓰지도 못하고 야생동물과 같은 수준으로 퇴행할 것이다. 그 이후 일어날 진화의 방식이 인류가 잃은 기억 능력을 대신할 새로운 지적 능력을 얻는 식일지, 아니면 쓸모없는 지성을 삭제하고 원시적인 원숭이의 일종으로 돌아가는 식일지는, 알 수 없었다.

하지만 그런 사태를 피할 방법은 있었다. 개인으로서의 인간이 더는 지적 생명체가 아닐지라도 인류 전체를 하나의 지성으로 볼 수는 있었다. 그것은 인간과 물질, 에너지와 정보의 네트워크를 포함한 인류 문명이라는 지성이었다. 그 사실을 깨달은 사람들은 저마다 활동을 시작했다.

그냥 흘려버릴 시간은 그리 많지 않았다. 다양한 인프라가 아직 기능하는 동안에 기본적인 시스템을 구축해야 했다. 만약 통신과 전력이 끊기면 그 재구축에는 헤아릴 수 없는 시간과 노력이 들어가야 할 테고 사람들은 한없이 피폐해져 새로운 규칙에 적응할 여유조차 없어질 테니까.

사태를 깨달은 사람들은 인터넷상에서 커뮤니티를 만들기 시작했다. 나중에 '제1 행동자(프라임 무버스)'라고 불리게 될 그들은 문명의 존속을 위한 온갖 제안을 내놓았다.

리노 역시 그러한 커뮤니티의 일원으로, 컴퓨터와 스마트폰을 켤 때마다 '자신의 기억이 사라지고 있다'라는 사실을 짧게 설명하는 앱을 만들자고 제안했다. 물론 리노 자신에게는 그럴만한 기술이 없었지만, 그 정도로 단순한 앱을 10분 이내에 만들 수 있는 사람은 여럿 존재했다.

　리노를 포함해 많은 사람들이 완성된 앱을 퍼뜨렸다. 어느새 앱에는 설명 기능이 더해졌다. 기억 장애에 대해 이해한 사람은 그 설명을 읽을 수 있었다. 처음에는 누구나 자유롭게 설명을 발신할 수 있는 사양이었는데 그러면 중요도가 낮은 정보까지 너무 많아진다는 사실을 깨달은 제1 행동자들은 편집위원을 조직하기로 했다. 문제는 누굴 편집위원으로 할 것인가였다. 원래는 선거 같은 민주적인 절차로 선출해야만 했으나 기억이 사라지는 상태에서 선거 시스템을 구축하는 일은 쉽지 않았다. 결국 선거는 포기하고 추첨으로 편집위원을 선정했다. 무작위로 고르면 편향이 없는 팀이 될 터였다.

　민주주의를 실현하기 위해 선거가 아니라 추첨하는 방식은, 고대 그리스에서도 실시한 바 있고 현대 일본에서도 배심원 선출에 이용되고 있다. 물론 현저히 편향된 사람이 뽑힐 가능성도 있었으나 어느 정도의 위험 요소는 어쩔 수 없었다. 그나마 위원의 임기를 짧게 하면 그런 인물이 장기간 머물 위험을 줄일 수 있었다.

　제1 행동자들이 구축한 인적 네트워크의 기능은 크게 둘로 나뉘었다. 하나는 브레인스토밍의 장이었다. 개인적으로 장시간 사고할 수 없게 되었으므로 새로운 아이디어를 만들어내는 데는 다수의 브레인스토밍이 반드시 필요해졌다. 이런 장으로는 SNS가 적합했다. 그리고 다른 하나는 만들어낸 아이디어의 데이터베이스였다. 여기에는 당장 유용하지 않은 아이디어도 포함되었다.

원래 인간은 일상에서 다양한 아이디어를 떠올리고 그것을 기억으로 축적했다. 그러다가 어느 날, 그 기억들이 무의식적으로 조합되어 크게 비약해 발명이나 발견으로 이어져왔다. 그래서 이들은 그런 기억 대신에 아이디어 집적의 바탕이 되는 데이터베이스 시스템을 구축했다. 굳이 능동적으로 검색하지 않아도 SNS의 화제로부터 키워드를 자동 추출해 관련이 있을 법한 문장이나 이미지를 속속 표시하는 방식이었는데, 이전이라면 오히려 사고를 방해하는 사양일지도 몰랐다. 그러나 기억을 잃은 사람에게는 큰 도움이 되었다.

컴퓨터에서 호출음이 울렸다.

메시지 앱이 자동으로 켜지더니 커뮤니티 사람 모두에게 메시지를 전달했다.

전혀 모르는 청년의 얼굴 사진과 '도치타 타다시'라는 글자가 나오고 그 밑에 설명서가 나타났다.

첫 호출에 호응해준 사람 중 하나. 현재는 인터넷 밖으로의 인적 네트워크 확장을 검토하고 있다.

아아. 이 사람, 아는 사람이구나. 기억할 수는 없지만.

타다시의 메시지가 텍스트로 나타났다.

인터넷 밖으로의 인적 네트워크 확장 실험인데 아무래도 잘

될 것 같습니다.

갑자기 '인터넷 밖으로의 인적 네트워크 확장'이라는 말을 들어도 무슨 소린지 알 수 없었다. 그러나 리노가 그렇게 생각한 순간 화면 오른쪽에 설명문이 나타났다.

'인터넷 밖으로의 인적 네트워크 확장'이란 인터넷을 사용할 수 없는 사람에게도 인적 네트워크를 연결하려는 시도. 현재 시점에서 인터넷에 익숙지 않은 사람이 새로 인터넷을 이해하는 일은 극히 곤란하다. 그래서 팩스나 전화, 우편 등을 인터넷과 최대한 매끄럽게 결합하는 시스템의 개발을 목적으로 한다. 구체적으로는 전화로 대화하면서 SNS 회의에 참여할 수 있는 시스템과 말로 검색한 결과가 팩스나 우편으로 오는 시스템.

그렇구나. 이거라면 인터넷을 사용한 적 없는 노년층의 힘도 활용할 수 있겠어.

실험은 백 명 규모로 이루어졌습니다. 결과는 설명해도 잊을 테니까 공유 데이터베이스에 보관해두겠습니다.

리노는 지금 읽지 않기로 했다. 필요한 때가 되면 시스템이 자동으로 알려줄 것이다.

앞으로 해야 할 일이 많았다.

리노가 소속된 커뮤니티 이외에 이미 헤아릴 수 없을 정도로 많은 인적 네트워크가 구축되고 있었다. 다음 과제는 그것들을 서로 접속하는 일이었다. 아마 문화나 사상적인 충돌이 일어나겠지. 하지만 리노는 그래도 극복할 수 있을 듯한 예감이 들었다. 아빠에게 물려받은 낙관주의 때문일지도 몰랐다.

"리노, 위에 있니?" 웬일로 미사키가 밝은 목소리로 불렀다.

"나, 여기 있어." 리노가 이번에는 무시하지 않고 대답했다.

엄마, 치매가 아니니까 걱정하지 마.

그렇게 말하려고 했을 때 미사키가 뜻밖의 말을 했다.

"아빠가 돌아오신단다."

아빠가? 그러고 보니, 아빠는 집에 없었구나. 왜, 언제부터?

리노는 아래층으로 내려갔다. "아빠, 언제 와?"

"앞으로 3시간 정도 뒤래." 미사키는 자신의 손바닥을 잠시 의아한 표정으로 보더니 웃음을 터뜨렸다. "신선한 오징어를 가지고 돌아갈 테니까 꼭 메모하고 기대하며 기다리래."

막간

인간은 모든 일을 단기 기억한다. 그리고 사람마다 다른데, 몇 분에서 수십 분 후에는 그것을 장기 기억으로 넘긴다. 이 시스템이 파괴되면 기억은 몇 분에서 몇 십 분만 유지된다. 인생의 어떤 시기에 그런 상황에 빠지면 그 이후의 인생은 추억이랄 게 없다. 추억은 그 이전의 일로 국한되는 것이다.

단기 기억에서 장기 기억으로 정보가 넘어가는 시스템에 대해서는 밝혀진 게 거의 없다. 지금에 와서는 관찰할 수도 실험할 수도 없으므로, 영원한 미스터리로 남게 되었다 해도 지나친 말이 아니다.

다만 어느 정도의 가설은 있다. 과거에는 뇌 내부의 현상이 모두 전기 화학적인 반응에 근거한다고 여겨졌다. 하지만 그 현상이 발생하고 수십 년의 세월이 흐른 지금은 공간의 성질을 이용한 양자 물리학적 작용이 있었을 것이라 추정하고 있다.

그 현상, 그러니까 '대망각'이 시작되고 며칠 동안은 지독한 혼란이 이어졌다. 그러므로 그때 무슨 일이 일어났는지는 추측하는 방법밖에 없다. 추측의 근거가 되는 것은 대망각이 시작되기 직전까지의 뇌 내부 기억, 감시카메라 등의 영상 기록, 그리고 사람들의 단편적인 메모 등이다.

지금도 다양한 가설이 존재하고 있다.

초신성 폭발과 유사한 우주적 현상이라거나, 병행 세계의 간섭이 있었다거나, 다른 시대의 침략이 있었다거나, 상고 시대의 구지배자가 부활한 조짐이라는 등의 다양한 설이 천연덕스럽게 얘기되고 있는데, 그중에서도 가장 개연성이 높다고 여겨지는 것은 한 독재 국가의 실험이 원인이라는 설이다.

그게 어떤 실험인지에 대해서는 지금도 의견이 분분하다. 유일한 사실은 독재자가 그 실험을 핵 실험이라고 믿었다는 것이다. 하지만 피폐한 그 나라에서는 핵을 실험할 능력이 없었다. 기술자들은 그럴듯한 섬광과 충격파와 방사선을 발생시키기 위해 자신들이 완성한 엉터리 이론에 따라 의사(疑似) 핵 실험을 하려고 했다. 그리고 그들이 의도하지 않았던 현상이 일어나고 말았다.

각국의 관측 장치에 핵 실험일 수 없는 진동과 미지의 방사선이 관측되었다. 그리고 전 세계가 공황 상태에 빠졌다.

현대 과학자들은 공간의 상전이가 일어난 게 아닐까 생각한다. 그 나라가 행한 미지의 실험이 공간의 성질을 바꿔버린 것이다. 단기 기억에서 장기 기억으로의 이행은 공간의 성질을 이용했던 것이라, 이 실험 이후 사람들은 장기 기억이 불가능해졌다.

공간의 상전이는 빛의 속도로 구의 형상을 한 채 퍼져나갔다고 추정된다. 불과 100분의 2초 정도의 사이에 지구 전체가 그 구에 둘러싸였다. 1초 만에 상전이는 달에 도착했다. 8분 정도에 태양까지 도달했다. 생명이 살지 않는 그들 천체에는 실질적인 피해가 존재하지 않았다. 하지만 폭발 후 10분 후에는 화성에, 40분 후에는 목성에, 1시간 10분 후에는 토성에 상전이가 도달했다. 어쩌면 그때 어떤 생명이 영향을 받았을 가능성도 있다. 상전이가 일어난 공간은 현재 지름 수십 광년의 구의 형상으로 퍼졌고 지금도 광속으로 그 영역을 넓히고 있다. 어쩌면 여러 행성계를 재앙에 빠뜨렸을 수도 있는데 현재 확인할 방법은 없다.

어쨌든 처음 공황 상태에 빠졌을 때 많은 사람들이 단순히 기분 탓이라고 착각했다. 아니, 착각하려고 했다. 그리고 극소수의 사람들이 전향성 건망증 등의 질환 가능성을 깨닫고 그 일을 메모했다.

몇 분에서 수십 분 후, 첫 번째 공황 상태에 대한 기록도 사라지고 다시 새로운 공황 상태가 되풀이되었다. 하지만 메모를 남긴 극소수의 사람들은 자신에게 일어난 일을 서서히 이해하기 시작했다.

그들은 마침내 수첩이나 스마트폰 등에 현 상태를 기록하기 시작했다. 그리고 다음 공황 상태가 덮쳤을 때는 최소한의 충격으로 극복할 수 있었다. 그들은 주위 사람을 관찰하고 무시무시한 사태가 진행되고 있음을 이해했다.

전향성 건망증에 걸린 사람이 자신만이 아니다. 자기 주위의 모두가 같은 증상이다. 어쩌면 자신이 사는 지역 전체, 혹은 나라, 세계 전체에서 이런 현상이 일어나고 있을지 모른다.

이상 사태를 깨달은 그들은 주위 사람들에게 그 사실을 전하려고 했다. 그들은 나중에 제1행동자라는 호칭을 얻게 된다. 제1행동자들에게 계몽된 사람들을 제2행동자라고 나누기도 하지만, 보통은 그들도 제1행동자라고 부른다. 어쨌든 대망각의 초기에 무슨 일이 일어났는지 정확하게 파악하는 건 어려운 일이다. 그리고 자각한 순서에 큰 의미가 있는 것도 아니다. 중요한 점은 사태를 재빨리 파악하고 가능한 많은 사람에게 빠르게 전하려고 했던 사람들이 있었다는 것이다.

그들은 에너지, 수도, 통신, 방송, 물류 등의 인프라를 유지하는 게 가장 급선무라고는 걸 깨달았다. 일단 인프라의 기능이 정지하면 기억이 없는 상태에서 그것들을 복구하는 것은 쉬운 일이 아니었다. 물론 중요한 인프라는 거의 전자동으로 관리되고 있다. 그러나 예상치 못한 고장은 어디서나 일어날 수 있었고 인간이 저지르는 실수도 헤아릴 수 없는 법이다.

제1 행동자들은 대망각의 개시 직후부터 네트워크 구축을 시작했다. 그리고 불과 몇 주 만에 대강의 네트워크를 완성했다. 인류는 이 네트워크를 기초로 조금씩 문명을 재구축했다. 인프라의 고장 발생을 완전히 막게 된 것은 몇 개월 후였다. 그리고 장애가 발생한 인프라는 완전 복구까지 무려 10년이 걸렸다.

물론 기억 장애에 대해서도 마냥 손을 놓고 있었던 것은 아니다. 이 무렵 인공적으로 장기 기억을 수행하는 장치가 이미 완성되었다. 원리는 그리 어렵지 않았다. 뇌 내부의 단기 기억 상태를 관측하고 그것을 압축해 반도체 메모리에 기록하는 방식이었다. 사용자가 말이나 영상을 상기하면 자동으로 검색해 관련 정보를 복원, 뇌 내부로 전송한다. 이것은 제1 행동자들이 대망각의 초기, 컴퓨터와 스마트폰용으로 만든 데이터베이스 열람용 앱과 같은 원리였다.

사용이 시작된 직후에는 다소 당혹스러워하는 사람들도 있었지만 곧 익숙해졌다. 나중에는 의식하지 않고 마치 자신의 의식처럼 사용하게 되었다.

초기의 외부 기억 장치는 수레에 싣고 굴리고 다녀야 할 정도로 컸다. 수술로 설치한 뒷머리 소켓에 수많은 배선을 넣은 케이블을 접속해야 했다. 보기에는 정말 흉했으나 그때까지 메모에 의존하던 기술자가 유사한 기능이긴 해도 자신의 기억에 의존해 일할 수 있게 되자 모든 분야에서 단숨에 효율이 늘어났다. 응축됐던 에너지가 해방된 듯 다양한 기술이 폭발적으로 발전했다.

그러자 기억 장치의 소형화도 단숨에 진행되었다. 1년 후에는 주머니에 들어갈 정도가 되었고 다시 1년이 지나자 손가락 크기 정도로 줄어들었다. 더 소형화하는 것도 가능했으나 너무 작아지면 오히려 다루기가 힘들어 최종적으로는 1센티미터 정도의 크기가 주류가 되었다.

몸 안에 넣을 수 있는 것도 나타났다. 하지만 수리하기가 어렵고 더 고성능 제품이 나왔을 때 교체가 어렵다는 이유로 자신의 몸 중 원하는 곳에 소켓을 설치하고 메모리를 삽입하는 형태를 더 선호했다.

그렇게 해서 지금은 대망각 이후에 탄생한 새로운 세대의 아이들이 성장했다. 그들은 자신의 뇌로 장기 기억을 수행한 경험이 없었다. 태어날 때부터 반도체 메모리에 의존해서 살았다. 그들에게 기억이란 반도체 메모리였다.

인류는 좋든 싫든 새로운 문명을 받아들일 수밖에 없었고, 바로 거기서 다양한 이야기가 탄생했다.

제 2 부

1

여기는 어디지?

나는 어디엔가 서있다는 걸 깨달았다.

주위를 둘러보니, 어슴푸레 안개가 껴있다. 안개 너머에는 어렴풋하나마 다양한 그림자가 보였다. 그건 건물이고 숲이고 사람이었다. 바람이 살짝 불어왔고 안개의 가는 입자는 천천히 그 사이를 강물처럼 흐르고 있었다. 건물 대다수는 그리 크지 않았다. 단층 주택처럼 보였다. 어쩌면 숲처럼 보이는 것도 시가지에 있는 공원일지 모른다. 사람 그림자는 대부분 움직이지 않고 가만히 같은 곳에 서있었다.

왜 아무도 움직이지 않지?

문득 그런 생각이 들었지만, 나 역시 다른 사람이 보면 그저 가만히 있는 그림자에 지나지 않을까 싶어서 쓴웃음을 짓고 말았다.

그들 중에는 혼자 우두커니 있는 사람들도 있었고 둘이나 셋씩 모인 사람들도 있었다. 먼발치에서 봤을 때는 가족처럼 보이기도 했고 친한 친구나 연인처럼 보이기도 했다. 움직이지는 않더라도 그들의 다정한 분위기는 느껴졌다. 그들은 넉넉한 애정으로 묶여있었다.

이 세계가 살벌하지 않다는 사실에 안심한 내 얼굴이 자연스럽게 풀어졌다.

그래, 나는 이처럼 사랑 가득한 가족을 알고 있다. 그리고 가족이 탄생한 이야기를 떠올렸다.

이를테면, 이런 이야기였다.

2

정신을 차리니 계단 밑에 쓰러져 있었다. 머리가 어질어질
했다. 옆에는 또 다른 누군가가 쓰러져 있었다. 하지만 그게
누군지는 모르겠다.

무엇보다 여기는 어디지?

일단 내가 서두르고 있었던 것만은 분명한데.

서둘러 계단을 내려오려다가 누군가와 부딪쳤다. 그리고 그
대로 계단을 굴러 떨어졌다.

그런데 왜 서둘렀는지, 그게 생각나지 않았다.

주위를 두리번거렸다. 사람들이 걱정스럽게 이쪽을 보고 있

었다.

아무래도 역인 것 같았다.

"괜찮아요?" 중년 여성이 말을 걸어왔다.

"아, 예. 괜찮습니다." 간신히 그렇게만 대답했다.

이게 내 목소리구나. 어렴풋하게 그런 생각이 들었다.

그때 쓰러져 있던 다른 사람이 천천히 일어났다. 그는 주위를 두리번두리번 살피더니 바닥에 떨어져 있던 작은 막대기 모양의 물건을 주웠다. 잠시 생각한 후 그것을 손바닥에 끼웠다. 막대기 모양의 물건은 손바닥에 쓱 빨려 들어갔다.

그는 갑자기 뭔가 생각난 듯 달리기 시작했다.

그 인물의 뒷모습을 보면서 어떤 위화감을 느꼈다.

"이거, 떨어졌어요." 조금 전의 중년 여성이 작은 막대기 모양의 물건을 내밀었다.

이게 뭐지?

"어머, 이 사람, 벌써 잊어버렸나 봐." 중년 여성은 놀란 듯 말했다. "당신 정도 나이면 태어날 때부터 하고 있었겠네. 이게 없으면 집에도 못 가고 부모님 얼굴이나 이름도 모를 것 같은데. 소켓이 어디 있을까?"

소켓?

"아아. 팔꿈치에 있네." 중년 여성은 팔꿈치 소켓에 막대기 모양의 물건을 끼웠다.

히로타 테쓰지.

갑자기 내 이름이 떠올랐다.

"고맙습니다." 테쓰지가 말했다. "큰일 날 뻔했습니다."

"빠지지 않도록 잘 끼워둬요. 이게 없으면 당신은 갓난아이나 다름없잖아요."

"아, 절차 기억이나 의미 기억은 다 있으니까 읽기 쓰기와 자동차 운전은 할 수 있습니다. 다만 내가 누군지, 여기가 어딘지는 모르지만요."

테쓰지는 여성에게 깊이 고개를 숙이고 달리기 시작했다.

정오까지 역 앞 호텔에 가야만 했다. 그 로비에서 약속이 있었다. 완전히 늦잠을 자고 말아 지하철에서 내렸을 땐 이미 정오가 지나 있었다. 빨리 가지 않으면 상대방에게 큰 실례가 된다.

테쓰지는 시계를 보고 시간을 확인했다.

이거 큰일이네. 벌써 10분이나 지났어.

그리고 몇 걸음 더 달렸을 때 위화감을 느꼈다.

어라?

테쓰지는 그 자리에 멈춰서 위화감의 원인을 생각했다.

다시 시계를 봤다. 테쓰지는 평소 손목 위쪽에 시계를 차는데 지금은 안쪽에 차고 있었다. 그것도 여자 시계였다. 게다가 이상하게도 아주 자연스럽게 안쪽을 봤다.

무슨 일이지?

테쓰지는 혼란스러워하면서 조심스레 자기 팔을 봤다. 한 번도 본 적 없는 옷소매였다. 오늘 분명히 양복 정장을 입었는데. 그런데 지금 여기에는 밝은 무늬의 소매가 있었다.

아니, 문제는 소매가 아니었다. 자신의 손이 생각보다 가늘었다.

테쓰지는 일단 눈을 감고 심호흡했다.

부디 내 착각이길.

그리고 눈을 뜨고 자신의 옷을 확인했다.

밝은 무늬의 여성 블라우스와 치마에 빨간 하이힐을 신고 있었다.

어떻게 나는 하이힐을 신고 달릴 수 있었지?

답은 간단했다. 늘 신어서 익숙하기 때문이다. 절차 기억이라는 녀석이다. 이른바 '몸이 기억하고 있어'라는 게 그 말이다. 물론 실제로 기억하는 것은 몸이 아니라 뇌지만.

이미 만날 시간에는 늦었지만, 그게 문제가 아니었다. 도대체 무슨 일이 벌어졌는지, 침착하게 생각해야 했다.

테쓰지는 주위를 봤으나 앉을 만한 곳이 없었다. 만나기로 한 호텔까지 가면 의자에 앉을 수 있겠으나 거기까지 갈 정신 상태가 아니었다.

근처에 카페가 보여서 들어갔다.

일단 커피를 주문하고 무슨 일이 일어났는지 생각하기 시작했다.

다른 손님이 알아차리지 못하게끔 눈치를 보며 살살 몸 여기저기를 만져보기도 했다.

단순히 여장한 게 아니라 진짜 여자의 몸 같았다.

느닷없이 내 몸이 여성화되었다고? 아니, 그럴 수는 없어.

그럼, 왜 내 몸이 여성이 되었을까? 답은 간단하다. 원래 여성의 몸이었으니까. 그럼 왜 조금 전까지 내 몸이 남자였던 것만 같지? 이것도 간단하다. 남성의 메모리를 끼웠으니까.

봐. 침착하게 생각하니 바로 답이 나오잖아?

그래, 잘못된 메모리를 삽입해서 나를 히로타 테쓰지라는 남성으로 착각하고 있는데 실제로는 완전 다르다. 여성인 것이다.

그래서, 이 몸―이라기보다 나는 누구지?

당황스럽지만, 히로타 테쓰지의 기억이 있으니 나를 히로타 테쓰지로 생각할 수밖에 없다. 누군가에게 도움을 요청해야겠는데 원래의 기억을 잊었기 때문에, 생각나는 사람은 히로타 테쓰지의 지인밖에 없었다.

어쨌든 다른 사람의 기억을 꽂고 있어선 안 될 것 같아서 메모리를 빼려고 손가락을 대다가 멈칫했다.

아니야. 조금 아까 메모리가 빠졌을 때 어쩔 줄 몰랐지. 히로타 테쓰지의 메모리가 있는 동안에는 이상하긴 해도 카페에도 들어오고 대중교통도 탈 수 있는데 이 메모리를 빼면 그런 지식이 사라져버려. 게다가 10분쯤 지나면 이 메모리가 누구 것인지조차 잊을 수 있어. 그야말로 막 태어난 갓난아기 같은 상태로 길거리에 방치되는 거야.

그건 안 되지.

메모리에서 손을 뗐다.

내 메모리를 찾을 때까지는 잠정적으로 이 메모리를 사용하

자. 이건 이른바 긴급 사태야. 어쩔 수 없어.

일단 내가 누군지 알 필요가 있겠네.

소지품을 조사하는 수밖에 없겠어.

정신을 차려보니 팔에 핸드백을 걸고 있었다.

그걸 열려고 하는데 아무래도 꺼려졌다. 스스로가 히로타 테쓰지라는 인식이 있어서인지, 여성의 소지품을 마음대로 보는 데 죄책감이 들었다. 아니, 머리로는 이게 자신의 소지품임을 알겠는데 아무래도 찜찜한 느낌이 들었다.

에잇!

과감하게 핸드백을 열었다. 간단한 화장품부터 지갑, 수첩, 핸드폰이 나왔다.

두근거리는 마음을 억누르며 지갑 안을 확인하는데 단서가 될 만한 게 아무것도 없었다. 면허증과 신용카드 같은 게 있으면 좋았을 텐데 원래 가지고 다니지 않는 게 습관인 모양이다. 핸드폰 주소록을 조사하려는데 암호가 걸려있어서 안의 데이터를 볼 수 없었다. 수첩에도 이름은 적혀있지 않았다. 팔락팔락 페이지를 넘기니 사적인 내용일 듯한 글이 많았다. 서둘러 수첩을 닫았다.

아니, 이건 아니지 않나? 몸은 이 여성의 것이라고 해도 지금 수첩 내용을 읽으면 히로타 테쓰지의 기억으로 남고 말 것이다. 수첩을 읽는 것은 마지막 수단으로 두자.

그렇다면 나는 누구라고 생각해야 좋을까? 그냥 레이디 X라고 할까? 아니야, 히로타 테쓰지의 기억이 있으니까 히로타 테쓰지로 생각하는 게 맞겠지. 일단 잠정적으로 나를 히로타 테쓰지로 생각하자. 어디까지나 일시적으로.

자신을 테쓰지라고 생각하니 마음이 조금 편해졌다. 자신의 기억이 사라지고 모르는 남성의 기억이 들어왔다고 생각하기 보다는 자신이 모르는 여성의 몸에 들어갔다고 생각하는 게 훨씬 이해하기 쉬웠다. 아니, 이해할 순 없으나 혼란의 정도가 조금 줄어드는 듯했다.

좀 더 차분하게 무슨 일이 벌어졌는지 생각해보자.

나는 역에서 여성과 부딪쳤다. 그리고 그대로 둘이 얽혀 계단에서 굴러 떨어졌다. 그때 우연히 둘의 기억 메모리가 동시에 빠져버린 모양이다. 그리고 아마 낙하 충격으로 단기 기억도 완전히 날아가 버렸겠지. 사고 당시를 기억하지 못하는 경우가 종종 있으니까.

어쨌거나 당황한 내 육체는 마침 근처에 떨어져 있던 여성의 메모리를 주워 자신에게 꽂았다. 꽂은 순간 자신을 그 여성으로 착각한 게 분명하다. 서둘러 그 여성이 가려던 곳으로 달려갔으니까. 여성의 육체가 기억을 잃고 멍하니 있는 동안에 친절한 아주머니가 내 메모리를 찾아 꽂아줬다. 그 순간 나는 히로타 테쓰지라는 인식이 생겨 목적지인 호텔로 달리기 시작했다. 그리고 중간에 내 몸이 여성임을 깨닫고 현재에 이르렀다.

봐. 정리하면 별것도 아니네.

지금 해야 하는 일은 내 메모리를 되찾는 것이다. 그렇게 생각해봤는데 아무래도 딱 와닿지 않았다. 오히려 내 육체를 되찾아야 한다고 생각하는 게 더 와닿았다.

그런데 지금 이렇게 생각하고 있는 게 히로타 테쓰지라고 하면, 나의 본질은 이 메모리라는 소리다.

이는 매우 충격적인 일이었다.

나는 이제까지 이 메모리를 콘택트렌즈나 틀니처럼 신체의 인공적인 부속물이라고 생각해왔다. 이를테면 어떤 여성과 내가 콘택트렌즈를 바꿔 꼈다고 해도 대단한 일은 아니다. 피차 제대로 물건이 보이지 않거나 눈이 아픈 정도겠지. 콘택트렌즈가 바뀌었다고 해서 인격이 바뀌지는 않는다. 그런데 이 메모리가 바뀌니까 인격까지 교환하게 된 것이다.

아니, 인격이 교환된 것처럼 느끼는 건 어디까지나 착각일 수 있다. 지금 이러고 있는 시점에도 나는 본질적으로는 어떤 여성이며, 그저 히로타 테쓰지의 기억을 지니고 있을 뿐일지 모른다. 그러나 그 여성에 대해서는 정말 아무것도 생각나지 않았다. 이름도 주소도 가족 구성도 전혀 모른다. 아는 것은 전부 히로타 테쓰지에 대한 것뿐이다.

하지만 내 본체가 이 메모리라는 생각을 받아들여도 다른 큰 문제가 남았다. 그렇다면 이 신체는 과연 무엇이란 말인가. 메모리가 뽑혀도 이 신체─히로타 테쓰지의 신체도─는 살아있다. 자신이나 세상에 대해서는 아무것도 모르나 그것은 말하고 먹고 걷고 잠들 것이다. 그런 존재를 인간으로 생각할 수 있을까.

그럼 이렇게 생각하면 어떨까? 신체와 메모리가 한 세트로 인간이라고. 무엇보다 대망각 이전에는 메모리가 필요하지 않았다. 그 기능은 원래 인간의 뇌가 수행했다. 그러니까 이런 성가신 문제는 생각할 필요가 없었다. 하지만 대망각으로 인해 장기 기억 기능이 뇌 밖에 필요해졌다. 메모리가 존재함으로써 뇌가 정상적으로 기능할 수 있으니까 신체와 뇌가 다 모여야 비로소 인간이 되는 것이다.

그렇다면 역시 메모리 없는 인간은 인간이 아니라는 건가? 아니, 그렇지 않다. 신체도 메모리와 같은 인간이다. 둘이 다 모여야 인간이지만, 한쪽만 있어도 인간인 것이다.

어? 그럼 메모리만으로도 인간인가? 그건 어째 아닌 것 같은데.

시계를 봤다.

큰일 났네. 벌써 1시야. 어쩌지. 만나기로 한 시간에서 1시간이 지났네. 틀림없이 상대는 화를 내며 돌아갔겠지. 핸드폰을 잃어버려서라는 말이 맞을까? 핸드폰과 함께 신체 자체를 잃어버렸으니, 상대의 연락처를 몰라 사과 전화도 걸 수 없었다.

이렇게 여기 앉아있다고 해결될 일은 하나도 없다. 일단 경찰에 신고할까.

제 신체를 분실했으니 찾아주세요.

그건 아니지. 그렇게 설명할 수는 없는 노릇이다. 적어도 법적으로는 메모리를 인간의 본체로 생각하진 않을 것이다.

그 말은 곧, 형식적으로 이 여성이 메모리를 분실한 게 된다.

죄송해요. 메모리를 분실했으니까 찾아주시지 않을래요?

그래, 이거네. 그럼 경찰은 이렇게 대답하겠지.

알겠습니다. 그럼, 이 분실신고서에 주소와 성명을 적어주세요.

아이고, 이거 큰일이네. 이 여성은 자신의 기억을 잃었다. 그러니까 심신 상실의 상태라는 소리다. 그리고 다른 사람의 메모리를 꽂고 있다. 이 여성은 이 메모리의 주인이 아니다. 그럼 경찰은 어떻게 처리할까?

이 메모리를 이 여자한테서 뺀 다음 본래 주인이 나타날 때까지 보관하지 않을까. 이 여성은 어딘가 병원에 잠시 맡기거나 하겠지. 그럼 이 히로타 테쓰지의 의식은 어떻게 되지? 히로타 테쓰지의 신체를 찾을 때까지 사라지는 게 아닐까?

히로타 테쓰지의 원래 의식은 그의 육체에 내내 존재할 테니까 문제가 없나? 아니야, 무엇보다 지금 여기에, 스스로를 히로타 테쓰지로 인식하고 있는 의식이 있다. 이건 이론의 여지가 없는 사실이다.

아, 이거 정말 곤란하군. 자칫 잘못해 경찰에 신고하면 내가 사라질 위험이 있다. 그렇다고 여기에 우두커니 있어봤자 달라질 건 하나도 없다.

일단 집으로 돌아가면 어떨까? 그렇다고 해도 이 여성의 집은 아니다. 히로타 테쓰지의 집이다.

말도 안 되는 소리 같지만, 의외로 이게 정답일 수도 있어.

히로타 테쓰지의 신체에는 지금 이 여성의 육체가 깃들어 있다. 그 여성도 지금 나와 마찬가지로 신체 주인의 정보를 조사하려 할 것이다. 내 신체의 가방이나 주머니에 무엇이 들어있는지 정확하게 기억할 수는 없으나 그중에는 내 정체를 알 수 있는 어떤 힌트가 있을지 모른다. 그렇다면 그 여성은 히로타 테쓰지의 집으로 향했을 가능성이 크다.

테쓰지는 자신의 집으로 향했다.

벨을 누르자 어머니의 목소리가 들렸다. "누구세요?"

"실례합니다. 테쓰지 씨 계세요?"

"아뇨. 테쓰지는 나가서 아직 안 왔어요."

아직 돌아오지 않았다. 일단 기다려보자.

"죄송한데, 들어가서 테쓰지 씨가 돌아오길 기다려도 될까요?"

"누구시죠?" 어머니의 목소리에 의구심이 담겼다.

뭐, 경계하는 게 당연하지. 갑자기 모르는 여자가 찾아와 집에 들어가게 해달라고 하니까.

"실은 테쓰지 씨의 분실물을 가지고 있어요."

"분실물? 지갑 같은 건가요?"

"더 중요한 겁니다."

"뭐죠? 분명하게 말씀해주세요."

"메모리입니다."

"예? 그거 뇌에 접속하는 장기 기억 메모리를 말하는 건가요?"

"네."

"어머. 큰일이네."

잠시 후 문이 열렸다.

테쓰지의 어머니는 불가사의하다는 듯 여성의 얼굴을 봤다.

"갑자기 찾아와서 이런 말씀을 드려 놀라셨을 텐데……."

"그건 괜찮아요. 그보다 메모리는 어디 있나요? 그 아이는 태어날 때부터 장기 기억이 없는 세대라 지금쯤 어쩔 줄 모르고 있을 텐데."

"메모리는 여기 있습니다." 테쓰지가 팔꿈치를 보여줬다.

"……농담이죠?" 어머니가 어색하게 웃었다.

"농담이면 좋겠는데 이게 진짜 히로타 테쓰지 씨의 메모리입니다."

"다른 사람의 메모리를 마음대로 꽂다니 너무 비상식적이잖아요! 메모리를 꽂으면 테쓰지의 과거를 다 알 수 있는데! 이건 사생활 침해라고요!!"

"지당하신 말씀입니다. 근데 저도 빼지 못하는 사정이 있습니다."

"도대체 무슨 사정이죠?"

"제 메모리를 테쓰지 씨가 가지고 가버렸어요."

"무슨 소리죠? 테쓰지가 당신 메모리를 빼앗았단 말이에요?"

"아닙니다. 그런 사람은 아니죠. 뭐라고 해야 할까요. 사고로 우연히 테쓰지 씨가 제 메모리를 꽂고 가버렸어요."

"테쓰지가 잘못했다는 말이네요. 그래서 당신은 보복으로 테쓰지의 메모리를 빼앗았다는 건가요?"

"아니요. 그건 아닙니다. 이것도 사고입니다."

"사고가 연달아 일어났다는 말이에요?"

"그게 아니라 한 사고에서 메모리가 바뀌었습니다."

테쓰지의 어머니는 한숨을 쉬었다. "뭐, 그런 일이 절대로 일어나지 않으리라는 법은 없겠죠. 복권에 당첨되는 거나 마찬가지인 우연이긴 하지만……. 그런데 왜 잘못 꽂은 메모리를 계속 꽂고 있죠?"

"저도 테쓰지 씨와 같은 세대라 메모리가 없으면 모든 걸 잊고 어떻게 해야 할지 알 수 없거든요."

"그러니까 당신은 테쓰지의 기억을 이용해 어떻게든 궁지를 벗어나려고 이곳까지 왔다는 말인가요?"

"그렇습니다. 그보다 주관적으로는 제가 히로타 테쓰지입니다."

"어머, 그런가? 그럼 나를 엄마라고 생각해요?"

"그런 것 같습니다. 무엇보다 존댓말 하는 게 이상해요."

"그럼 평소처럼 말해도 괜찮아요. 딸이 생겼다고 생각하면 되니까."

"딸이라니, 나는 아들인데."

"아아. 확실히 테쓰지 말투네. 그 말은 지금, 진짜 테쓰지한테는 모르는 여자 기억이 들어있다는 소리네."

"그렇다고 생각해. 저기, 어머니. 기억이란 게 뭐야?"

"기억은 기억이지. 단순한 정보."

"그럼 왜 나는 나를 테쓰지라고 생각하지?"

"글쎄다. 착각 아닐까?"

"나도 착각이라고 생각했는데 아무리 생각해도 나는 테쓰지라고……."

"그런데 너, 여기 있으면 안 되는 거 아니야? 호텔로 가야 하지 않아?"

"아니. 이 모습으론 안 되지."

"아주 괜찮은 외모 같은데."

"그게 아니라 선볼 상대가 남자인 줄 알고 왔는데 여자가 오면 이상하지 않을까?"

"아아, 그럼 넌 아직도 모르는구나."

"모르다니, 뭘?"

"잠깐만 기다려라." 테쓰지의 어머니가 안으로 들어갔다.

어머니는 여성의 몸에 든 테쓰지를 테쓰지라고 생각하지 않는 듯했다. 그럼 오늘부터 어디서 살아야 할까?

"자, 이것 좀 봐라." 테쓰지의 어머니는 파일 같은 걸 가져왔다. "기억나지 않니?"

"기억해. 맞선 사진이잖아."

테쓰지의 어머니는 사진을 펼쳐 보였다. "보라고."

"보라니, 이미 열심히 보고 있는데."

"이 얼굴을 기억하지 못해?"

"낯은 익어. 이 사진을 여러 번 봤으니까."

"그렇구나. 그렇게 된 거구나. 자기 이름도 모르는구나."

"아아. 아는 건 히로타 테쓰지라는 이름뿐이야."

"그리고 자기 얼굴도 모르고."

"응. 아는 건 히로타 테쓰지의 얼굴뿐이지."

테쓰지의 어머니는 잠자코 손거울을 내밀었다.

테쓰지는 맞선 상대와 만나기로 했던 호텔로 서둘러 갔다. 그리고 아는 얼굴과 호텔 입구에서 맞닥뜨렸다.

"앗! 죄송해요." 둘이 거의 동시에 말했다. "처음 뵙겠습니다."

"어쩐지," 상대가 말했다. "처음 보는 것 같지는 않네요."

"저도 마찬가지죠." 테쓰지가 말했다. "설마 맞선 상대가 당신일 줄은."

"어때요?"

"일단 라운지라도 들어갈까요?"

"그러죠."

둘은 자리에 앉았다.

"저기," 테쓰지가 말했다. "저는, 그러니까, 제가 히로타 테쓰지인 것 같은데 그쪽은 어떠세요?"

"마찬가지예요. 저도 제가 다도코로 치사코 같아요."

히로타 테쓰지의 모습과 목소리였다. 그런데 그 기억은 다도코로 치사코였다.

너무나도 혼란스러웠지만 테쓰지는 그 인물을 히로타 테쓰지가 아니라 다도코로 치사코로 생각하기로 했다.

"이거 어떻게 할까요?" 테쓰지는 팔꿈치의 메모리를 가리켰다.

"이거 말이죠." 치사코는 손바닥을 보여줬다. "역시 돌려놔야죠."

"그런데 왠지 무섭네요." 테쓰지가 말했다. "지금은 자신을 히로타 테쓰지라고 생각하는데 그걸 꽂으면 그 '자신'이 다른 인격으로 바뀌겠죠."

"그렇다면 우린 이미 한 번 바뀌었어요."

"하나, 둘, 셋에 동시에 빼서 같이 꽂을까요?" 테쓰지가 말했다.

"그게, 그럼 왠지 안 될 것 같아요." 치사코가 말했다. "우리 뇌는 단기 기억은 가능하니까 메모리를 빼도 잠깐은 서로의 기억이 남지 않을까요?"

"하지만 그것도 10분쯤이면 사라집니다."

"바로 메모리를 꽂지 않았을 경우죠. 메모리를 꽂으면 그 기억은 메모리에 저장돼요."

그런가. 지금 시점에서 나는 히로타 테쓰지의 기억을 마음대로 불러낼 수 있다. 일단 불러내면 한동안 뇌에 남는다. 그 상태에서 다도코로 치사코의 메모리를 꽂으면 그 기억이 메모리로 옮겨져 영원히 사라지지 않게 되어버린다.

그건 싫은데. 이런저런 기억이 다른 사람에게 알려지다니…….

앗, 안 돼! 지금 이런 생각을 하는 것도 안 될 것 같은데.

"지금, 뭔가 이상한 걸 떠올린 거 아니에요?"

"당신이 그런 말을 하니까."

"히로타 씨는 아직 괜찮아요. 남자니까요. 저는 여자잖아요."

"여성이 알리고 싶지 않은 거라면……."

"계속 말하면 성희롱이에요." 치사코가 노려봤다. 남자의 모습으로 노려보니 살짝 무섭다.

"그럼 이렇게 하죠." 테쓰지가 제안했다. "이 테이블 위에 서로 뺀 메모리를 놓고 단기 기억이 사라졌을 무렵에 자기 메모리를 꽂죠."

"메모리를 꽂는 걸 잊으면 어쩌죠? 둘이 메모리를 놓아두고 그냥 나가버리면?"

"그럴 수도 있겠네요. 그럼 이렇게 하죠. 우선 누군가 한 사람이 메모리를 빼서 여기에 놓습니다. 그리고 기억이 사라진 것을 확인하고 다른 한 사람이 자신의 메모리를 빼서 상대에게 꽂는 겁니다. 그리고 다른 한 사람의 기억이 사라진 걸 확인하고 마지막으로 원래 메모리를 꽂아요."

"하지만 누군가가 비겁하게 상대의 기억이 사라지기 전에 메모리를 꽂아버리면?"

"그런 짓을 해서 무슨 이득이 있죠? 자신의 비밀을 상대가 아는데?"

"그렇군요." 치사코가 조금 생각한 뒤 말했다. "그 방법이 제일 좋겠네요."

"누구부터 할까요?"

"제가 먼저 뺄게요. 남자 몸에 있는 것도 이제 한계예요." 치사코는 메모리를 빼서 테이블 위에 놓았다.

"어떤 느낌입니까?"

"아무것도 변한 게 없는 것 같아요."

"당신의 초등학교 때 선생님 이름을 한 명이라도 댈 수 있어요?"

치사코는 고개를 저었다.

"이제 장기 기억에 접속할 수 없다는 건 확실하네요."

"그러니까 이제 곧 저는 다도코로 치사코가 아닌 게 되는 거죠." 치사코가 잠시 생각에 잠겼다.

"그렇다고 당신이 사라지는 건 아닙니다."

"여기에 당신의 기억이 분명히 있습니다." 테쓰지가 메모리를 가리켰다.

"그러네요. 일단 원래대로 돌려놓는 게 급선무죠."

잠시 후 테쓰지가 다시 물었다. "당신은 누구인가요?"

"아직 조금 치사코인 듯한 느낌이 드는데 어쩐지 그건 꿈같기도 해요."

다시 몇 분 후 테쓰지가 물었다. "제가 누군지 알겠어요?"

눈앞의 남성이 고개를 저었다.

"당신 이름이 뭐죠?"

"모르겠습니다." 남성이 말했다.

"달리 기억나는 게 있나요?"

남성은 어깨를 으쓱했다.

테쓰지는 남성의 손바닥을 펼쳤다.

남성은 놀란 표정을 지었다.

"두려워할 필요는 없습니다." 테쓰지는 상대가 불신감을 느끼기 전에 재빨리 메모리를 자기 팔꿈치에서 빼서 남성의 손바닥에 꽂았다.

"앗!" 남성은 손바닥을 문질렀다.

남성의 눈이 순간 흰자위를 보이더니 원래대로 돌아왔다.

"어때요?" 테쓰지가 물었다.

"저는 히로타 테쓰지입니다." 남성이 대답했다.

너무나도 기묘한 느낌이었다.

자신 역시 히로타 테쓰지라는 인식이 있었다. 그런데 눈앞에 히로타 테쓰지라고 자신을 소개하는 인물이 있는 것이다.

"어떤 느낌이지?" 여성인 테쓰지가 물었다. 자신에게 존댓말을 쓰는 것도 이상해서 반말로 물었다.

"어떠냐니. 얼마 전까지만 해도 나는 여자 모습으로 그쪽에 앉아 팔꿈치의 메모리를 뽑았어. 다음 순간에는 이쪽에 앉아 있네. ……그리고 이상한 건, 여기에 앉은 채 여성에게 이름이 뭐냐는 질문을 받은 기억도 있어." 남성인 테쓰지가 대답했다.

"직전의 단기 기억이 남아서 그래. 그럼 기억이 이중이 된다는 소린가."

"다도코로 씨도 이제 곧 원래대로 돌아갈 겁니다." 남성인 테쓰지가 말했다.

"다도코로 씨는 아직 여기에 없어. 그녀는 거기 있지." 테쓰지가 메모리를 가리켰다.

"아, 맞다. 도무지 이해가 되질 않지만."

"그 신체에는 조금 전까지 다도코로 씨가 있었잖아."

"그렇게 말해도." 남성인 테쓰지는 미묘한 표정을 지었다. "어쨌든 앞으로 몇 분만 있으면 이전의 그녀로 돌아가겠지."

남성 테쓰지의 발언에 여성 테쓰지는 불안해졌다.

메모리를 돌려놓으면 그 순간 원래 신체로 돌아가리라 생각했다. 무엇보다 눈앞에 있는 남성 테쓰지는 그렇게 느끼는 듯했다. 그런데 실제로는 어떨까. 나는 아직 이 여성의 몸 안에 있다. 자신을 히로타 테쓰지로 생각하는 건 착각이고 실은 다도코로 치사코라는 사실은 알겠다. 논리적으로는 그렇다는 걸 알겠는데 이대로 자신이 사라지고 그 위에 치사코의 기억이 새로 적힌다는 게 도무지 이해되질 않았다. 이건 죽음의 공포에 가까웠다. 아니, 지금, 여기 있는 인격이 몇 분 후에 사라진다면 그거야말로 죽음이었다.

죽기 싫어.

"제가 누군지 알겠습니까?"

여성은 고개를 흔들었다.

"본인의 이름은 알겠나요?"

"모르겠어요."

"달리 기억나는 게 있습니까?"

"아아, 당신에게 질문을 받았어요."

남성 테쓰지는 웃었다. 여성의 대답이 웃긴 모양이다.

"팔꿈치를 들어주시겠습니까?" 남성 테쓰지가 말했다.

여성은 시키는 대로 했다.

남성 테쓰지는 재빨리 테이블 위에 있던 메모리를 꽂았다.

"어머?" 여성은 순간 흰자위를 보였다.

"당신은 누구세요?"

"저는…… 다도코로 치사코입니다."

"어때요? 순간 망설이는 듯했는데."

"거의 다도코로 치사코예요."

"그게 무슨 소리죠?"

"제가, 실례를 저질렀어요."

"무슨 일이죠?"

"그게, 실례를 저지른 게, 저인지 당신인지 모르겠는데……."

"점점 영문을 모르겠네요."

"단기 기억이 사라지는 걸 기다리는 동안 제 안의 당신이 겁을 먹었어요. 이대로 자신은 사라지는 게 아닐까 하고."

"아니, 테쓰지의 기억은 제대로 여기 있는데요."

"하지만 메모리를 뺀 뒤에도 제게는 제가 히로타 테쓰지라는 인식이 있었어요."

"아니, 아니. 그건 착각이에요."

"제가 그걸 착각이 아니라고 생각했던 기억이 납니다."

"그야 기억하겠지요."

"그래서 메모리를 빼고 당신에게 꽂으면 원래 몸으로 돌아가리라 생각했어요."

"이렇게 돌아왔어요."

"눈앞에서 당신은 히로타 테쓰지로 돌아왔어요. 하지만 여기에도 또 하나의 히로타 테쓰지가 남았었다고요."

"그건 잔상이나 잔향 같은 거니까 곧 사라질 거라고요."

"잔상이어도 의식이 있었어요. 제 안의 테쓰지는 자신이 죽는다고 생각했어요."

"죽는 게 아니라 잊는 것뿐이지만 말이죠."

"그래서 단기 기억이 완전히 사라지기 전에 다 잊은 척했어요."

"뭐라고요!!!" 테쓰지는 정말 놀란 듯했다. "뭘 기억해요?"

"아니, 그리 대단한 건 아니에요."

"대단한 게 아니니까 말해보세요."

치사코는 잠시 망설인 후 고개를 숙였다. "죄송해요. 아무래도 말할 수 없겠네요."

"어이, 이봐요!" 테쓰지는 머리를 감쌌다. "그건가? 그걸까?"

"그거예요." 치사코는 미안한 듯 말했다.

테쓰지는 테이블에 엎어졌다.

"죄송해요. 무슨 말씀을 드려야 할지." 치사코가 고개를 숙였다.

"아니, 됐습니다." 테쓰지가 천천히 고개를 들었다. "굳이 말하자면 당신 속에 있던 제 탓이니까요."

"그렇게 말씀해주시니 조금 마음이 편해지네요."

"게다가 저도 사과드릴 게 있습니다."

"예?"

"음, 말하지 않을 작정이었습니다. 하지만 당신이 다 털어놨으니까 저도 말해야 공평할 것 같네요."

"설마⋯⋯."

"제 안의 당신도 죽는 게 두려웠습니다."

치사코는 비명을 질렀다.

라운지의 사람들이 둘을 봤다.

둘은 고개를 숙였다.

"뭘 기억해요?" 치사코가 물었다.

"아니. 범죄가 될 만한 건 없어요." 테쓰지가 고개를 숙인 채 대답했다.

둘은 한동안 말없이 아래만 봤는데 거의 동시에 고개를 들었다.

"그럼." "그럼."

"먼저 말하세요." 테쓰지가 권했다.

"오늘 만약 평범하게 맞선을 봤으면 어쩔 셈이었어요?"

"그야 뭐 아마도⋯⋯" 테쓰지는 얼굴을 붉혔다. "그쪽이 싫지 않으면 사귀자고 하지 않았을까요."

"아, 다행이다."

"다행이라고요?"

"그러니까 우리, 서로 가장 깊은 비밀을 아는 사이잖아요?"

"뭐. 말하자면 그렇죠."

"그럼 오래 산 부부나 마찬가지잖아요. 그렇다면 아예 결혼하면 어떨까요?"

"제가 바라는 바입니다." 테쓰지는 바로 대답했다.

3

　나는 일단 가장 가까이 서있는 인물을 향해 걸어갔다. 잠시 후 상대도 알아차린 듯 이쪽을 똑바로 쳐다봤다. 다가갔는데도 아무래도 윤곽이 뚜렷해지질 않았다. 내 눈 상태가 이상한지, 뿌연 형태만 느껴졌다.

　나는 상대에게 가볍게 인사했다. 상대도 고개를 숙였다.

　역시 아는 사이인가.

　"안녕하세요. ……아니면 좋은 아침?" 나는 주저하면서 말을 걸었다.

　"어느 쪽이든 원하는 대로." 상대는 상냥하게 응대해주었다. 하지만 이상하게도 성별이나 나이가 확실치 않았다.

"아, 뭐 좀 여쭤 봐도 될까요?" 내가 질문을 던졌다. "여기는 어딘가요?"

"어디면 좋을까?"

"질문에 질문으로 대답하시는 겁니까?" 나는 살짝 화가 치밀었다.

"당신은 여기가 어디인 것 같지?" 상대는 내 말을 무시할 셈인 듯했다.

"저세상인가요? 지옥은 아닌 것 같으니 천국인가요?"

"당신은 여기가 천국이길 바라나?"

나는 고개를 흔들었다. "지옥보다는 나은 것 같으나 천국이라고 해도 그리 기쁘진 않네요."

"왜?"

"아직 죽고 싶지 않으니까요."

"그렇군. 당신은 아직 살고 싶군. 그럼, 저세상이 아니라면 어딜까?"

"혹시 내가 '모르겠다'라고 대답하면 어쩔 셈입니까?"

"그럼 '여기는 아무 데도 아니다'라고 답하겠지."

"아무 데도 아닌 곳은 있을 수 없어요."

"하지만 여기는 그런 데야."

아무래도 이 남자는 나를 놀리고 있는 듯하다. 그렇다면 나도 놀려주지.

"알겠습니다. 나는 여기가 내 고향이면 좋겠습니다."

"그럼 이곳은 당신 고향이야."

갑자기 안개가 걷혔다. 주위 풍경이 분명해지기 시작했다. 멀리 산들이 이어져 있고 가까이에는 전원 풍경이 펼쳐졌다. 수로에는 물이 졸졸 흐르고 아이들이 그물을 들고 열심히 물고기를 쫓고 있었다.

"내게 무슨 짓을 했습니까?" 나는 그 인물에게 말했다.

"아무것도." 그 인물은 대답했다.

안개가 걷히면서 사람의 윤곽이 급격히 또렷해졌다.

그 인물은 초등학교 시절의 내 스승이었다.

그리고 주위 사람들은 모두 그리운 고향 친구였다.

"최면술 같은 겁니까?"

"아니." 그 인물의 얼굴이 급속히 분명해짐과 동시에 목소리 역시 명확한 이미지가 되었다.

"여기는 정말 어디입니까? 그리고 당신은 누구입니까?"

"여기는 당신 고향이고 나는 당신의 초등학교 시절 교사지."

"이름은?"

"무슨 이름?"

"당신 이름이요."

"당신이 알고 있잖아."

"나는 알죠. 그런데 당신은 모르는 거 아닌가요?"

"왜 그렇게 생각하지?"

"나는 내 은사의 이름을 당신에게 말하지 않았죠. 만약 당신이 가짜라면 자신의 이름을 모를 가능성은 충분하죠."

"이와타 시로." 그 인물이 말했다.

"어떻게 알죠?"

"내 이름이니까."

"이건 있을 수 없어요. 선생님은 이미 고인이신데."

"여기는 당신이 죽기 전의 당신 고향이야."

"아니, 그럴 리 없어요. 여기는 내 고향이 아니야."

갑자기 주위에 안개가 퍼졌다.

사람들의 윤곽이 다시 흐려졌다.

주위 풍경도 잿빛 안개에 녹아 분명하지 않았다.

이와타 선생님이었던 인물은 다시금 이목구비가 흐릿해졌고 입고 있던 옷도 일그러지며 모양과 색이 분명치 않았다.

"여기는 어디입니까?"

"어디도 아닌 곳이지." 목소리도 흔들려 나이와 성별이 애매해졌다.

"아까, 선생님은 여기가 내 고향이라고 하지 않았나요?"

"그건 조금 전까지의 이야기지. 이제 나는 당신 선생도 아니야."

"그럼 지금은 누구입니까?"

"지금은 아무도 아니야."

"그러니까 여기는 어디든 내가 바라는 곳이 된다는 말입니까? 그리고 당신은 그 장소에 어울리는 인물로 변한다는?"

"반은 맞고 반은 틀려. 나는 그 자리에 어울리는 사람도 되고 만약 네가 원하면 어울리지 않는 사람이 될 수도 있지."

"모두 환상이네요."

"그렇지 않아. 모두 현실이지."

"현실이 그렇게 쉽게 변할 리 없죠."

"그건 곧 네 기억 속에서 변하지 않는다는 말이겠지?"

"기억 속에서 변하지 않는다는 건, 실제로 변화하지 않는 거 아닌가요?"

"네 기억은 현실인가?"

"그렇죠. 내 기억은 현실의 한 부분입니다."

"만약 현실이 변하면 네 기억도 변하겠지."

"그런 말도 안 되는 일이!"

"왜 말도 안 된다고 하지?"

"기억이 마음대로 바뀌면 더는 아무것도 믿을 수 없게 되니까요. 아무것도 믿지 못하게 되면 우리는 뭘 의지하면서 삽니까?"

"자신의 마음을 따라 살면 되지."

"마음은 자신과 현실의 관계에서 생깁니다. 현실이 없는 마음은 존재하지 않아요."

"정말 그렇게 단언할 수 있을까? 그날 이후 사람은 자기 마음의 한 부분을 분리할 수 있게 되었어. 분리된 마음은 이른바 하나의 개체에 지나지 않아. 너는 마음의 이야기를 기억하고 있지 않나?"

마음의 이야기? 물론 기억하고 있다.

그래. 이를테면 이런 이야기…….

4

토시야는 당황하고 있었다. 갑자기 중학교 때 동창이 연락해온 것이다. 솔직히 그 녀석과는 친하지 않았다. 이름 말고 아는 사실이라고는 그 녀석의 아버지가 병원을 경영하는 엄청난 부자라는 것 정도였다.

호출된 곳은 그 대형 병원이었다.

접수대에서 이름을 대자 회의실 같은 장소로 안내되었다. 잠시 기다리니 문제의 동창과 중년 남성이 나타났다.

동창은 원래 말이 없는 사람이었고 다른 사람과 눈도 맞추지 않았다. 그저 고개를 숙이고 우물쭈물할 뿐이었다.

"어이!" 토시야가 인사했는데도 그는 반응하지 않았다.

"처음 만나는군. 자네가 의대에 다닌다는 도쿠가와 토시야 군이군." 중년 남성이 말했다.

"앗. 네. 처음 뵙겠습니다."

"나는 이시다 이와오라네. 여기 있는 이시다 켄토의 아버지지." 이와오는 조금 목소리를 낮춰 말했다. "그런데 여기 온 건 아무에게도 말하지 않았겠지?"

"네. 켄토가 절대로 아무에게도 말하지 말라고 해서."

"그럼 사례금 얘기도 들었겠군."

"네."

"이건 착수금이야." 이와오는 수표를 건넸다.

토시야가 평생 일해도 벌 수 없을 듯한 금액이었다.

"성공하면 같은 액수의 사례금을 치르겠네."

토시야는 현기증이 일어난 것만 같은 심정이었으나 냉정함을 잃지 않았다. "그래서 제게 뭘 원하십니까? 범죄와 관련된 일은 할 수 없습니다."

"안심하게. 자네에게 의뢰할 일은 범죄가 아니야. 아니, 상대가 고소할 마음이 있으면 범죄가 성립될 수도 있겠네만 아마도 그럴 염려는 없을 걸세."

"도대체 제게 무슨 일을 하라는 말씀입니까?"

"단도직입적으로 말하지. 일종의 대리 시험을 쳐달라는 거야." 이와오가 말했다.

"대리요? 혹시 켄토 대신 시험을 보란 겁니까? 잠깐만요, 저와 켄토는 전혀 다르게 생겼습니다."

토시야는 홀쭉한 장신에 팔다리도 길고 나긋나긋했다. 반면 켄토는 상당한 비만으로 포동포동하고 땅딸막했다.

"외모는 상관없네. 문제는 내용이지." 이와오가 말했다. "아니, 내용이라고도 할 수 없겠네. 내용의 외면이라고 해야 할까?"

"무슨 말씀이세요?"

"요즘 시험은 우리 때와 완전히 달라진 걸 아나?"

"옛날에는 암기력을 묻는 문제가 많았다고 하더군요."

"맞네."

옛날에는 기억력을 시험하는 유형의 입학시험이 대다수였다. 하지만 문제의 대망각 이후 기억력을 묻는 시험은 치러지지 않게 되었다. 그야 당연히 아무도 혼자 매사를 기억할 수 없게 되었기 때문이다. 그리고 외부 기억이 개발된 후로는 이러한 경향이 더욱 강해졌다. 외부 기억은 필요한 걸 모두 기억한다. 따라서 별다른 노력 없이도 일단 외우려고 하면 절대 까먹지 않게 되었다. 기억력을 묻는 시험은 점점 불필요해졌다. 시험에서 요구되는 능력은 관찰력, 논리적 사고 능력, 결단력 같은 넓은 의미의 문제 해결 능력이었다.

"지금은 기억의 양을 묻는 출제는 전혀 없지. 하지만 나는 기억과 시험 결과가 전혀 관계가 없는 일이라고 생각지 않네."

"무슨 뜻이죠?"

"소논문을 쓸 때도, 수학을 풀 때도 인간의 사고에는 독특

한 패턴이 존재해. 즉, 좋은 사고 습관을 획득하면 시험 점수를 올릴 수 있을 거란 거지. 요컨대 단순한 지식의 양이 아니라 그 지식을 활용하는 방법 역시 기억으로 축적되어 있지 않겠느냐는 거야."

"하지만 절차 기억은 뇌 안에 남아있잖아요."

"절차 기억이란 자전거를 타는 방법이라거나 수영하는 법처럼 운동과 관련된 기억이야. 문제를 푸는 순서 같은 것은 뇌 안에 남지 않아."

"지금 하신 말씀은 확인된 학설입니까?"

"아니야. 내 지론이지."

"그러니까 가설이군요."

"아, 가설이라고 하면 가설이지."

이 사람은 무슨 말을 하고 싶은 걸까? 갑자기 시험 성적의 결과와 기억의 연관성을 말하다니. 분명히 대리 시험 어쩌고 저쩌고하더니…….

"조금 전 대리 시험이라고 하셨습니다. 켄토 대신 시험 보는 일은 일단 불가능합니다. 저와 켄토는 전혀 닮지 않았습니다. 감독관이 바로 알아볼 겁니다."

"아니야. 시험장에는 켄토가 가네. 그러니까 문제는 일어나지 않을 거야."

"하지만 그럼 왜 대리 시험이라고 하셨나요?"

"정확하게 말하면 사람을 바꾸는 게 아니라 메모리를 바꾸는 거지."

"무슨 말씀이죠?"

"자네는 의대 시험에 성공했네."

"네."

"우리 아들은 5년 연속 실패했지."

"알고 있습니다."

"그러니까 이 차이는 메모리의 차이야. 자네의 메모리에는 입시 비결이 있고 켄토의 메모리에는 그게 없단 소리지."

"켄토와 제 학력의 차이가 메모리 때문이란 겁니까?"

"그러하네."

토시야는 왠지 놀림을 당하는 느낌이 들었다. 그런 설명을 들어도 바로 이해되지 않았다.

"가령 입시 비결이 메모리에 들어있다고 해도 그런 비법을 얻은 것은 본인의 노력이라고 생각하지 않으세요?"

"아아. 그렇지. 그런데 왜?"

이 사람은 내 말뜻을 모르나?

"처음부터 메모리에 차이가 있었던 게 아닙니다. 그러니까 본인의 노력으로 그런 메모리로 성장했다는 말입니다."

"그게 뭐?"

토시야는 점점 화가 났다.

"그런 메모리로 성장하도록 노력하라고 켄토에게 말씀하시면 되잖아요."

"왜 그래야 하지?"

"아까 말씀하셨잖아요. 비법을 외부 기억으로 보관하지 않으면 문제를 풀 수 없는 게 당연합니다."

"맞네."

"그럼 켄토가 노력해야 하지 않을까요?"

"그렇지 않아. 왜냐면 노력하지 않아도 여기에 비법이 담긴 메모리가 있으니까." 이와오는 토시야의 메모리를 가리켰다. "노력하지 않고 노력의 결과만 돈으로 사고 싶네."

그랬구나. 바로 그런 얘기였구나.

"이건 제 메모리입니다."

"알고 있네."

"이걸 켄토에게 빌려주라는 겁니까?"

"그렇네. 자네가 직접 대리 시험을 보는 게 아닐세. 그저 시험 동안에만 그 메모리를 빌려달라는 거네."

너무나 오만한 사고방식이었다. 개인의 노력 결과를 돈으로 사려는 것이다. 그러나 제시된 금액은 매력적이었다.

"그래서 '일종의'라고 말씀하신 건가요? 그러나 부정인 건 분명하죠."

"그럴까? 내게는 애매한 경계 지대 같은데. 핵심은 본인이 아니라 메모리의 문제야. 애당초 메모리는 제조사와 제품 번호에 따라 성능의 차이가 존재하지. 그러나 입시에서는 그걸 일일이 배려해주지 않아."

"뭐, 입학시험은 메모리의 성능이 아니라 본인의 능력을 알아보기 위한 거라는 게 일반적인 입장이니까요."

"이번 경우, 시험 보는 사람은 켄토 본인이야. 그런데 메모리만 빌리는 거지. 메모리 안의 데이터는 메모리의 성능에 포함되지. 일종의 소프트웨어 같은 거니까. 그렇게 생각하지 않나?"

"듣고 보니 그런 것도 같습니다."

"만에 하나 들키더라도 자네에게는 피해가 가지 않도록 하지. 아니면 제시한 금액에 불만이라도 있나?"

금액에는 전혀 불만이 없었다. 다만 쉽게 허락해도 되는 걸까?

토시야는 생각했다.

이 메모리는 토시야가 계속 사용함으로써 다양한 경험이 각인되어 있었다. 그런 걸 함부로 다른 사람에게 양도해도 될까?

아니지. 양도하는 게 아니다. 그저 잠시 빌려주는 것뿐이다. 메모리의 내용은 소중하나 법률로 복사 제한이 엄격하게 시행되고 있으므로 타인에게 그 내용을 전해줄 수 없다. 켄토의 몸에서 빼고 10분 정도만 지나면 켄토의 뇌에서 완전히 사라진다. 그리고 나는 실제로 대리 시험에 손을 댈 필요가 없다. 시험을 보는 사람은 어디까지나 켄토였다.

"알겠습니다. 시험 동안만 메모리를 빌려드리죠."

"고맙네. 잘 생각했어." 이와오는 토시야의 손을 잡고 꼭 쥐었다.

"그럼, 착수금을 받겠습니다." 토시야는 수표를 주머니에 넣었다.

"당일 아침, 우리 집으로 와주게. 거기서 메모리를 받지."

이와오는 안심한 듯 미소를 보였으나 켄토는 여전히 불안한 듯 고개를 숙이고 있었다.

당일, 이시다의 집으로 가자 응접실로 안내되었다. 거기에는 이와오와 켄토가 기다리고 있었다.

"둘 다 우선 메모리를 빼 테이블 위에 놓게." 이와오가 말했다.

토시야는 턱 밑에서 메모리를 뺐다. 켄토는 오른쪽 관자놀이에서 메모리를 뺐다.

"이대로 10분 동안 기다리지. 둘의 단기 기억이 완전히 사라진 후 메모리를 꽂겠네." 이와오가 말했다.

토시야는 자신의 기억이 켄토의 기억으로 오염되는 것도, 그 반대도 정말 싫었으므로 이 조치에 이견은 없었다.

눈앞에 자신의 얼굴이 있었다.

그리고 비명을 질렀다.

"왜 그러나?" 이와오가 말했다.

"아악!!!" 토시야의 얼굴을 한 인물이 말했다.

"도쿠가와 군, 왜 그러나? 제대로 말할 수 없나?!" 이와오가 미간을 찌푸렸다.

"여, 여, 여기에 또 다른 내가 있어." 토시야의 얼굴을 한 인물이 말했다.

"그건 네가 아니야. 켄토지."

"그, 그러니까 내가 켄토야. 아빠." 토시야의 얼굴을 한 인물은 의자에서 일어나 불안한 듯 이리저리 걸어 다녔다.

"침착해!" 이와오가 거칠게 말했다.

"나는, 나는……."

"자, 저기 거울을 봐!" 이와오는 토시야의 얼굴을 한 인물의 어깨를 잡고 벽에 걸린 거울 쪽으로 갔다.

토시야의 얼굴을 한 인물은 절규하며 그 자리에 주저앉았다. "큰일 났어. 큰일이야. 아빠 도와줘요."

"뭐야, 켄토 흉내를 내서 나를 놀리려는 건가?!" 이와오는 짜증스럽게 말했다. "확실히 켄토가 부족한 면이 많긴 하지만, 대놓고 흉내를 내면 화가 난다고."

"아니야. 아빠……." 토시야의 얼굴을 한 인물이 울기 시작했다.

"켄토 흉내는 그만두라고 했을 텐데!!" 이와오가 한 대 칠 듯이 달려들었다.

"그만두세요. 그는 일부러 그러는 게 아닙니다. 우리 세대의 뇌에는 장기 기억이라는 게 없습니다. 그래서 메모리에 의존하죠. 그는 자신을 켄토로 착각하고 있고 저는 자신을 토시야로 착각하고 있습니다."

"'착각'이라니 무슨 소리지? 네가 켄토라는 건 알고 있을 거 아니야?" 이와오가 어이없다는 듯 말했다.

"논리적으로 제가 켄토라는 사실은 압니다. 그러나 기억은 토시야의 것만 있습니다. 제가 토시야가 아니라고 생각하기가 힘들죠."

"하지만 너는 틀림없이 켄토야. 부모인 내가 하는 말이니까 틀림없어. ……그러나 멋지군. 이토록 똑부러지게 자기 생각을 말하다니, 이게 진정한 너구나. 켄토."

"그건…… 토시야……라고." 토시야의 얼굴을 한 인물이 울부짖으며 말했다. "내가…… 내가 켄토……인 것 같아. 아빠."

"누가, 네 아빠라는 거야?! 구역질나는 소리 좀 그만해, 이 버러지 같은 녀석!!" 이와오는 호통을 쳤다.

"아니……. 지금까지 아빠가…… 화낸 적은…… 한 번도 없었는데." 토시야의 얼굴을 한 인물은 상당한 충격을 받은 듯했다.

"정말 토할 것 같네." 이와오는 여전히 노려보고 있었다.

너무 기분이 나빴으나 어쨌든 이와오를 거스르지 않는 편이 좋을 것 같았다. 하지만 켄토에 대해서는 전혀 모르겠고, 여전히 자신은 토시야인 것 같은 게 사실이었다. 일단 자신을 토시야로 생각하기로 하자. 그리고 저 토시야의 육체를 지닌 청년은 켄토이다. 그렇게 생각하니 혼란이 줄었다. 물론 이와오에게는 이런 논리가 통할 것 같지 않지만.

"일단 저는 시험장으로 가겠습니다. 우물쭈물하다가는 지각하겠어요."

"그렇군. 차로 보내주지."

"그동안 나는…… 내 방에서…… 기다리고 있을게." 켄토가 훌쩍이면서 말했다.

"내 방이라면 켄토의 방 말인가?"

"그런데요……."

"너, 바보야?! 왜 생판 모르는 네가 아들도 없는데 이 집에 있지?! 남이 집에 있다니 소름 끼쳐. 시간이 될 때까지 당장 어디로든 나가주게!"

"어디라니, 어디로……."

"그건 내가 알 바 아니지! 스스로 생각해!!" 이와오는 내뱉 듯 말했다.

아들의 시험을 위해 토시야의 힘을 빌린 주제에 너무 기세 등등했다. 아마도 아들을 편애하는 아버지였으리라. 지금 토시야의 몸에 들어있는 켄토는 틀림없이 혼란스러울 것이다.

켄토는 걷어차이기라도 하듯 집에서 쫓겨났다.

토시야는 자동차를 타고 시험장으로 갔다.

시험은 예상외로 간단했다. 토시야가 다니는 대학에 비하면 상당히 성적이 낮은 학교라 당연했을지 모르겠다. 다만 켄토의 실력으로는 도저히 감당할 수 없는 수준이어서, 이와오의 가설이 의외로 훌륭하다는 생각이 들었다.

시험장에서 나오자 이시다 집안의 차가 기다리고 있었다.

"빨리 집으로 돌아가 주세요. 메모리를 원래대로 바꿔야겠어요. 그러지 않으면 너무 기분 나쁠 것 같네요."

"그게 말입니다만." 운전사가 말했다. "상황이 조금 바뀌었답니다."

"무슨 소리죠?"

"잠시 이대로 있을 필요가 생겼습니다."

"그건 얘기가 다르죠. 도대체 무슨 일입니까?"

"제 입으로는 더 말씀드릴 수 없습니다. 자세한 이야기는 원장님께 들으십시오."

이시다의 집으로 돌아오자 이와오가 환하게 웃으며 반겨주었다. "켄토, 시험은 어땠니?"

"그럭저럭 봤습니다. 그보다 켄토는 어디 있나요?"

"무슨 소리니? 켄토는 너잖아?"

"그러니까 제가 하고 싶은 말은……. 켄토의 장기 기억이 기록되어 있는 메모리는 어디 있냐는 말입니다."

"아아. 그거…… 실은 사고가 났단다."

"사고?"

"자주 있는 가슴 아픈 사고지."

"어떤 사고인가요?"

토시야는 마음이 소란해졌다.

"철도 사고야. 도쿠가와 군은 골몰히 뭔가 생각했던 모양이야. 플랫폼에서 떨어졌어."

그 말은 들은 충격으로 토시야는 바닥에 주저앉았다.

"왜 그러니? 도쿠가와 군과 그리 사이가 좋았던 것도 아닌데."

"내가…… 내가 사고를…….."

"아니, 네가 아니야. 도쿠가와 군이지. 무엇보다 너는 이렇게 건강하잖니."

"나는…… 도쿠가와 군은 어떻게 됐나요?"

"뭐라고 해야 할까. 아, 운이 나빴어. 마침 급행 전차가 플랫폼을 통과했다는구나."

"어떻게 됐냐고요?!" 토시야는 목소리를 높였다.

"아니, 뭐랄까, 토막이 났지."

"설마 손발이 절단됐나요?"

"전차가 통과한 것은 몸통 위였다. 절단이라기보다 다짐육 상태라고 해야겠지."

순간 뇌리에 선로 위에 흩어진 머리와 손발, 다짐육 상태가 된 내장이 떠올랐다.

"욱……." 토시야는 그 자리에서 토했다.

"아니, 충격일지도 모르겠지만 이미 일어난 사고니 어쩔 수 없지."

그런 문제가 아니었다. 돌아가야만 하는 육체를 잃어버린 것이다. 이제 나는 어떻게 하면 좋을까? 이 육체는 켄토에게 돌려줘야만 했다. 그렇다면 내 정신은 어디로 가게 될까?

"켄토…… 내 메모리는 어떻게 됐습니까?"

"낡은 메모리 말이니? 그런 걸 신경 쓸 게 뭐냐? 그건 도움이 되질 않았어. 네 능력을 끌어내지 못했잖아."

"하지만 그 메모리에는 이시다 켄토의 이제까지의 인생이 담겨있어요."

"그건 단순한 데이터에 불과해. 네 인생의 본질은 그런 데 있지 않아. 너는 대학에 입학해 뛰어난 성적을 거두고 내 뒤를 이을 거다. 그게 바로 네 인생이야. 그건 미래에 있는 거지."

상당히 긍정적인 말이었으나 토시야에게는 공허하게 들렸다. 타인의 인생을 빼앗은, 혹은 억지로 타인의 인생을 밀어낸 듯한 기분이었다.

"지금의 제게는 아버지에게 보살핌을 받은 추억도 없어요. 진정한 내가 아니에요."

"나와의 추억이 그렇게 소중하다면 지금부터 다시 만들면 된다. 그런 사소한 일에 신경 쓰지 마라."

"이시다 켄토의 외부 기억 메모리는 어떻게 됐나요? 알려주세요." 토시야가 끈질기게 물었다.

"그건 부서졌어."

"부서져요? 외부 메모리는 특수한 금속 케이스에 담겨있어요. 웬만해선 부서질 리 없어요."

"하지만 실제로 부서지고 말았구나. 반도체가 망가져 재생은 불가능해."

"무슨 소리죠! 이런 일이 벌어지다니!!"

"태어난 후의 기억을 모두 잃다니, 슬플 수도 있겠지. 하지만 어떤 일이든 마음먹기 나름이란다. 이걸 좋은 기회라고 생각하면 안 될까?"

"이토록 절망적인 기분은 처음입니다. 행운이라는 생각은 전혀 안 들어요."

"공짜로 완벽하게 조정된 메모리를 손에 넣었잖니. 이게 행운이 아니면 뭐지?"

"공짜요? 그럼 그 수표는?"

"엄밀히 말하면 그 수표는 도쿠가와 군의 소유지. 하지만 아직 현금으로 바꾸지 않은 것 같더구나."

"현금으로 바꾸지 않았을 뿐입니다. 도쿠가와 군의 가족이 상속받아야죠."

"군이 따지자면 그렇지만, 그 수표는 가족조차 존재를 모를 거다. 아마도 이대로 발견되지 않고 끝나지 않을까."

"하지만 저는 자신을 도쿠가와 토시야라고 느끼고 있습니다."

"그건 착각이야. 네 몸은 이시다 켄토의 것이고 영혼 또한 이시다 켄토의 것이야."

"영혼?"

"그래. 영혼. 네 불멸의 본체지."

그렇다면 이 신체 안에 이시다 켄토의 본체가 남아있다는 말인가?

토시야는 자신의 마음을 탐색했다. 그러나 어디에도 켄토는 찾을 수 없었다.

"저는 앞으로 어떻게 해야 하나요?"

"그야 평범하게 대학을 다니고 장래에는 의사가 되면 되지."

"그럼 도쿠가와의 부모님은 어떻게 되나요?"

"안됐지만 어쩔 수 없구나. 아들을 기억하며 살아가야지."

"여기에 토시야의 기억이 있는데."

"그걸 말해봤자 무슨 소용이 있겠니? 도쿠가와 가문의 양자라도 될 셈이냐? 장담컨대 도쿠가와 군의 부모는 너를 인정하지 않을 거다. 오히려 아들에게서 메모리를 빼앗은 원수로 생각할 수도 있지. 만약 그 메모리를 돌려달라고 하면 어쩔 거냐? 그냥 넘길 생각이니?"

그건 할 수 없었다. 그렇게 되면 나는 갓난아기나 마찬가지였다.

"잘 들어라. 네가 도쿠가와 군의 메모리를 꽂고 있다는 건 절대 비밀이다. 알겠니?"

토시야는 고개를 끄덕일 수밖에 없었다.

이와오는 토시야를 철저히 켄토로 취급했다. 정말로 그렇게 생각하는 것 같았다.

하지만 토시야는 자신을 한 번도 켄토라고 생각한 적이 없었다.

켄토의 방에 있는 책들을 봐도 어떤 감정도 느낄 수 없었다. 앨범이나 가족 비디오를 봤으나 어떤 감정도 들지 않았다. 그런 일이 과거에 있었구나 하는 인상조차 없었다.

아버지는 그렇더라도 어머니는 아들의 기억이 바뀌었다는 걸 몰랐으므로 이변을 알아차릴 법도 했지만, 그녀는 원래 켄토에게 관심이 거의 없었던 듯 별말이 없었다.

오랜 지인이 옛날 이야기를 시작해 이런저런 대화를 할 때가 가끔 있었는데 메모리와 소켓의 접촉이 불량이라 일부 기억이 날아갔다는 변명으로 넘어갔다. 천문학적으로 낮은 빈도라고는 해도 그런 사고가 과거에 있었던 건 확실했다.

어쨌든 그렇게 생활하다 보니 토시야는 켄토로 행동하는 데 익숙해졌다. 물론 켄토 그 자체가 되었다는 건 아니었다. 어디까지나 흉내에 불과했다. 그러나 이와오는 그런 아들의 변화를 원래의 켄토로 돌아왔다고 해석했다.

어느덧 토시야는 대학을 졸업하고 연수 생활을 마친 다음 이와오가 경영하는 병원의 외과의로 들어왔다. 사람들은 그가 원장의 뒤를 이으리라 생각했다.

그러나 그때가 왔는데도 토시야는 자신의 처지를 받아들일 수 없었다. 자신의 병원을 가지게 되는 건 고마운 일이었다. 그러나 이 병원은 원래 켄토가 이어야만 했다. 토시야가 물려받는 것은 말도 안 되었다.

하지만 자신이 '켄토'라는 사실은 실감하지 못했어도 논리적으로는 이해하고 있었다. 육체가 켄토인 한 상속권이 있었다. 문제는 영혼이었다. 과연 이 육체에 깃들어있는 영혼은 토시야의 것일까, 켄토의 것일까?

그러던 어느 날, 이와오가 쓰러졌다.

처음에는 단순한 과로라고 생각했는데 정밀검사 결과 악성 질환으로 밝혀졌다. 이미 손 쓸 수 없는 상태였다. 병원은 원장을 교체하는 절차를 빠르게 추진하기 시작했다. 토시야는 실감이 나지 않았지만, 자신이 관여하지도 않은 채 자신에 관한 일이 척척 진행되어 가는 상황을 보니, 대리 시험 이후의 과정이 떠올랐다.

이와오의 상태가 급속히 나빠졌다.

토시오는 이와오의 병상에 불려갔다.

"켄토, 그 일에서 얼마나 흘렀지?" 이제 이와오는 간신히 숨을 쉬고 있었다.

"이래저래 15년이나 지났네요."

"그 무렵에는 자신이 도쿠가와 군 같다고 했지. 지금은 완전히 꿈을 꾼 것 같겠구나."

토시야는 잠시 말없이 생각에 잠겼다가 마침내 조용히 대답했다. "아뇨. 사실은 지금도 저를 켄토라고 생각하지 않습니다."

"정말이냐?" 이와오는 상당히 놀란 듯 눈을 크게 떴다.

"모르셨어요?"

"일시적인 착각이라고 생각했다."

"제게는 도쿠가와 토시야의 기억만 있습니다."

"그러나 그 후에는 이시다 켄토의 기억이 쌓였잖니."

"정확히는 이시다 켄토인 척하는 도쿠가와 토시야의 기억이죠. 새로운 기억이 아무리 쌓여도 심층에는 도쿠가와 토시야의 기억이 가득하거든요."

"왜 그러니? 왜 그토록 자신을 토시야라고 고집하지?"

"죄송합니다. 저도 할 수 있다면 저를 켄토라고 생각하고 싶었습니다. 그러나 아무래도 그렇게 되지 않았습니다."

"그럼 켄토는 어디 있지? 내 아들의 영혼은?"

"영혼은 모르겠습니다. 아직 제 안 어딘가에 있는지, 아니면 이미 성불했는지. 다만 그의 기억에 대해서는 분명히 압니다. 그 무시무시한 철도 사고로 켄토의 기억은 영원히 사라졌습니다."

이와오는 눈을 감았다. 그 눈꺼풀 사이로 천천히 눈물이 흘러나왔다.

"이게 무슨 일이냐. 내가 무슨 짓을 저지른 거지."

"왜 그러세요?"

"나는 좋은 일이라고 생각했다. 너를…… 켄토를 행복하게 만들 수 있을 줄 알았다."

"병원을 물려주는 일 말입니까? 그거라면 더는 신경 쓰지 마시고—"

"그게 아니야. 나는 도쿠가와 군을 부러워했단다."

"당신이 제 무엇을 부러워했나요?"

"도쿠가와 군은 켄토와 별 차이가 없는데도 그 어렵다는 의대를 별 어려움 없이 바로 합격했지."

"아뇨. 남들만큼 힘들었습니다."

"그런데 우리 켄토는 4류, 5류 의대조차 합격하지 못해 하염없이 재수 생활을 계속했지."

"뭐, 학문에는 적성이라는 게 있으니까요. 맞지 않은 공부는 해도 쉽게 늘지 않죠."

"너는…… 켄토는 이 병원의 후계자야. 반드시 의사가 되어야만 했지. 적성에 맞지 않는다는 한심한 소리는 허락되지 않았어."

"하지만 맞지 않으면 어쩔 수 없죠."

"켄토의 재능이 특별히 떨어진다고는 생각하고 싶지 않았다. 켄토는 그저 올바른 메모리 구성에 실패했을 뿐이지. 그래서 제대로 조정된 메모리만 손에 넣으면 그 실력을 발휘할 수 있으리라 생각했다. 그래서 나는 켄토의 친구 중에서 특별히 학력이 높은 사람을 골랐지."

"그래서 저…… 도쿠가와 토시야를 점찍은 거군요."

"처음에는 당일만 이용할 생각이었다. 그런데 메모리를 교환한 후 너무나 다르게 변한 네 모습에 마음을 빼앗겼구나."

"무슨 말씀이세요?"

"이전의 너는 무슨 질문을 해도 그저 슬쩍 웃고 마는 얼간이였어. 그런데 메모리를 바꿨을 뿐인데 표정까지 바뀌더라. 내 질문에도 바로 대답했지. 그것도 정확한 대답을."

"정말 말도 안 되는 말씀을 하시네요."

"한편 켄토의 메모리를 꽂은 도쿠가와 군은 한심하더라. 평소 켄토의 언동과 똑같았지. 너무나 똑같아서 나는 그가 정말 혐오스러웠다. 시험이 끝나면 이 어리석은 게 다시 켄토의 몸으로 돌아오겠지. 나는 그걸 참을 수 없었다. 내 아들은 우수해야만 했으니까. 가능하다면 그 어리석은 것은 영원히 도쿠가와 군의 몸에 꽂아두고 싶었다." 이와오의 목에서 쌕쌕 소리가 났다. "그래서 그렇게 했다."

"지금, 무슨 말씀을 하시는 겁니까?" 토시야는 자신의 귀를 의심했다.

"도쿠가와 토시야와 너는 그저 중학교 동창일 뿐이고 게다가 졸업 후 여러 해가 지났지. 그리고 나는 그 동창의 아버지야. 접점은 거의 없었어."

"무슨 소리죠? 설마 당신……."

"나는 제정신이 아니었어. 정신을 차렸을 때는 이미 끝나 있었어. 원하는 아들을 가지고 싶었어. 불량 메모리를 처리하고 싶었지."

토시야는 현기증을 느꼈다. 그때의 전차 사고 현장이 떠올랐다. 동시에 이와오에 대한 격렬한 분노와 혐오감이 생겼다.

"메모리만이 아니야. 당신은 한 사람을 죽였어요."

"그랬지. 나는 그걸 잊고 있었구나. 그런데 지금 네 이야기를 듣고 깨달았다. 나는 도쿠가와 군…… 네 신체를 죽여버렸구나."

"제 신체만이 아니에요. 당신은 켄토, 아들의 마음도 망가뜨렸어요."

"기억이 마음일까?"

"……모르겠습니다. 그러나 저는 자신을 도쿠가와 토시야라고 생각합니다. 이건 영혼이 아니라 기억의 힘에 기인한 겁니다."

"나는 켄토의 인생을 빼앗은 걸까?"

"글쎄요. 적어도 제…… 토시야의 인생은 빼앗겼습니다."

"켄토로 산 인생이 행복하지 않았니? 원장 자리가 약속되어 있잖니. 만약 그냥 토시야였다면 병원도 개업하지 못하고 평생 월급 의사였을 거야."

"행복인지 아닌지 모르겠습니다. 하지만 제 진정한 인생은 아니었죠."

"그랬구나. 나는 이중으로 죄를 지었구나."

바이털 수치에 변화가 나타났다. 바로 조치하지 않으면 바로 숨을 거둘 게 분명했다.

토시야는 간호사 호출 버튼으로 손을 뻗었다.

"하지 마라." 이와오가 힘없는 목소리로 말했다. "더는 살아도 소용없어. ……병원은 네가 맡아라. ……하지만 만약……."

"만약?"

"켄토에게 인생을 되돌릴 기회를 주고 싶다면……."

"그건 이미 불가능합니다. 그의 기억은 영원히 사라졌어요."

이와오는 토시야의 손을 잡았다. 불가사의하게도 강한 힘이 느껴졌다.

거짓이었을 수 있으나 이 사람은 지난 15년간 자신의 아버지였다. 그는 자신을 자기 아들이라고 착각하고 온갖 도움을 주었다. 그가 한 짓은 용서할 수 없으나 마지막은 편안히 보내줘도 괜찮으리라.

토시야도 이와오의 손을 꼭 잡았다.

"서재 책상 두 번째 서랍 안쪽이야."

"뭐가요? 거기에 뭐가 있나요?"

이와오의 손에서 힘이 빠졌다. 그리고 다시는 말할 수 없었다.

서랍 안쪽에는 예상하지 못한 게 있었다.

외부 기억 메모리.

아마도 켄토의 것이겠지. 부서졌다는 건 거짓이었다. 이와오가 몰래 회수해 보관했을 것이다. 어떤 의도였는지 지금은 알 수 없었다. 그러나 마지막 순간에 이것을 자신에게 맡긴 뜻은 알 수 있었다. 그는 자기 아들에게 인생을 되돌려주고 싶었던 것이다.

토시야는 자기 몸에 꽂힌 메모리를 만졌다.

이 메모리는 원래 여기에 꽂혀있어선 안 되었다. 이 메모리의 주인도 지금은 이 세상에 없었다. 무자비하게 살해됐다. 그리고 가해자도 이미 죽어버렸다. 무엇보다 토시야가 들은 말 외에는 증거도 없었다. 사고가 아니라 살인이었다고 폭로해도 변할 건 아무것도 없었다. 오히려 자신이 부정에 가담했었다는 사실을 고백해야만 했다.

그리고 여기에 켄토의 메모리가 있다. 이것은 원래 이 신체에 꽂혀있어야 했다. 지금 이대로는 자신을 켄토라고 생각할 수 없었다. 하지만 이 메모리를 꽂으면 진정한 이시다 켄토가 된다. 켄토가 이 병원을 물려받는 것은 정당한 일이었다. 이 메모리를 옳은 장소에 돌려놓는 게 정당한 것 같았다. 하지만…….

토시야는 메모리를 들고 밖으로 나갔다. 그리고 집의 정원을 천천히 바라봤다.

오랫동안 나는 이 집을 내 집으로 여기고 살았다.

그리고 밖으로 나갔다. 거리를 돌아다녔다. 생각해보니 자신이 사는 동네를 찬찬히 본 적이 없었다. 만약 켄토의 메모리를 꽂으면 토시야인 나는 이 세계에서 사라지게 된다. 이 경치도 마지막이었다.

토시야는 거리를 돌아다니며 그 풍경을 즐겼다.

둔치에 앉아 수면에서 노는 물새들을 보니 마음이 편안해졌다.

이제는 된 것 같네.

토시야는 켄토의 메모리를 주머니에서 꺼냈다. 그리고 천천히 바라본 후 눈을 감고 심호흡했다.

그리고 눈을 떴다.

결심했어.

토시야는 메모리를 강으로 던졌다.

위험해. 위험해. 만약 켄토에게 이 몸을 넘겼다가 그 녀석이 두 번 다시 내 메모리를 사용하지 않겠다고 결심이라도 하는 날에는 손 쓸 도리가 없잖아.

이제 이 몸은 내 거야. 아니. 오히려 이제 이 메모리는 내 거라고 해야 하나.

나는 켄토로 대학에 합격했고 의사로 경험을 쌓았으며 곧 원장이 되려 하고 있었다. 메모리를 켄토의 메모리로 돌려놓으면 나는 사라져버린다. 육체는 이와오에게 빼앗기고 정신까지 켄토에게 넘기는 것이다. 그리고 켄토는 별 어려움 없이 원장의 지위를 얻겠지. 그게 원래 약속되어있던 미래일지는 모르겠지만, 아무것도 하지 않고 그걸 다 얻다니 운이 좋은 것도 정도가 있지. 게다가 살인자의 아들인데. 물론 아버지가 살인자인 게 그의 잘못은 아니다. 하지만 살인자의 가족이 살해당한 사람의 모든 걸 빼앗는 것은 말도 안 된다.

나는 내가 쌓아올린 것을 다른 사람에게 양보할 생각이 없었다.

이건 스스로 개척한 내가 나아가야 할 길이니까.

5

　"이 세계의 모든 게 내 환상이라고 해보죠." 나는 상대의 질문에 대답하지 않고 계속 말했다.
　"그렇게 생각하는 건 네 자유다."
　"이 하늘도 땅도 그 사이에 있는 공간도 그것을 채우고 있는 공기도, 공기를 물들이는 기후도, 근처에 있는 사람들도, 당신도 사실은 다 존재하지 않을지 모릅니다."
　"그럴지도 모르지."
　"그리고 나의 이 육체 역시 존재하지 않을지 모릅니다."
　"네 육체는 세계의 일부이다. 세계의 다른 부분과 비교해 특별한 건 하나도 없지."

"그럼 내 마음은 어떤가요? 내 마음은 존재하지 않나요?"

"그건 내가 모르는 일이지."

"맞습니다. 당신은 모르죠. 그러나 나는 알아요. 나는 모든 존재가 의심스럽습니다. 그렇게 생각하는 주체는 의심할 바 없는 겁니다. 따라서 적어도 나는 존재합니다."

"그야말로 데카르트가 말한 '나는 생각한다. 고로 존재한다'로군."

"선인의 길을 좇아서 나쁠 건 없죠."

"하지만 그 이론은 유치해. '생각하는 것이 항상 존재한다'는 명제는 누가 증명했지?"

"논리학으로 본질을 흐려도 소용없어요."

"논리적인 말이 아니면 스스로 인정할 수 없나?"

"이건 증명의 문제가 아닙니다. 내가 생각한다는 사실은 나만 알 수 있는데 나는 자신이 확실히 존재한다는 걸 아니까."

"그래서, 다음은 어떻게 전개되지?"

"내가 존재한다는 건 알 수 있습니다. 한편 나는 이 세계를 오감으로 느끼고 있죠. 그러니까 나는 내 밖의 것에서 찾아오는 뭔가를 느낍니다. 그것은 내 마음과는 다른 무엇입니다. 즉 내 밖에 세계가 존재하는 건 틀림없는 사실입니다. 다만 내가 세계라고 느끼는 것의 모습이 옳다고 단정할 수는 없습니다."

"그렇군. 너는 자신의 안팎을 구별할 수 있다고 생각하는군."

"당연하지 않습니까? 자신과 자신 이외의 것은 구별할 수 있습니다."

"그럼 만약 자신의 밖에서 또 다른 자신을 발견하면 그 현상을 어떻게 설명할 셈인가?"

"말도 안 됩니다. 도플갱어나 유체 이탈이란 세상을 속이는 말에 불과합니다."

정말일까?

내가 내뱉은 말이 마음에 걸렸다.

나는 하나이고 또 다른 내가 존재한 적은 없어. 가령 육체가 바뀌었다고 해도 내 정신은 어디까지나 하나인 거야. 내 밖에 내가 존재하는 일은 있을 수 없어.

정말?

그리고 나는 한 이야기를 떠올렸다.

6

하루나는 그저 재미있는 농담쯤으로 생각했다.

쌍둥이에게는 자주 일어나는 실수였다.

침대에서 눈을 떴을 때 처음에는 알아채지 못할 정도였는데 이윽고 점이나 오랜 흉터 같은 몸의 자잘한 차이를 깨달았다.

이건 여동생 하루카의 몸이었다.

하루나는 일어나 병실에 있는 거울에 자신의 모습을 비춰 봤다.

정말 닮긴 했다. 하루카의 얼굴이라고 생각하고 보지 않으면 모를 것이다. 아주 작은 위화감을 느낄지 모르겠으나 그것도 기분 탓이라고 하면 이해할 수준이었다.

그렇구나. 우리 자매는 이렇게 닮았구나 싶어 감탄했다.

기사가 메모리를 잘못 끼운 것도 무리는 아니었다.

그렇다면 지금쯤 하루카도 깨어나 자신의 몸이 하루나의 것이 되어있음을 깨달았으리라.

아니, 그 아이는 조금 둔하니까 의외로 아직 모를 수도 있겠다. 그렇다면 정말 얼간이네. 자신의 몸이 달라졌는데 모르다니.

좋아. 모르는 척 하고 있어야지. 하루카가 언제 알아차릴까? 만약 얼굴을 맞대고도 한동안 알아채지 못하면 실컷 놀려줘야지.

이거 정말 기발하고 재미있는 농담이겠어.

며칠 전 아침, 웬일로 하루카가 전화했다.

"무슨 일이니? 아침 댓바람부터." 하루나는 졸린 상태로 전화를 받았다.

"아직 자? 벌써 10시 반이야."

"쉬는 날 정도는 좀 오래 자도 괜찮지 않니?"

"쉬다니, 오늘 수요일이야."

"수요일은 쉬기로 정했거든. 출석을 부르지 않는 강의만 있어서 시험만 통과하면 그만이야."

"참, 집에서 먼 대학에 가서 편하게 사네." 하루카가 빈정거리듯 말했다.

"아니. 너도 멀리 떨어진 대학에 갔으면 됐잖아." 하루나도 살짝 짜증이 났다.

"나는 마침 가까운 곳에서 하고 싶은 게 있었어."

하루카는 종종 하루나가 너무 자유분방하게 산다며 잔소리를 늘어놓았다. 그에 대해 하루나는 너도 자유롭게 살면 되는 거 아니냐고 반론했으나 좀처럼 말이 통하지 않았다. 아무래도 하루카는 하루나를 부러워하는 게 아니라 자기처럼 살기를 바라는 듯했다. 하루나는 그런 동생의 생각을 도무지 이해할 수 없었다.

초등학교 저학년까지는 잘 어울려 놀았는데 중학교와 고등학교에 진학하면서 점점 얘기할 기회가 줄었다. 그러다 하루나가 대학 입학을 계기로 집에서 벗어나자, 고향에 돌아갈 때 외에는 전혀 대화를 나누지 않을 정도로 소원해졌다.

"그래서, 무슨 일인데?" 하루나는 이야기를 본론으로 돌렸다.

"외부 메모리 제조사에서 연락이 왔어."

"외부 메모리? 그게 뭔데?"

"우리 목덜미에 꽂혀있는 거 말이야."

"아, 그랬지. 완전히 잊고 있었네."

"그야 태어날 때 꽂고 계속 그대로 됐으니까. 매번 의식할 일도 없지. 특히 우리는 목덜미에 꽂아놔서 평소에는 보이지도 않으니까."

"그래서 제조사가 왜?"

"우리 메모리에 결함이 있대."

"역시!"

"뭐가 역시야?"

"네가 약간 얼빠진 이유를 알았네."

"너도 같은 메모리거든!"

"나는 뇌 성능이 좋으니까 괜찮아."

"뇌의 설계도도 같아. 일란성 쌍둥이니까."

"나는 단련 방법이 너와 다르지. ……그런데 어떤 결함?"

"고장이 한 건 있었대. 일시적으로 뇌와 접속이 되지 않아 몇 분간 기억 상실 상태가 된다나."

"그건 안 되는 일 아닌가?"

"생기면 큰일이지. 뭐, 현재 고장이 발생할 확률은 천만 분의 일에서 백만 분의 일이라는데."

"그거 복권 1등 당첨보다 어려운 거 아니야?"

"맞아. 그렇지 않으면 이렇게 차분할 수 없지."

"그래서?"

"메모리를 신제품으로 바꿔준대. 뭐, 고장 확률은 거의 제로에 가깝지만, 중요한 부분이니까 신중하게 처리하나 봐."

"그래서 메모리를 어디로 부치면 되니?"

"그렇게 중요한 걸 우편으로 부칠 순 없지. 게다가 메모리가 없는 동안 어떻게 살 거야?"

"그럼 어떻게 해?"

"제조 공장에 딸린 의료 시설로 오래. 거기서 메모리를 교환한다고."

"하지만 메모리를 신제품으로 바꾸면 이제까지의 기억이 사라지지 않을까."

"교체는 주변 회로뿐이고 반도체 메모리 본체는 그대로야. 교체에는 30분 정도 걸린다더라."

"시설은 어디에 있는데?"

"집 근처야."

"뭐? 그럼 나 보고 집으로 오라는 거야?"

"그렇지. 나는 이번 주 일요일에 하려고 하는데 같이 갈래?"

"왜 같이?"

"아니, 메모리에 관한 거라 절차가 상당히 까다로워. 같은 서류를 수없이 쓰는 일도 귀찮고 둘이 같이 처리하라고 어머니도 말했어."

"아아, 그래? 알았어. 이번 주 일요일에 갈게."

전화를 끊고 하루나는 서둘러 고향에 갈 준비를 시작했다.

산속의 연구소 같은 곳을 상상했는데 그곳은 시가지에 있는 오픈된 시설이었다.

로비에서 산더미 같은 서류 더미를 받고 필요 사항을 써넣었다. 확실히 둘이 오지 않았으면 상당히 귀찮을 뻔했다. 대단한 내용은 아니었으나 생각하기 귀찮은 항목이 꽤 있었던 것이다. 둘이라면 반쯤은 상대가 적은 걸 베끼면 그만이다.

약 1시간에 걸쳐 서류를 다 작성하자 두 사람은 각자 다른 방으로 안내되었다.

방에서 간호사가 설명을 시작했다. "아주 드물긴 하지만, 메모리를 뽑은 사이에 공황 발작을 일으키는 사람도 있어서 보통은 일단 마취해 잠들게 합니다. 물론 깨어있는 상태에서 하고 싶다면 마취하지 않는데 어떻게 하실 건가요?"

"어느 쪽이든 상관없지만…… 공황 발작으로 난동을 부리면 창피하니까 마취해주세요."

"알겠습니다."

마취 주사를 맞고 침대에 눕자 바로 의식이 멀어졌다.

눈을 떴을 때 아주 미세한 위화감이 들었고 이윽고 자신의 몸이 하루카의 것이라는 걸 깨달았다. 메모리가 바뀐다는 게 이런 느낌인지 처음으로 알았다. 기억이 바뀐다기보다 몸이 바뀐다고 생각하는 게 훨씬 이해하기 쉬울 것이다. 억지로 자신을 하루카라고 생각하지 않고 하루나라고 생각하기로 했다. 아마 하루카도 내 몸속에서 그렇게 생각하고 있을 것이다.

기사에게 간단한 테스트를 받은 후 하루나는 풀려났다.

그대로 하루카와 만나기로 한 로비로 향했다.

로비에는 자신과 완전히 똑같은 얼굴을 한 여성이 앉아있었다. 사실 지금까지 쌍둥이로 살았으니 이런 광경에는 익숙했는데 이번에는 살짝 느낌이 달랐다. 일란성 쌍둥이라고 해도 완전히 같은 얼굴은 아니다. 눈앞에 있는 사람은 언제나 보던 하루카의 얼굴이 아니라 하루나의 얼굴이었다. 게다가 자신의 얼굴은 거울로 익히 봐왔는데 늘 보는 거울 속의 자신은 좌우가 뒤집혀 있으므로 그것과도 조금 다르게 보였다. 그것 역시 기묘한 느낌을 주었다.

그보다 더 기묘한 것은 눈앞의 인물이었다. 이 인물을 누구라고 생각해야 할까? 육체는 하루나의 것이고 기억은 하루카의 것이다. 그녀를 여동생으로 생각해도, 자신이라고 생각해도 영 와닿지 않았다.

어쩔 수 없이 작은따옴표를 붙여서 '하루나'라고 생각하기로 했다. 두 사람이 아닌 다른 사람이 보기에는 당연히 '하루나'이기 때문이다.

같은 논리라면 자신은 '하루카'여야 하겠으나 아무래도 익숙하지 않아 자신은 작은따옴표 없는 하루나로 생각하기로 했다.

하루나는 '하루나'의 얼굴을 응시했다.

자, 무슨 말을 할 거니? 나는 아무 말도 안 할 거야.

'하루나'도 하루나를 응시했다.

어라, 먼저 얘기하지 않겠다? 좋아. 누가 더 버티나 보자고.

"왜 남의 얼굴을 그렇게 봐?" 드디어 '하루나'가 먼저 입을 뗐다.

"아니⋯⋯." 하루나는 어떻게 대답해야 할지 몰라 망설였다. "정말 닮았구나 싶어서."

"새삼 무슨 소리야. 쌍둥이니까 당연하지. 하루카."

어? 그렇게 나오겠다?

하루나는 한 방 먹은 기분이었다. 이런 반응이 나올 줄은 생각하지도 못했다. 몸이 바뀐 걸 알고 난리법석을 떨거나 바뀐 것도 알아차리지 못하거나, 둘 중 하나일 거라 생각했다. 하루나 행세를 하는 패턴일 줄은 생각하지도 못했다.

정말 허를 찌른 전개네, 하루카. 하지만 나도 지진 않을 거야.

"잠깐만, 하루나." 하루나는 하루카인 척하기로 했다. "돌아가는 차표는 끊었다고 했지만, 오늘은 자고 갈 거지?"

"아니. 내일도 수업이 있어서 오늘 중으로 돌아갈 거야. 저녁 먹으면 바로 출발이야."

내 계획 그대로네. 어떻게 알았지?

뭐, 좋아. 그렇다면 농담을 이어가는 것도 저녁 식사까지네. 상대가 항복할 때까지 나는 절대로 말 안 할 자신 있다고.

저녁 식사는 가족과 함께 집에서 했다. '하루나'는 마치 진짜 하루나인 것처럼 부모님과 대화했다. 상당한 연기력이었다. 하루나도 열심히 하루카 흉내를 내려고 했으나 좀처럼 잘되지 않았다.

하루나는 부모님과 떨어져 살아서 '하루나'의 연기가 조금 어색해도 아무도 모르겠지만, 하루카는 내내 집에 있었으므로 이상한 점이 보이면 바로 들킬 우려가 있다고. 이거 너무 불공평해.

"하루카, 왜 그래? 내내 말도 없이." 어머니가 물었다.

"그냥······." 슬쩍 '하루나'를 봤다. 특별한 반응은 없었다. 포커페이스를 하겠다고? "몸이 좀 안 좋아."

"왜 그러니? 감기 들었나?" 어머니는 걱정스럽게 말했다.

"오랜만에 하루나가 돌아와서 너무 들뜬 거 아니냐." 아버지가 말했다. "조금 피곤했겠지."

"아마도 낮에 맞은 마취제 기운이 남은 것 같아." 나는 부모님을 안심시키려고 거짓말했다.

"너는 괜찮아?" 하루나는 '하루나'의 반응을 보려고 질문했다.

"나?" '하루나'는 고개를 갸웃하더니 생각했다. "나는 아무렇지 않은 것 같은데. 체질인가?"

"아니. 너희들 체질은 똑같잖아." 아버지가 말했다.

"일란성 쌍둥이라도 후천적으로 체질에 차이가 나는 경우도 있어." '하루나'가 말했다. "큰일 났네. 벌써 시간이 이렇게 됐어."

"그러네. 이제 가지 않으면 열차 시간에 늦겠다." 어머니가 서둘렀다.

"그럼, 이제 갈게." '하루나'가 일어났다.

"뭐?" 하루나는 놀랐다. "정말 가?"

"왜? 하루나는 오늘 돌아간다고 했었잖아?" 어머니가 말했다.

"왜 그래? 갑자기 외로워?"

"그런 건 아닌데……." 하루나는 '하루나'의 눈을 뚫어지게 쳐다봤다.

괜찮겠어?

"왜? 하고 싶은 말이라도 있어?" '하루나'는 천연덕스럽게 물었다.

"정말 괜찮겠어?"

"뭐가?"

"농담 아니다."

도대체 어쩔 셈인지 알 수 없었지만, 메모리가 실수로 바뀐 걸 계기로 하루카는 하루나로 살아볼 생각인 듯했다. 하지만 어째서 나랑 의논도 없이 멋대로 이러지?

"한동안 이대로 생활하자고?"

'하루나'는 하루나의 눈을 가만히 쳐다본 후 말없이 고개를 까딱했다.

무슨 이유가 있구나.

하루나는 직감했다.

나랑 의논할 여유조차 없는 걸 보면 긴급 사태겠구나. 알았어. 언니로서, 여동생을 위기에서 구할 의무가 있지. 은혜를 베푸는 것도 나쁘지 않고.

"알았어. 그럼 열심히 해. 연락할 때까지 나는 나대로 노력할게."

'하루나'는 대답도 없이 눈을 내리깔고 그대로 집을 떠났다.

그 후로 한참이나 '하루나'는 연락이 없었다.

하루나가 몇 번이나 먼저 연락하려고 했지만 상대편이 연락하지 않는데 먼저 연락하는 건 어쩐지 아닌 것만 같았다. 뭔가

심상치 않은 사정으로 연락하기 힘들 수도 있다. 어떤 사정인지는 상상이 가지 않지만.

하루나는 하루카로 계속 생활했다.

하루카는 근처 전문대에 다니는 학생이었다. 하루카의 생활은 하루카가 남긴 메모나 컴퓨터 내용으로 대강 짐작이 갔다. 하루카는 비밀번호를 꼼꼼하게 설정하는 성격이 아니어서 내용은 쉽게 확인할 수 있었다. 아니면 하루나를 위해 일부러 비밀번호를 걸지 않았을지 모르겠다.

그렇다고 해도 아무런 마음의 준비 없이 느닷없이 다른 사람인 척하는 건 고단한 일이었다. 인터넷상의 데이터와 친구들 사진을 조합해 누가 누군지 확인하고 대화에서 모순이 드러나지 않도록 하는 게 최선이었다. 하루나는 되도록 친구와 어울리는 일은 피하기로 했다.

그런데 하루카의 친구들이 적극적으로 연락해왔다. 그들은 하루나를 하루카라고 착각하고 있었고 무엇보다 하루카가 사람들과 어울리지 않는 일은 애당초 불가능해 보였다. 하루카는 여러 개의 자원봉사 동아리에 속해 있었고 각 동아리에서 모두 중요한 인물이었다.

하루나는 지금까지 자원봉사 같은 건 생각해본 적이 없었다. 하지만 동아리 사람들은 계속 하루나에게 상담했다.

"이번에 갈 노인요양시설 위문 말이야, 노래를 부를까 생각하고 있어. 다 같이 노래하려면 어떤 노래가 좋을까?"

"지진 피해지 청소 자원봉사 때 식사를 어떻게 하지? 우리가 도시락을 가지고 가는 거랑 재료만 가져가서 직접 조리하는 것 중에 어느 게 더 합리적일까?"

"다음 주에 있는 장애인들과의 캠프 때, 함께 오시는 가족분들께 어떤 식으로 도우미 역할을 맡겨야 빠짐없이 할 수 있을까?"

하루나는 하루카가 하고 싶었던 게 뭔지 알게 되었다.

물론 그렇다고 해서 하루카의 모든 걸 받아들이기는 힘들었지만, 서로의 가치관 차이는 용인할 수 있을 것 같았다. 하루카와 달리 자신은 그들의 요구에 백 퍼센트 응할 수는 없었지만, 적어도 하루카의 평판을 떨어뜨리지 않도록 노력하고 싶었다.

하루나는 반쯤 탐색하는 심정으로 하루카의 역할을 연기했다. 정확한 지시는 도저히 할 수 없었기에 자연스럽게 사람들모두와 의견을 나누는 형태를 취했다.

자신은 지금까지 하루카에 대해 아무것도 알지 못했다. 아니, 알려고도 하지 않았다. 다음에 '하루나'와 만나면 둘의 가치관에 대해 진지하게 이야기를 나누고 싶었다. 어렸을 때처럼 무릎을 맞대고.

하루나는 일단 '하루나'에게서 연락이 올 때까지 이 상태대로 계속 살아야겠다고 결심했다.

며칠이 지났다. '하루나'에게서 연락은 오지 않았다. 그리고 또 몇 주가 지났고 정신을 차리니 몇 개월이 지나 있었다.

갑자기, 연락이 왔다. '하루나'에게서 온 건 아니었다. 메모리 제조사였다. 처리 과정에서 실수가 있으니까 다시 의료 시설에 와달라는 내용이었다. 게다가 반드시 하루나와 하루카가 같이 와야 한다고 했다.

조금 귀찮았으나 '하루나'의 상태도 확인하고 싶어서 그녀에게 연락해 둘이 가기로 했다.

오랜만에 만난 '하루나'는 전과 거의 같은 인상이었는데 어쩐지 하루나를 피하는 것 같았다. 결국은 대화다운 대화는 전혀 하지 못한 채 시설에 도착했다.

둘은 응접실 같은 곳으로 안내되었다.

얼마 있다가 여성 하나와 남성 둘이 방으로 들어왔다.

너무 심각한 분위기에 하루나는 놀랐다.

그리고 전원이 깊이 고개를 숙였다. "저희 불찰로 이번에 큰 폐를 끼쳤습니다."

쌍둥이는 어리둥절한 얼굴로 그들을 바라봤다.

"일단 이건 돌려드리겠습니다." 여성은 메모리 하나를 내밀었다.

"이게 뭐죠?" '하루나'가 물었다.

"하루카 씨의 외부 기억입니다."

하루나와 '하루나'는 서로의 얼굴을 봤다.

"무슨 소리죠?" 하루나가 물었다.

"반년 전 수리 때 메모리를 잘못 교체했습니다."

하루나는 순간 혼란스러웠다. 그리고 깨달았다.

단순히 하루나와 하루카의 메모리를 바꿔 끼운 게 아니었다. 하루나의 메모리는 하루카의 몸에 끼워지고 하루카의 메모리는 시설에 남았다.

하루나는 깜짝 놀랐다. 그럼 '하루나'의 몸에 끼워진 메모리는 누구 거지?

당신은 도대체 누구야?

"그럼 당신은 도대체 누구야?" '하루나'가 먼저 하루나에게 물었다.

"그건 내가 할 소리야." 하루나가 대답했다.

"무슨 소리를 하는 거지? 여기 하루카의 메모리가 있으니까 당신은 하루카가 아니잖아? 도대체 누구냐고?" '하루나'가 다시 물었다.

"그러니까 하루카의 몸에 실수로 하루나의 메모리가 꽂혔다고. 그래서 나는 당신 메모리가 하루카의 것인 줄 알았지. 그런데 여기에 하루카의 메모리가 있다면 당신은 하루카가 아니잖아. 그럼 당신은 누구지?"

"무슨 이상한 소리를 하는 거야? 나는 계속 하루나였다고. 이상하게 둘러대지 마!"

"뭐? 혹시 내 몸을 돌려주지 않을 작정이야? 어디 사는 누군지 모르겠지만 처음부터 내 몸을 빼앗을 생각이었어!"

벌떡 일어난 두 사람은 당장이라도 드잡이할 기세였다.

"잠깐만 기다려주세요!!" 여성이 소리쳤다. "우선은 저희 설명을 들으세요."

"그보다 먼저 이 여자의 정체를 알아야겠어요." '하루나'가 말했다.

"그러니까 그건 내가 할 소리라고!"

"하루나 씨예요." 여성이 말했다.

"그건 알아요." "그건 알아요." 둘이 동시에 말했다.

"둘 다 하루나 씨입니다."

"뭐요?" "예?" 둘은 서로의 얼굴을 마주봤다.

"소개가 늦었습니다. 저는 신제품 개발팀 리더인 오토바야 시입니다."

"도대체 무슨 일이 일어난 겁니까? 빨리 설명해요!" 하루 나가 말했다.

"단순한 실수였습니다. 결과적으로 큰 폐를 끼쳤습니다 만……." 오토바야시가 남성에게 신호를 보냈다.

눈앞에 설명 자료가 놓였다.

"이게 전에 두 분이 쓰고 계셨던 외부 기억용 메모리 장치 ADDK 1024G입니다. 이 기종은 주변 회로와 기록용 반도 체 칩의 접합점에 결함이 있어서 기능 불량을 일으킬 가능성 이 있었습니다."

"주변 회로에만 결함이 있다고 하지 않았나요?" '하루나' 가 물었다.

"반도체 칩에도 있었습니다. 그러나 그럴 경우, 법률상 반 도체 교환이 인정되지 않아서 반도체 교환은 불가능합니다."

"왜 그런 법률이 있나요?" 하루나도 물었다.

"반도체를 교환하는 경우, 기록 내용의 복사가 필요합니다.

그러나 기억 데이터는 지금껏 해석되지 않은 미지의 정보라는 게 과학자들의 일치된 견해입니다. 인간의 뇌를 개입시키지 않고 인격 데이터를 단독으로 사용했을 때를 우려하는 겁니다. 그러므로 외부 기억용 메모리는 절대 복사할 수 없도록 하드웨어나 소프트웨어에 여러 겹으로 제한을 걸고 있습니다."

"그런데 이번에는 반도체에도 결함이 있었잖아요?"

"반도체에 결함이 있는 경우, 법률상 교환은 불가능한데 그대로 놔뒀을 때 우리 회사는 아주 뼈아픈 일을 당하게 됩니다. 만약 기억 장애가 빈발하면 신용을 잃고 두 번 다시 사업을 재개할 수 없겠죠. 그래서 우리는 반도체가 아니라 주변 회로의 결함이라고 발표했습니다."

"그러니까 거짓말을 했단 말이군요?" '하루나'가 말했다.

"그렇습니다. 하지만 우리는 반도체에 결함이 있다는 걸 숨겨도 문제를 해결할 수 있으리라 생각했습니다. 그러니까 결함이 있는 반도체의 데이터 내용을 결함이 없는 반도체에 복사하면 아무 문제가 없죠. 본인만 모른다면 말입니다."

"뭐라고요? 그럼 내 기억을 멋대로 복사했단 겁니까? 하지만 그거 불가능하다고 했잖아요." 하루나가 말했다.

"우리 회사의 제품에는 백업 보안 회로 기능이 있습니다."

"그거 위법 아닌가요?"

"위법입니다. 하지만 모든 회사가 하고 있을 겁니다."

"하지만 복사한 기억은 원래 기억이 아니라 가짜잖아요."

"원래 기억입니다. 조금도 차이가 없으니까 가짜가 아니라 진짜죠."

"그럼 두 사람 중 어느 게 진짜고 어느 게 복제품인가요?"

"둘 다입니다."

"그러니까 복제품도 진짜라는 논리는 알겠어요. 내가 듣고 싶은 건 어느 쪽이 복사 원본이냐는 겁니다."

"둘 다 복사 원본이 아닙니다. 둘 다 복제품입니다."

"그거 농담이죠?" '하루나'가 말했다.

"작업자 실수로, 복사를 두 번 했습니다. 그리고 우연히 두 분이 쌍둥이라 동일 복제품 두 개를 두 분 각자의 기억 복제품이라고 잘못 생각하고 건넨 겁니다."

"원본은? 내 원본 기억은 어디 있나요?"

"죄송합니다. 같은 기억이 여럿 존재하면 문제의 원인이 되므로 이미 폐기했습니다."

"증거 은폐인가요?" 하루나가 말했다.

"그렇게 생각하셔도 어쩔 수 없다는 것도 잘 압니다."

"내 진짜 기억은 사라졌다는 말인가요?"

"그건 걱정하지 마십시오. 지금 가지고 계신 메모리는 원본과 완전히 같으니까요. 그러니까 진짜입니다."

그런가? 정말 그렇다고 할 수 있나?

"그래서 우리를 부른 이유는 뭐죠? 설마 증거 은폐를 위해 없애려는 건가요?"

"설마요!" 오토바야시가 부드럽게 말했다. "우리는 원상복구를 바랍니다."

"무슨 소리죠?"

"잘못이 일어나기 이전 상태로 돌리고 싶습니다."

"시간은 되돌릴 수 없어요."

"물론 완전히 같은 상태가 될 순 없겠죠. 최대한 같은 상태로 돌리고 싶습니다."

"구체적으로 무슨 말이죠?"

"하루카 씨의 메모리를 돌려드리겠습니다. 그리고 두 분에게서 하루나 씨의 메모리 복제품 중 하나를 돌려받으려고 합니다."

"그럼 하루나와 하루카의 외부 기억이 하나씩 되겠군요. 하지만 그건 전혀 원상복구가 아니에요. 하루카는 느닷없이 반년 후의 미래에서 눈을 뜨게 된다고요."

"물론 처음에는 당황스럽겠죠. 하지만 반년 정도면 치명적이진 않습니다. 수십 년 후라면 적응이 상당히 어렵겠지만."

"우리가 아, 그렇군요, 이렇게 대답하리라 생각하진 않겠죠? 나와 하루카의 정신적 고통은 어떻게 할 건데요?" 하루나가 말했다.

"잠깐만 기다려. 왜 당신과 하루카야? 나와 하루카겠지."

'하루나'가 끼어들었다.

"앗! 잠깐만. 지금 그 말을 하면 얘기가 복잡해지네."

"두 분의 정신적 고통에 대해서는 충분히 배상하겠습니다." 두 사람의 눈앞에 두 장의 수표가 놓였다. "한 장씩 받으세요."

둘의 눈이 크게 벌어졌다. 몇 년은 놀고먹을 수 있는 액수였다. 그것도 상당히 사치스럽게.

"한 가지만 더 약속해주시면 두 배의 배상금을 더 드리겠습니다."

"예?"

"이 일을 비밀로 해주세요."

"만약 약속을 깨면?"

"나중에 계약서를 보여드릴 텐데 받은 배상금을 반환해야 하고 또 같은 액수의 위약금을 물어야 합니다."

"그런 액수를 내놓다니 절대 무리야."

"물론 계약하지 않는다는 선택지도 있습니다. 다만 그럴 경우는 우리도 손해고 두 분도 손해죠. 이득을 보는 사람은 없습니다."

"그건 이해하고 있어요." 하루나가 말했다. "당신도 그렇지?"

"아, 물론이지." '하루나'가 대답했다.

"그럼 계약서에 서명하겠습니까?"

"하루카의 계약서도 있나요?" '하루나'가 물었다.

"있습니다. 메모리를 돌려주신 후에 사인해주십시오."

"알았어요. 그럼⋯⋯." '하루나'는 이해한 듯했다.

"잠깐만요." 하루나가 제지했다. "그 전에 의논 좀 하게 해줘요."

"새삼 의논할 게 뭐 있을까요. 돈을 받는 게 이득이죠."

"둘이 얘기하고 싶다고요!" 하루나가 강하게 말했다. "다들 자리 좀 비켜주실래요?"

"알겠습니다. 의논이 끝나면 저기 전화로 내선 1번을 누르세요." 오토바야시와 남성 둘은 방에서 나갔다.

"그래서 내가 대학으로 돌아갈 때 당신, 이상한 소릴 했구나." '하루나'가 말했다.

"그때 왜 고개를 끄덕였어?" 하루나가 물었다.

"그야 갑자기 이상한 소릴 해대니까 뭐라고 하기가 무섭더라고."

"무슨 생각이 있는 척해서 나도 괜히 깊이 생각했잖아."

"그건 내가 할 소리야. 그래서 의논하고 싶은 게 뭔데. 하루카?" '하루나'가 물었다.

"내가 하루나야." 하루나가 말했다.

"스스로 그렇게 생각할 뿐이지. 내 메모리가 꽂혀 있으니까. 원래 메모리를 꽂으면 다 생각날 거야."

"바로 그게 문제야. 하루카의 메모리를 돌려받는 건 당연하다고 쳐. 하루나의 메모리 하나를 저 사람들에게 건네야 해."

"그야 그렇지. 하루나의 메모리가 두 개 있어봤자 어쩔 수 없잖아."

"그럼 어느 메모리를 돌려주지?" 하루나가 과감하게 물어봤다.

"뭐? 그건 당연히 당신 메모리지." '하루나'는 정말 놀란 듯했다. 전혀 생각하지 못한 질문이었던 모양이다.

예상했던 대답이었다.

하지만 하루나는 그 대답을 순순히 받아들일 수 없었다.

"그럼 내 인생은 사라져."

"아니. 당신 메모리는 내 메모리의 완전한 복제품이라 괜찮아. 두 메모리는 완전히 똑같으니까 둘 중 하나만 남으면 된다고."

그런 문제가 아니었다.

"그건 반년 전 얘기지. 지난 반년 동안 나는 당신과는 다른 인생을 살았다고."

"하지만 그거야 실수가 일어났으니까 어쩔 수 없지. 그것도 달랑 반년이야."

"당신은 일의 중대함을 몰라. 나는 과거 반년을 잃는 데서 끝나지 않아. 이제부터 앞으로의 인생이 사라져."

"무슨 소릴 하는지 모르겠어. 하루나의 몸은 여기에 있고 앞으로도 하루나의 메모리를 꽂고 살아. 하루카의 몸은 거기에 있고 다시 하루카의 메모리를 꽂고 살겠지. 둘 다 인생을 잃지 않아."

'하루나'의 말은 정론이었다. '하루나'는 지금처럼 하루나의 메모리를 계속 쓸 수 있었다. 거기에 문제는 없었다. 하루카에게는 하루카의 원래 메모리를 꽂는다. 인생에 반년 동안의 공백이 생기겠으나 그건 어쩔 수 없다. 메모리 제조사의 배상금만 있으면 참지 못할 것도 없는 일이었다.

하지만 나는 어떻게 되는 거지?

하루나는 생각했다.

'하루나'의 입장에서는, 자신은 두말할 것도 없이 하루카였다. 하루카의 원래 메모리를 꽂으면 그 순간 기억도 원래대로 돌아온다. 그러나 현재 나는 자신을 하루나로 느끼고 있었다. 이 감각은 논리적으로 해명할 도리가 없다. 만약 지금 나에게 꽂혀있는 메모리를 돌려주면 바로 폐기될 것이다. 그리고 지난 반년 동안의 인생은 영원히 사라진다. 지금 몸에서 메모리를 빼면 하루나로서의 의식은 10분 남짓한 시간에 다 사라지고 다시는 자각하지 못한다. 곧 죽는 거나 마찬가지였다.

하루카로 자원봉사에 참여했던 일도, 하루카와 마음을 터놓고 싶다고 느꼈던 것도 완전히 사라지리라. 그리고 그런 경험을 가지지 않은 '하루나'만이 계속 살게 된다.

하루나는 격렬한 전율을 느꼈다.

오늘 나는 죽는 걸까. 죽고 싶지 않으면 '하루나'를 설득해 합의해야 한다.

"이를테면 이런 거 아닐까?" 하루나는 이야기를 시작했다.

"몇 사람이 문서 하나를 작성했다고 쳐. 인터넷상의 공유 폴더에 넣고 누구나 접속해 자유롭게 편집할 수 있어. 그러니까 다양한 사람이 수정해 조금씩 버전이 새로워지는 거지."

"사무적인 일은 대부분 그렇게 하지."

"그런데 어느 날, 당신이 고치려고 하는데 다른 사람이 편집하고 있어. 지금 당장 수정하고 싶으면 어떻게 해?"

"일단 파일을 복사하고 수정하겠지. 나중에 잊지 말고 원래 파일에 반영시켜야 하겠지만."

"그런데 그만 실수로 같은 폴더에 카피를 만들어버렸어. 그 후에 여러 사람이 두 파일에 저마다 수정해서 전체적으로 아주 비슷하나 세부적인 사항이 조금씩 다른 문서가 생겼다면."

"그런 경우도 자주 있지."

"그럴 때의 대처로 어느 한쪽 문서를 에잇! 하고 없애버리는 게 좋을까? 두 파일 모두에 이미 상당한 노력이 들어가 있는데."

"당신이 하고 싶은 말이 뭔지 알겠어. 각각의 메모리는 시간의 흐름에 따라 차이가 발생하고 각각의 개성이 생긴다는 말이지. 자, 그럼 어쩌자는 거야? 하루카의 메모리를 원래대로 돌려놓지 않겠다는 말이야? 그건 안 돼. 당신에게 인생이 있듯 하루카에게도 인생이 있어. 하루나가 두 몸을 다 독점할 수는 없어."

이번에도 '하루나'는 정론을 펼쳤다.

하루카에게는 어떤 잘못도 없었다. 그저 어느 날, 메모리 검사를 하러 왔다가 갑자기 인생이 끊어진 상황이다. 만약 이대로 자신의 몸에 메모리가 꽂히지 않으면 그녀는 죽는 것이나 다름없다. 만약 내가 하루나의 메모리를 계속 사용하겠다고 결단하면 하루카는 그 순간 정신적으로 사망하게 된다. 그리고 그렇게 결단한 나는 살인자이다.

그랬다. 내가 죽거나, 아니면 살인자가 되거나. 내게는 이 두 가지 선택지밖에 없었다.

하루나는 가슴이 무너지는 것만 같았다.

살려줘. 나를 살려줘. 하루나를 살려줘. 하루카를 살려줘.

"물론 하루카는 죄는 없어!" 하루나는 소리쳤다. "하지만 나도 죄가 없다고!!"

그래. 나는 잘못한 게 없어. 하루카도. 그리고 '하루나'도. 우리는 누구도 잘못하지 않았다. 그런데 누군가 죄를 지어야 했다. 저지르지도 않은 죄를.

"그건 알아. 하지만 하루나가 가져야 할 몸은 하나뿐이야."

"그럼 당신 메모리를 저 사람들에게 주고 그 몸에 이 메모리를 꽂아." 하루나가 내뱉었다.

"뭐……?" '하루나'는 눈을 크게 떴다. "무슨 소리야?"

드디어 본심을 드러냈다.

자신이 내 처지라면 어떻게 할지 생각하게 하고 싶었을 뿐인데…….

아니, 역지사지라는 말에도 의미가 없다. 왜냐하면 두 메모리의 내용이 똑같으므로 메모리를 바꿔도 그 후의 전개에 아무런 차이가 없을 테니까.

"……라고 내가 말하면 어쩔 거야?" 하루나가 질문을 조금 부드럽게 바꿨다.

어떻게든 그녀를 설득해야 한다. 하지만 뭘 제안하지?

둘이서 하루카 없이 재판을 하고 그녀를 유죄로 만들어? 내게 그녀에게 죄를 물을 용기가 있나?

"이 메모리를 돌려줄 수는 없어. 그건, 이건 내…… 하루나의 메모리니까."

"하지만 여기에도 또 다른 하루나의 메모리가 있으니까 하루나의 인생은 앞으로도 계속될 거야. ……이런 말을 들어도 받아들일 수 없지?"

"그러니까 나와 당신이 완전한 동일 인격이 아니라는 말이야?" '하루나'가 물었다.

"바로 그거야. 그러니까 둘 중 하나를 제거할 수 없다고."

"하지만 하루카의 메모리도 여기에 있어. 몸은 두 개밖에 없는데 인격은 셋이라고. 셋이 동시에 살 수는 없잖아."

하루나는 깜짝 놀랐다.

맞다. 셋이 동시에 살 수는 없었다. 쌍둥이가 세쌍둥이가 되었는데 동시에 살 수 있는 건 둘뿐이었다.

죽고 싶지 않아. 누구를 죽이고도 싶지 않아.

하루나는 자신이 사라지지 않아도 될 논리를 생각해낼 수가 없었다. 만약 살고 싶으면 지금 당장 하루카의 메모리를 파괴하거나 '하루나'로부터 메모리를 강탈해 파괴하는 수밖에 없었다. 그러나 '하루나'는 자기 자신이었고 하루카는 피를 나눈 자매였다. 둘 다 죽일 수는 없는 노릇이었다.

"역시 방법이 없는 것 같네." '하루나'는 낙담한 듯 말했다. "그럼 누가 사라질지 가위바위보로 정할까?" '하루나'는 절망적인 상황에서 눈을 돌리려고 농담을 던졌다.

가위바위보나 제비뽑기로 정할 수 있으면 얼마나 편할까? 하지만 이건 술래잡기나 숨바꼭질과는 달랐다. 아이들은 가령 가위바위보에서 졌다고 해도 평생 술래로 사는 건 아니다.

술래는 바꿀 수 있다. 우리는 달랐다. 일단 가위바위보에 지면 끝까지 바꿀 수 없는 것이다.

정말?

그래, 사실은 그게 아닐 수 있겠어. 그렇다면 길은 남아있어.

하루카도, 그리고 하루카로 지내온 하루나도, 계속 살 수 있는 길이.

"방법이 없는 것도 아니야." 하루나의 눈이 반짝였다. "지금부터 하는 말을 잘 들어."

"두 개의 반도체 칩을 하나의 케이스에 넣어달라고요?" 오토바야시는 놀란 듯했다.

"네." '하루나'가 말했다.

"두 메모리를 하나로 통합하는 건 불가능합니다. 기억은 항상 새로 기록되는 거라 이미 두 메모리에서 같은 부분은 거의 없다고 할 수 있죠. 이걸 억지로 통합하면 모든 데이터가 고장 납니다."

"우리는 통합을 원하는 게 아니에요." '하루나'가 연이어 말했다. "공유하고 싶죠."

"공유? 둘이 하나의 메모리를 공유하겠다고요? 논리적으로 불가능한 건 아니지만…… 그게 해결과는 관련이 없을 듯한데요."

"아니에요. 두 몸에 하나의 메모리를 공유하는 게 아니라 두 메모리로 하나의 몸을 공유한다는 말입니다." 하루나가 말했다.

"하지만 동시에 두 메모리에 접속할 수 없습니다. 뇌의 부하가 너무 커서 과열될 겁니다."

"동시에 접속하겠다는 말은 하지 않았어요." '하루나'가 말했다. "교대로 접속하면 되죠."

"교대?"

"기술적으로는 어렵진 않죠? 단순히 타이머로 바꾸는 스위치만 내장하면 될 테니까."

"무슨 말씀인가요?"

"하루씩 하루나의 몸을 쓰기로 했어요."

"잠깐만요." 오토바야시는 이마의 땀을 닦으면서 말했다. "꼭 그렇게 하셔야 하나요? 기술적으로는 간단하지만, 법적인 문제가 괜찮을지……."

"이 요구를 들어주지 않으면 계약서에 서명하지 않겠어요. 그리고 언론에 모든 걸 밝히겠어요."

"알겠습니다. 경영진에 문의하겠습니다." 오토바야시는 그녀들을 설득하기보다 경영진을 설득하는 게 쉽겠다고 판단한 모양이었다. "그건 그렇고 용케 생각해내셨네요. 그건 곧…… 하루마다 인격이 바뀐다는 말입니다. 괜찮겠어요?"

"걱정하지 말아요. 다중 인격이 되진 않을 거예요. 무엇보다 우리는 정말 닮았으니까."

"맞아요. 마치 한 사람처럼."

하루나와 '하루나'는 같이 웃었다.

"그런 일이 있었다니 지금도 믿을 수 없어." 하루카가 하루나에게 말했다. "그런데 오늘은 어떤 하루나야?"

"하루카를 연기했던 하루나야. 지난 반년 동안 너로 살았지. 동아리를 잘 운영하지 못해서 미안해."

"아무도 그런 말 않던데."

"그럴 리 없어. 질문을 받아도 제대로 대답하지 못해서 사람들이랑 같이 조심스럽게 생각한 게 전부인걸."

하루카가 웃었다. "그럼 나랑 정말 똑같이 했네. 바뀐 걸 아무도 모르더라."

"설마! 나는 정말 네가 일을 척척 처리하는 줄 알았는데."

"그럴 리 있겠어? 무엇보다 우리는 원래 성능이 비슷한걸."

"그런가? 우리, 사실은 정말 닮았나 봐."

"맞아. 마치 한 사람처럼."

하루나와 하루카는 같이 웃었다.

ㄱ

왜, 나는 수많은 이야기를 떠올릴 수 있는 걸까?

갑자기 의문이 들었다.

"왜 그러지? 갑자기 입을 다물고."

"다양한 인생이 떠올랐어요."

"물론 사람은 살면서 다양한 경험을 하지."

"인생의 다양한 일을 떠올린 게 아니라 다양한 인생을 떠올렸어요."

"그것은 네 친구나 지인의 인생인가?"

"그럴지도 모르죠. 그게 아닐지도 모르고요."

"접점이 없는 사람의 인생을 떠올린다는 건, 책 같은 걸 읽은 거겠지."

"아뇨. 그건 아닙니다. 객관적으로 본 게 아니라 정말 내가 직접 경험한 듯한 기억입니다."

"착각이겠지."

"착각일 수 있죠. 그러나 아무래도 그런 것 같지 않습니다."

"그럼 어떻게 된 걸까?"

"나 스스로 다양한 인생을 경험했다고 생각할 수밖에 없습니다."

"그러니까 윤회전생을 말하는 건가?"

"비슷하지만 그런 것 같지 않습니다."

"다른 인생을 경험했다면 윤회전생이지."

"진짜 다른 사람의 인생을 경험한 건 아닌 듯합니다."

"무슨 소릴 하고 싶은가?"

"내가 다른 사람으로 다시 태어난 게 아니라 다른 사람의 인생을 다시 산 듯합니다."

"그러니까 너는 너대로 있고 그 위에 다른 사람의 인생을 다시 살았다고?"

"잘 설명할 수 없으나 그 해석이 가장 와닿네요."

"게다가 그게 착각이 아니라는 확신이 든다는 말이군."

"그렇습니다."

"어째서 네게 그런 기묘한 일이 일어나는지 알겠나?"

"아뇨. 그런데 당신은 알고 있지 않나요?"

"나는 그저 도울 뿐이야. 답은 스스로 찾아내야 해. 내가 알려주면 의미가 없지. 스스로 찾아내고 스스로 옳고 그름을 판단하는 거야."

"옳고 그름? 무슨 옳고 그름이요?"

"그 또한 스스로 찾아내야 하는 답 중 일부지."

"마치 선문답 같네요. 종잡을 수가 없어요."

"그래. 마음은 종잡을 수 없어."

"종잡을 수 없는데 옳고 그름을 판단하라는 말씀입니까?"

"그래. 인생에서 결단해야만 하는 순간이 반드시 있지. 종잡을 수 없다고 해서 도피가 허락되는 건 아니야."

결단해야만 하는 순간…….

나는 이런 이야기를 떠올렸다.

8

1초 전까지는 가족 모두가 즐기는 드라이브였다. 차에는 나와 아내 미즈키, 그리고 두 아이—사토루와 아야가 타고 있었다.

그때는 그렇게 생각할 수밖에 없었다. 나중에 들은 바로는 속도위반하던 차가 경찰차를 따돌리려고 속도를 더 높이다가 중앙분리대를 넘었다고 한다. 사실 나중에 그런 사실을 알았다 해도 별 의미는 없었다.

그때는 그저 하늘에서 차가 떨어진 것으로 여겼다.

그 차는 새빨간 스포츠카로, 도로에 먼저 튕긴 후 곧장 우리 차로 달려들었다.

어떻게 해야 할지 몰랐다.

나는 항상 안전운전에 주의를 기울였다. 위험해 보이는 장소에서는 확인을 게을리 하지 않았고 신호도 일시 정지까지 모두 지켰다. 그런데 어리석은 인간의 행동은 항상 선량한 인간의 상상을 초월했다. 기껏 벌금이나 운전면허 정지가 두려워 자신의 생명과 타인의 생명을 위험하게 만드는 판단을 내릴 거라고는 상상도 하지 못했다.

하지만 그건 변명에 불과하다. 나는 눈앞의 상황을 즉각 이해하지 못했고, 가족의 생명을 지킬 수 있는 정확한 행동을 취하지 못했다.

빨간 스포츠카가 중앙분리대를 넘어와 내 차와 정면충돌하기까지는 1초도 걸리지 않았다. 하지만 내게는 아주 긴 시간으로 느껴졌다. 느린 동영상처럼 자동차가 천천히 다가왔다. 그런데도 내 손과 발은 모두 굳어 꼼짝할 수 없었다. 머리도 마음도 갈가리 흩어져 뭘 해야 할지 몰랐다. 아니, 오히려 뭔가 해야 한다는 것조차 생각하지 못했다.

내 의식은 오직 한 가지 감정―공포에 지배당했다.

내 목숨을 잃는다는 공포라기보다 사랑하는 가족을 잃는다는 공포였다.

만약 그때 브레이크를 밟고 핸들을 꺾었다면 가족 전원이 살았을지 모른다. 하지만 나중에 그런 후회를 해봤자 소용없는 일이었다.

내 눈에는 천천히 달려오는 스포츠카의 보닛이 또렷하게 보였다. 그리고 상대 운전사와 눈이 마주쳤다. 그는 무표정하게 보였다. 어쩌면 공포에 질린 나머지 안면 근육이 굳어졌던 것뿐일지도 모르겠다. 상대가 보기에는 내 얼굴도 마찬가지였을 가능성이 컸다.

뒷좌석에 앉아있던 아내 미즈키는 몸을 틀었다. 반사적으로 옆에 앉은 사토루를 지키려고 했으리라. 완벽한 목적을 지니고 행동하려 한 것은 나보다 훨씬 훌륭했다. 하지만 그 행동도 소용없는 일이었다.

차의 앞부분이 충돌했다.

충격은 거의 없었다. 차체가 앞쪽부터 순식간에 일그러졌다.

다행이네. 별거 아닌 것 같군.

그렇게 생각한 순간 우리는 앞쪽으로 튕겨 나갔다.

나는 자동차 사고에서, 조수석에 앉은 사람의 사망률이 가장 높다는 걸 떠올리고 조수석에 아야를 앉힌 걸 진심으로 후회했다. 겨우 다섯 살인 딸이 조수석에 앉겠다고 강력하게 주장하는 바람에 우리 부부가 지고 말았다.

하지만 그 후회가 쓸데없었다는 것은 나중에 판명되었다.

나와 아야는 에어백 덕분에 좌석에 끼이는 것으로 끝났다. 그리고 두 대의 차는 회전하면서 서로의 운동량을 교환해 정반대 방향으로 날아갔다. 우리 자동차는 다리 난간을 들이받고 마지막 순간에 낙하를 피했다.

얼마나 의식을 잃었는지 모르겠다. 정신을 차렸을 때 나는 피투성이인 채 차 안에 있었다. 가슴부터 배까지 엄청나게 길고 깊은 상처가 났고 출혈이 심했다.

옆에는 아야가 축 늘어져 있었다.

나는 떨리는 손으로 그녀의 호흡과 맥박을 확인했다.

둘 다 괜찮았다.

나는 안심했다.

하지만 안심하긴 일렀다. 이미 차 안에 기름 냄새가 가득했다.

나는 뒷좌석의 미즈키와 사토루의 상태를 확인하려고 했다. 그런데 거기에는 아무도 없었다. 너무나 당황해 숨조차 쉴 수 없었다. 억지로 복근을 움직여 강제로 숨을 토해내고 호흡을 부활시켰다.

뒷자리에 둘이 없는 것은 틀림없이 탈출했기 때문일 것이다. 우선은 아야의 생명을 지키는 게 급선무였다.

나는 아야의 안전띠를 풀었다. 그때 그녀의 무릎에 있던 외부 메모리가 부서진 걸 발견했다. 황급히 메모리 조각을 주워서 모았으나 아무리 생각해도 복원은 어려울 것 같았다.

그러는 사이에도 기름 냄새가 점점 심해졌다.

나는 아야의 생명을 가장 우선시해서 그녀를 차에서 끌어냈다. 그리고 몇 미터쯤 걸었을 때 뒤에서 큰 폭발이 있었다. 나와 아야는 폭풍에 날아갔고 메모리 파편도 어딘가로 흩어졌다.

급히 아야의 상태를 확인했다. 정신을 잃고는 있었으나 호흡과 맥박은 여전히 또렷했다. 하지만 나는 점점 숨쉬기가 힘들었고 시야가 어두워졌다.

"아야! 아야!" 나는 아야의 뺨을 가볍게 두드렸다.

아야가 눈을 떴다.

"아빠?" 아야는 살짝 미소 짓고 다시 눈을 감았다.

아야는 아직 나를 기억하고 있었다. 하지만 이렇게 몇 분만 지나면 끝이리라. 부서진 반도체 메모리는 절대 복원할 수 없었다. 아야에게는 새로운 메모리가 꽂힐 텐데 그렇게 되면 아야는 지금까지의 인생을 모두 잃을 것이다.

더는 나를 기억하지 못할 것이다.

나는 내 상처를 보면서 수십 초 안에 죽음이 찾아오리라 확신했다.

미즈키와 사토루는 어디 있을까?

나는 아내와 아들이 무사하길 빌었다.

아니, 둘은 틀림없이 살았으리라. 그렇지 않으면 이 아이는 기억과 가족을 잃은 채 살아야 했다.

나는 깊은 슬픔과 분노를 느꼈다.

왜 그때, 충돌을 피하지 못했지?

미즈키가 살았다면 그녀는 나 없이 이제 막 중학생이 된 아들과 영원히 기억을 잃은 딸을 키워야 한다.

흐려지는 의식 속에서 나는 어떻게든 가족을 도울 방법이 없을까 생각했다. 그리고 한 가지 방법을 떠올렸다. 어쩌면 그건 혼탁한 의식 속에 떠오른 망상 같은 것이었을지 모른다. 그런데도 나는 그 망상을 떨치지 못했다.

　내 심장이 멈추는 게 느껴졌다.

　이미 의식이 사라지는 가운데 두 손으로 머리 꼭대기의 메모리를 뺐다.

　정신을 차리니 눈앞에 내가 누워있었다.

　천천히 일어났다.

　내 몸은 아야의 그것이 되어있었다.

　무릎에 꽂혀있는 내 메모리가 보였다. 가족 전부가 같은 형의 메모리였던 터라 내부 제조번호를 확인하지 않으면 구별할 수 없을 터였다.

　나는 눈을 감고 마음속으로 아야의 작은 흔적이나마 남지 않았을까 찾아봤다. 하지만 이제 아야는 없었다.

　조금 전, 아야가 나를 보고 "아빠"라고 말한 게 아야의 마지막 기억일 것이다.

　우리는 아버지와 딸로 완전한 이별을 맞았다. 그렇게 생각하니 눈물이 흘러나왔다. 나의 아야는 이제 없었다.

　나는 조금 전까지 나였던 몸을 만져 맥박을 확인해봤다. 이미 멈춰 있었다. 출혈량으로 보면 살 것 같지 않았다. 그래도 일단 응급조치를 해야 할 것 같았는데 다섯 살짜리 여자아이 몸으로는 도저히 무리였다.

　얼마 후 구급차 사이렌이 들려왔다.

　원래 내 몸이 차고 있는 손목시계를 보니 사고가 일어난 지

10분이나 지났다.

나는 구급차 도착을 가만히 기다렸다.

구급대원들은 도착하자마자 바로 내 원래 몸을 살폈다.

"심폐 정지 상태. 이 정도 출혈이라면 아무래도……." 대원 하나가 말했다.

"쉿!" 다른 대원이 나―아야인 나를 보고 처음 말한 대원에게 조용히 하라는 신호를 보냈다.

"어디 아픈 데 없어요, 꼬마 아가씨?" 구급대원이 다정하게 말을 걸어왔다.

나는 아이 같은 대답을 떠올리지 못해 잠자코 고개만 끄덕였다.

"이름을 말할 수 있을까?"

"오쓰키 아야."

"아빠 이름은 아니?"

"오쓰키 토모야."

"자동차에 누가 타고 있었니?"

"엄마랑 오빠."

부디 둘 다 무사하길.

"아야 양. 간단한 검사를 할 거니까 구급차에 타자."

나는 내 원래 몸과 다른 구급차에 태워졌다.

구급대원이 무선으로 다른 두 동승자가 있음을 전했다.

이미 사고가 나고 20분 이상 지났다. 초동이 지나치게 늦다.

나중에 안 일인데 경찰차가 사고 직후 본부에 연락했지만,

그 후 소방서와의 연락이 제대로 이루어지지 않았다고 한다. 사고가 났던 다리가 마침 현의 경계였던 것도 영향을 미친 듯했다.

병원에 도착하자마자 바로 내 원래 몸의 사망이 확인되었다. 나―아야에게는 알리지 않았으나 어른들의 대화를 듣고 대강의 사정을 알 수 있었다.

미즈키와 사토루는 현장에서 2킬로미터쯤 떨어진 하류 둔치에서 발견되었다. 자동차가 다리 난간에 부딪힌 충격으로 튕겨 나가 강으로 떨어졌다고 했다. 미즈키는 아직 호흡이 있었지만 사토루는 차에서 튕겨 나갈 때 생긴 커다란 열상 탓에 이미 싸늘하게 식어있었다고 한다.

현장 상황을 보면, 사토루를 강에서 끌어올린 사람은 미즈키였고 필사적으로 소생 조치를 계속했던 듯했다. 하지만 본인도 강에서 여러 번 바위에 머리를 부딪쳤고, 그게 원인으로 의식을 잃어버렸다. 의사는 사토루의 폐 안에는 거의 물이 들어있지 않았으니 강에 떨어지기 직전 또는 직후에 숨을 거뒀을 거라고 했다. 미즈키가 사토루를 끌어올렸을 때는 이미 사토루가 숨을 거뒀다는 소리였다.

미즈키에게는 잘못이 없었다.

나는 그 말을 해야 할지 말지 망설였다. 사실은 미즈키의 정신적 부담을 덜어주고 싶었으나 내가 토모야로 미즈키를 대하는 것은 아야의 마음이 사라졌음을 전하는 것이나 다름없었다.

물론 뇌 자체는 아야의 것이니까 일테면 토모야의 기억을 지니고 있다고 해도 이 마음은 아야의 마음 자체라고 생각하고 싶었다. 하지만 나 자신의 실감은 여기에 아야가 아니라 나만 있는 것만 같았다. 미즈키에게는 절대 이 진실을 전하고 싶지 않았다. 나는 평생 끝까지 연기를 하기로 했다. 내게는 자신이 있었다. 아이가 어른을 연기하는 건 무리겠으나 어른이 아이를 연기하는 일은 쉬웠으니까.

금방 미즈키를 만나게 해줄 거라 예상했지만 입원하고 일주일이 지났는데도 그녀를 만나게 해주지 않았다.

"엄마는 어디 있나요?" 나는 넌지시 그러나 수없이 물었다.

"엄마는 아직 다 낫질 않으셨단다. 조금 더 기다리면 함께 집에 갈 수 있어." 의사도 간호사도 나를 가엽게 여기는 듯 다정하게 대해줬다.

어른인 나는 공황 상태에 빠지지 않고 지낼 수 있었다.

입원 중에 몇 가지 사실을 깨달았다.

우선 지식이 있더라도 뇌가 성장 과정에 있어서인지 아주 복잡한 사고는 불가능했다. 어디까지나 뇌의 나이는 다섯 살인 채여서, 지식이 있더라도 능력에는 한계가 있었다. 그래서일까, 어른들 이야기를 훔쳐 들어도 그 내용을 이해하는 게 참 힘들었다.

그나마 어른들 얘기를 종합해보니, 미즈키가 의식을 되찾긴 했는데 가벼운 착란 상태인 모양이었다.

당연하겠지. 아들을 눈앞에서 잃었다. 나도 딸의 기억이 사라지는 게 정말 두려웠다.

7일째 아침, 한 직원이 나를 불렀다. "아야 양, 오늘 엄마가 데리러 오신다는구나."

드디어 미즈키가 회복한 모양이었다. 그러나 지금부터가 중요했다. 나는 미즈키 앞에서 끝까지 아야로 살아야 했다. 아마도 엄마의 눈은 아빠의 눈보다 훨씬 자식의 미묘한 변화에 민감하리라. 미즈키의 상태를 신중히 관찰해야 하나 지나치게 신중해져 부자연스러워서도 안 된다. 이건 매우 힘든 임무가 될 것이다. 나는 마음을 다잡았다.

일주일 만에 보는 미즈키는 전과 다름없이 아름다웠다.

나는 조심스레 엄마에게 다가가는 아이를 연기했다.

한 걸음만 더 다가가면 엄마와 마주하게 될 즈음, 자연스러운 아이의 행동이 어떤지 몰라 멈춰 서고 말았다. 잠시 침묵이 흘렀다.

큰일 났네. 다섯 살짜리 아이가 오랫동안 우두커니 있는 건 부자연스럽다.

"엄마……." 일단 먼저 불러봤다.

그래도 미즈키는 아무 말 없이 꿈쩍도 하지 않았다.

"엄마……."

어쩌지? 어떻게 해야 자연스럽지?

"오쓰키 씨, 따님에게 말씀 좀 하세요." 직원이 미즈키에게 말을 걸었다.

미즈키는 번뜩 정신을 차린 듯 마른 입술을 적신 후 말했다. "아야."

왠지, 그건 마치 탐색하는 듯한 부름이었다.

그때 나는 깨달았다. 미즈키는 나—토모야와 사토루를 동시에 잃어버렸다. 그건 엄청난 상실감이다. 나 역시 아야와 사토루를 잃었다는 사실이 너무 터무니없어서 트라우마가 됐다.

미즈키에게 아야는 마지막 희망이었다. 그렇기에 오히려 그 존재를 의식하는 게 두려웠으리라. 너무나 어이없이 가족의 반을 잃어버렸다. 그래서 아야의 존재도 아직 불확실한 것처럼 여겨져 그게 너무 끔찍해 견딜 수 없었을 것이다.

나도 미즈키에 대해 같은 생각을 했으므로 그녀의 마음을 뼈저리게 알 수 있었다.

하지만 나까지 미즈키에게 다가가는 걸 주저하면 아무것도 되지 않는다.

나는 두 걸음 더 나아가 미즈키의 품에 매달렸다.

아야의 안기는 모습이 이랬을까? 수백 번이나 봐왔는데 자잘한 부분은 전혀 생각나지 않았다.

미즈키는 경직된 채 그대로 있었다.

"엄마." 나는 다시 불렀다.

드디어 미즈키가 반응했다. 그녀는 나를 꼭 안았다.

"아야. 미안해." 미즈키가 말했다.

그렇게 미즈키와 나의 생활이 시작되었다.

다만 전에는 남편이었는데 지금은 딸이다.

그나마 인격이 형성되는 사춘기 이후가 아니었던 게 불행 중 다행이었다. 이 또래의 어린아이는 날마다 성장하므로 다소 행동이 달라져도 이상할 게 없었다.

그러는 동안에 아야는 초등학교에 진학했다.

초등학교 수업을 받아야 한다는 게 너무 바보 같았으나 미즈키를 속이기 위해 견뎠다. 의도적으로 초등학생에 맞춰 학력을 낮출 필요는 그다지 없었다. 애당초 요즘 초등학교에서는 기억력을 시험하는 테스트가 없다. 대부분이 문제 해결 과정을 묻는 테스트뿐이다. 물론 성인의 경험은 유리하게 작용했으나 그게 다는 아니었다. 원래의 뇌 능력이 차지하는 요소가 커서, 결과적으로 나는 보통 수준의 성적을 유지했다.

아이들과 어울릴 때는 입을 다물었다. 초등학교 저학년은 아직 지성이 있다고 하기에는 어려운 상태. 반쯤은 동물적이라고 할 수 있었다. 그런 아이들이 숨바꼭질하자, 술래잡기하자고 권해댔다. 물론 아이들과 수십 분 정도 노는 일은 그리 어렵지 않았다. 그러나 그게 몇 시간이나 계속되는 것이다. 그것도 매일.

처음에는 어떻게든 어울리려고 했는데 일주일 만에 완전히 인내의 한계에 도달했다. 나는 아이들 놀이에 참여하지 않고 책상에서 책을 읽기로 했다. 그렇다고 어른용 책을 읽을 수는 없어서 아동 도서 중에서 어른이 볼 만한 작품을 골라 읽었다.

어느새 나는 주위로부터 그다지 활발하지 않은, 독서를 좋아하는 여자아이로 인식되었다. 사실 그런 평판은 내게 적당했다. 독서를 좋아한다는 전제가 있으면 다소 어른스럽게 말하더라도, 실수로 아이답지 않은 행동—교사의 잘못을 지적하거나 정치 경제 기사를 읽거나—을 해도 그다지 부자연스럽지 않았다.

미즈키는 나의 성적에 그리 관심이 있는 것 같지 않았다. 원래 아이 성적에 집착이 없었는지, 아니면 그 사고로 가족을 잃은 무기력 때문인지, 나로서는 판단이 서질 않았다.

그녀는 사고 이전의 일로 돌아갔는데 사고의 영향인지, 그동안 척척 해내던 일을 제대로 처리하지 못하는 듯했다. 결국 관리직에서 좌천되어 신입 사원이 하는 사무 업무를 해야 했고, 그런 탓에 집에 돌아와서는 이따금 넋을 놓고 생각에 잠기는 일이 많아졌다.

나로 말하면 최대한 밝은 딸을 연기했다. 미즈키도 나름대로 밝게 대해주었는데 아무래도 연기처럼 과장되어 보일 때가 있었다. 어쩌면 아야 안에 내가 있다는 걸 알아차린 게 아닐까 느낀 순간이 여러 번 있었지만, 도무지 확신이 들지 않았다.

초등학교 4학년의 어느 날, 나는 과감하게 미즈키에게 물었다.

"엄마, 나를 어떻게 생각해?"

"응, 갑자기? 어떻게, 라니 무슨 소리니?"

"예전에, ……아빠와 오빠가 있을 때는, 엄마 분위기가 달랐던 것 같아서."

미즈키는 놀란 듯 보였는데 바로 미소 지었다. "그렇게 많이 달라?"

"그때는 어렸으니까 그렇게 보였는지도 모르겠지만…… 그래도 지금은 생각에 잠길 때가 많아진 것 같아. 혹시 나 때문에 고민할 게 많은 게 아닐까 싶어서."

"너 때문에? 왜 너를 놓고 고민하겠니?"

"아니, 나…… 그러니까…… 여자애답지 않잖아."

"네가 여자애답지 않다고? 그런 건 생각해본 적도 없어. 그럼 엄마도 여자답지 않지."

확실히 요즘의 미즈키는 화장도 하지 않고 옷에도 신경 쓰지 않았다. 그러나 혼자 아이를 키우니까 자신을 꾸밀 여유가 없는 것도 당연했다.

"그렇지 않아." 나는 고개를 저었다. "충분히 여자 같아."

"고마워." 미즈키의 미소 안에서 나는 한 줄기 쓸쓸함을 느꼈다. "빈말이라도 좋구나."

"엄마, 나는 걱정하지 마." 나는 다짐했다.

"이번에는 무슨 소리야?"

"만약 좋아하는 사람이 생기면 결혼해도 돼. 나는 이제 아이가 아니니까 엄마를 붙잡지 않아."

너무나 괴로운 일이었으나 나는 이제 토모야가 아니다. 그녀를 여성으로 행복하게 해줄 수 없었다. 그렇다면 그녀가 자신의 행복을 찾길 바랐다. 나는 그저 곁에서 지켜볼 수 있으면 됐다.

"무슨 소린가 했더니……." 미즈키가 웃었다. "너는 그런 생각할 필요 없단다."

"하지만……."

"안심해. 나는 아빠가 아닌 남자와 결혼할 생각이 없단다. 아야는 걱정이 되서 엄마를 떠본 거구나."

"아니야. 나는 정말로……."

정말일까? 아내가 다른 남자 곁으로 가는 일을 견딜 수 없기에, 일부러 아내를 위하는 척하며 아내가 그렇지 않다는 확신을 얻고 싶었던 걸까?

어쩐지 나 자신을 믿을 수 없게 되었다.

친구들이 사춘기에 들어가면서 학교생활에 대응하는 게 더 어려워졌다. 남녀가 서로를 의식하게 된 것이다. 그래도 남자라면 과거 경험을 살려 연기하는 일도 어렵지 않을 텐데 애석하게도 아야는 여자였다. 여자애들은 잔뜩 신이 나서 반 남자애들의 소문이나 험담을 늘어놓는데 나는 마치 내 얘기를 듣는 듯해 영 불편했다. 나는 점점 고립되어 교실 한구석에서 종일 소설만 읽게 되었다.

그리고 몇 년이 흘러 나는 중학생이 되었다.

그 무렵부터 내게 문제가 생겼다. 내 안에 아야가 나타난 것이다. 그렇다고 사라진 아야의 기억이 부활했다는 말은 아니다. 다섯 살까지의 아야의 기억은 완전히 사라졌다. 그러나 다섯 살 이후로 아야로 계속 살아왔기에 아야라는 자의식이 점점 명확해졌다.

다섯 살이었던 그날부터 나는 내내 아야를 연기해왔다. 그러나 생활의 다양한 순간순간마다 일일이 '아야라면 이럴 때 어떻게 행동할까'라고 생각하고 행동하는 건 정말 힘들었다. 그래서 나는 아야의 사고를 시뮬레이션했다. 즉 무슨 일이 있을 때마다 일일이 아야라면 어떻게 행동할지 생각하는 게 아니라 항상 마음속에 아야를 상정하고 어떻게 행동하고 말할지 준비했다. 처음에는 힘들었으나 익숙해지니까 그게 더 편했다. 그러다 보니까 토모야로서의 사고는 불필요하다는 걸 깨달았다. 토모야의 몸은 이미 존재하지 않았다. 그러므로 토모야로서 생각해도 그게 말과 행동에 반영될 일은 없었다. 나는 늘 아야로 사고하고 행동하는 습관을 붙였다.

그리고 어느 날 문득, 아침에 일어났을 때부터 잠자리에 들 때까지 토모야로 생각하는 일이 전혀 없이 아야로 생각하고 행동하고 있음을 깨달았다.

나는 의식을 빼앗긴 듯한 공포를 느꼈다. 사실 몸도 생활도 여중생으로 하고 있으니, 사고가 여중생인 것도 당연했다. 성인 남자의 사고가 끼어들 틈이 없다고 해야 옳을 것이다. 넋 놓고 있다가는 토모야의 의식이 사라져버릴 수도 있었다.

그런데 그러면 왜 안 되는 걸까? 여중생이 여중생의 마음을 가진다고 잘못될 게 뭐 있나?

그렇게 생각하는 자신에 경악했다.

이대로 가면 정말 여자가 되고 만다. 내가 나로 있으려는 데
는 합리적인 이유가 있을 수 없다. 단순한 생존 본능이었다.
한편으로 이 몸은 원래 아야의 것이니 아야에게 돌려주는 게
맞다는 생각도 있었다. 애당초 내 기억을 아야에게 맡긴 것 자
체가 이기적인 게 아니었을까. 내 마음은 혼란스러웠고 그런
혼란의 날들을 보냈다.

어느 날 하교하는데, 남자 몇이 다가왔다.

한 남자가 여럿 가운데서 밀려나왔다.

"괜찮다고. 용기를 내서 말해." 뒤에 있는 남자들이 조그맣
게 말했다.

대강 짐작이 갔다.

최대한 눈에 띄지 않으려고 했는데 남자라는 존재는 정말
방심해선 안 되는구나.

나는 그들을 무시하고 지나치려고 했다.

"오쓰키!" 소년이 나를 불렀다.

"왜?" 나는 일부러 귀찮다는 듯 무표정하게 대답했다.

"저기······."

"왜? 나 바빠."

"이, 이번 주 일요일 말이야. 같이 영화 안 볼래?"

역시 데이트 신청인가.

말도 안 돼. 아야는 아직 중학생이야. 데이트하기에는 이
르다고.

나는 무시하고 걷기 시작했다.

"잠깐 기다려. 오쓰키." 소년이 내 어깨를 잡았다.

아버지 앞에서 딸에게 데이트 신청하다니 참 배포도 크다.

"이 바람둥이!" 나는 소년의 코를 후려쳤다.

그리고 나는 성인이 되었다. 거의 매일 자신을 여성으로 생각하며 살아왔지만 내 안의 토모야는 저항하지 않았다. 토모야의 의식이 약해진 건 아니었다. 그저 자신이 젊은 여성이라는 사실을 순순히 받아들였을 뿐이다. 물론 젊지도 여성도 아닌 기억은 내내 남아있었다. 다만 거기에 매달려봤자 의미가 없다는 걸 깨달았다. 그때의 내게는 미즈키를 절망에 빠뜨리고 싶지 않다는 생각뿐만 아니라 아야를 잃는 일을 막아야 한다는 생각도 있었다. 그렇다면 아야의 몸은 본래 있어야 할 아야의 인생을 걷게 해야만 하지 않을까.

이제는 나와 아야의 구별이 애매해졌다. 그게 옳은 일일지 모르겠고 무서운 일일지도 모른다. 그런데 그런 구별 역시도 애매했다.

나는 십대가 된 후 이따금 엄마—미즈키에게 재혼을 권했다. 그때마다 미즈키는 얼버무리고 지나갔는데 그래도 계속 같은 말로 권했다.

그리고 성인이 된 후 어느 날, 지금까지와 마찬가지로 재혼을 권하는 내게 그녀가 말했다. "그보다 너는 어떠니? 결혼을 생각하는 상대는 없니?"

당연한 의견이었다. 일반적으로 생각하면 이미 중년에서 초로의 나이로 넘어가고 있는 미즈키보다는 젊은 딸인 아야가 결혼을 생각해야 맞다.

하지만 남성과의 연애와 결혼은 불가능했다. 몇 번인가 아야에게 구애한 남성이 나타났으나 모두 거절했다. 아야에게 행복한 인생을 걸게 하고 싶다는 바람이 아무리 있어도, 토모야의 마음이 남성으로서 남성을 사랑하는 상황을 견디질 못했다. 그렇다고 해도 여성과의 연애는 아야의 몸과 마음이 거절했다. 그러다 보니 나는 계속 연애와는 전혀 관련이 없는 인생을 걸어왔다.

"나는 됐어. 조금 더 있다가 괜찮은 상대를 찾아 결혼할 테니까." 나는 적당한 말로 둘러대 미즈키를 안심시키려 했다.

"억지로 결혼할 필요는 없어. 하지만 나는 가능하면 네가 행복한 가정을 가졌으면 좋겠구나. 틀림없이 아빠도 그걸 바랄 거야."

"아빠는 분명, 나보다 엄마의 행복을 바랄 거야."

미즈키는 내 머리를 쓰다듬었다. "그 사고가 일어나기 전에 우리는 행복한 가족이었어. 기억하니?"

"응. 기억해."

다만 그게 아야의 기억은 아니지만.

"그 사고로 그 행복한 가족은 사라졌어. 그걸 네 손으로 되살려주면 좋겠다."

"내가 결혼해 행복한 가정을 가진다고 해도 그건 나의 새로운 가족이야. 그 훌륭했던 가족을 대신할 수는 없어."

"알아. 너는 너 하고 싶은 대로 해라. 하지만 엄마는 네 행복만을 원한단다. 네 행복이 엄마의 행복이야. 네가 행복해지면 우리 가족의 반을 잃은 게 괜한 일이 아니었음을 믿을 수 있으니까."

그랬다. 그 사고로 가족 중 중요한 부분을 영원히 잃었다. 우리의 소중한 아이들. 여기에 있는 아야는 그때의 아야가 아니다. 그 행복한 가족을 잃은 후 태어난 새로운 아야였다.

그리고 또 세월이 흘렀다. 나도 이제 젊다고 할 수 없는 나이에 달했다.

미즈키는 병들었다. 의사 말로는 그리 오래 살지 못한단다.

그녀는 사고 후 독신을 고집했다.

사실 나는 남편으로서 그녀와 함께 살아야 했으나 그 책임을 다하지 못했다.

내 안의 토모야는 후회스러웠다.

아니, 적어도 아야를 이 세상에 남길 수 있었다. 적어도 미즈키가 그렇게 믿게 했으니까 그걸로 됐다고 치자.

"네게 해둘 말이 있구나." 미즈키가 말했다.

"엄마, 뭔데?"

"계속 얘기해야 한다고 생각했단다. 하지만 도저히 말할 수 없었어."

"무슨 말인데?"

"말하면 네가 상처받을 걸 아니까." 미즈키는 내 눈을 가만히 바라봤다.

설마 아야가 토모야와 바뀌었다는 걸 알면서도 그걸 숨기고 있었나?

나는 눈앞이 캄캄해졌다. 지금까지의 수십 년은 뭐지? 무슨 말도 안 되는 연극이었단 말이야?

"헛된 연기였을지도 모르지." 미즈키가 웃었다.

어떻게 해야 좋을까. 딸로 어머니를 보내야 할까. 아니면 남편으로서 아내에게 마지막 말을 해야 할까.

나는 너무 당황해 어떤 말도 할 수 없었다.

"괜찮아. 아무 말 하지 않아도." 미즈키는 다정하게 말했다. "편지를 썼어. 그걸 읽어줘. 침실 책상 서랍 안에 있단다."

나는 말없이 미즈키의 손을 잡았다.

"편지를 읽고 충격 받지 마라."

아아. 모르는 척했던 게 당신의 배려였구나.

"피곤하니까 잠깐 쉴게. 아주 잠깐만." 미즈키는 눈을 감았다.

그리고 미즈키는 두 번 다시 눈을 뜨지 못했다.

장례가 끝난 후 나는 미즈키의 편지를 읽기 시작했다.

아야, 이제부터 적는 일은 진실이야. 믿기지 않을 수도 있겠지만 증거는 쉽게 찾을 수 있을 거야.

이야기는 그 무서웠던 사고로 거슬러 올라가. 너는 기억하고 싶지 않을지도 모르겠네. 하지만 그 일은 우리에게 아주 중요했어.

스포츠카에 부딪힌 후, 너와 아빠는 차 안에 남겨졌으나 사토루와 엄마는 다리 난간에 충돌한 충격으로 강에 빠졌어. 게다가 사토루는 차에서 튕겨 나올 때 심하게 다쳤지. 몸이 거의 절단될 정도의 부상이었어. 의사 말로는 즉사했을 거라더라. 물살이 빨라 엄마는 여러 차례 강의 바위에 머리를 부딪쳤대. 그건 기억하지 못해. 사실 그건 그리 중요하지 않아.

이제부터 하는 말은 많은 추측이 섞여있음을 미리 얘기해둘게. 엄마는 필사적으로 사토루를 구하려고 했어. 그러나 격렬한 탁류 속에서 그건 쉬운 일이 아니었지. 몇 분 후, 엄마는 간신히 사토루의 몸을 붙잡을 수 있었어. 엄마는 이미 생명을 잃은 사토루의 몸을 꼭 부여잡고 강가를 향해 사력을 다해 헤엄쳤어. 반쯤 내동댕이쳐진 상태로 강가에 도착한 엄마는 완전히 너덜너덜해진 사토루의 몸에 소생 조치를 했어. 내장까지 드러난 상태에서 사토루의 생명이 이미 사라졌음은 명백했지. 그러나 엄마는 포기할 수 없었어.

엄마는 차갑게 식어가는 사토루의 몸에 심장 마사지를 계속했어. 그러다가 엄마의 의식도 점점 흐려지기 시작했지. 수없이 바위에 세게 부딪혀서 뇌진탕을 일으킨 거야. 손을 움직일 수 없게 되면서 그 자리에 쓰러졌고

이러다간 사토루가 죽는다.

엄마는 그렇게 생각했겠지.

너덜너덜해진 사토루의 몸을 보면서 엄마는 사토루를 살려

낼 방법을 생각했어.

엄마는 문득 사토루의 등에 꽂힌 메모리를 떠올렸어. 그 안에는 사토루의 지금까지의 12년이라는 인생이 담겨있었어.

법률에 따르면 죽은 사람의 기억은 폐기돼. 그러지 않으면 죽음의 정의가 흔들려 수많은 법률 집행에 의문이 생기니까. 그러나 육체가 죽었다고 해서 조금 전까지 살았던 인간의 기억을 폐기해야 할까? 적어도 엄마는 그럴 수 없었어. 흐려지는 기억 속에서 엄마는 하나의 해결책을 생각해냈어.

이를테면 육체를 잃더라도 사토루를 계속 살게 할 방법을.

엄마는 거의 힘이 들어가지 않는 손으로, 자신의 발등에서 메모리를 빼고 말았어. 메모리를 뽑아도 한동안은 단기 기억이 남아있으므로 현재 상황을 이해할 수 있었지.

엄마는 그 메모리를 강에 던졌어. 팔의 힘이 약해서 바로 근처에 떨어졌으나 탁류가 어딘가로 실어갔겠지. 그리고 엄마는 가만히 기다렸어. 사토루의 고통을 가능한 줄이기 위해 엄마는 자신의 존재를 최소한으로 만들고자 했던 거야.

10분 정도가 지나자 엄마의 기억은 모두 사라졌어. 그러나 완전히 사라지면 사토루의 메모리까지 잊어. 그럼 아무 소용이 없지. 엄마는 최대한 아무것도 생각하지 않고 가만히 자신의 의식이 사라지는 순간을 기다렸다가 더는 의식을 유지할 수 없겠다 싶을 때 사토루에게서 메모리를 뽑아 그것을 자신의 발등에 꽂았어.

의식이 사라지기 전에 엄마는 아빠를 떠올렸어. 그게 내 안에 남은 엄마의 아주 작은 기억 중 일부야.

나는 병원에서 눈을 떴어.

사고는 조금 기억해.

그리고 사토루의 몸을 도우려고 필사적으로 몸부림쳤던 것도. 사토루의 기억을 살리려고 자신의 메모리를 강에 던진 것도, 아주 살짝.

하지만 그게 다야. 미즈키로서의 기억은 더는 없어. 어린 시절의 기억도, 아빠와 결혼한 것도.

대신 사토루의 기억은 전부 남았어.

엄마는 내 기억을 지키기 위해 죽어버린 사토루의 몸에서 메모리를 자신에게 옮긴 거야.

"엄마를 도와주세요!!" 나는 병실에서 소리쳤어. "그 강에 아직 남아있어요."

"진정하세요. 오쓰키 씨." 간호사는 나를 말렸지.

"당신은 살았어요. 따님도."

"따님? 여동생도 살았나요? 아빠는요?"

"따님은 무사한데 남편분과 아드님은······."

아들이란 게 나란 걸 바로 깨달았어. 그렇다면 아빠도 죽었다는 말인가?

"큰일이야. 당장 그 강에 가서 엄마를 구해야······."

이대로 가면 아빠와 엄마를 모두 잃게 돼.

나는 침대에서 일어나 간호사를 뿌리치고 강에 가려고 했어.

그만둬! 그 강에 뛰어들면 네 생명도 위험해져. 너는 살아. 그러지 않으면 나와 네가 다 사라져.

희미하게 남아있던 엄마의 의식이 나를 말렸어.

엄마는 내가 살기를 강하게 바랐지.

당시의 나는 불과 열두 살이었어. 그러나 사태를 파악하는 데는 그리 많은 시간이 걸리지 않았어.

엄마 안에 내가 있다는 걸 들키면 안 된다. 그렇게 엄마의 뜻이 내게 말했어. 다만 아이가 어른 행세를 하는 건 정말 어려웠어. 의사들은 사고 후유증으로 일시적인 퇴행이 일어났다고 판단했나 봐. 병원 스태프는 아이를 대하듯 나를 대했지. 덕분에 일주일 후에는 간신히 퇴원할 수 있었어. 지식은 열두 살 아이였으나 지능 자체는 성인이었으므로 현실 적응은 의외로 잘 이루어졌고, 한 달 만에 거의 완벽하게 성인 여성으로 행세할 수 있었어.

아야는 당시 다섯 살 어린아이였으니까 가족을 잃은 아픔과 쓸쓸함은 나와 비교할 바가 아니었겠지. 내 안의 희미한 엄마는 아야를 잘 키우길 바랐어. 그러나 나는 성인 행세를 하기는 했어도 정신 연령은 열두 살에 불과했어. 열두 살짜리 아이가 다섯 살짜리 아이를 잘 키울 수 있을까? 나는 심한 불안에 시달렸으나 아야와 함께 집에 돌아가기로 했어.

아야는 나를 엄마로 믿어 의심치 않았지. 물론 엄마의 기억이 사라진 사실은 비밀로 했어. 당시의 아야에게는 오빠보다는 엄마가 필요하다고 생각했기 때문이야.

그리고 아야가 성인이 되면 상황을 봐서 진실을 말해야겠다고 생각했어.

그런데 성인이 되어도 쉽게 고백할 수 없더라. 결국은 평생토록 비밀을 밝히지 못했다는 것은 너도 아는 사실이지.

엄마가 된 처음에는 엄마가 하던 일을 계속하려고 했지만, 경험이 없는 열두 살이 할 수 있는 일이 결코 아니었어. 어쩔 수 없이 업무 내용을 쉬운 것으로 변경할 수밖에 없었지. 월급은 줄었으나 아빠와 엄마가 남긴 저금과 아빠의 생명보험, 사고 가해자의 배상금 덕분에 생활은 그런대로 꾸릴 수 있었어.

불가사의하게도 사고 전의 엄마는 거의 남지 않은 희미한 존재인데 사고 후 엄마 행세를 계속하는 가운데 내 안에 새로운 엄마가 자라났어. 그 엄마는 아빠도 사토루도 모르는 사람이야. 그저 내 기억을 통해 둘을 간접적으로 알고 있을 뿐이지. 그 엄마 역시 아야의 엄마였어.

아야가 초등학교 고학년이 되었을 무렵, 엄마에게 재혼을 권했지. 그때는 정말 놀랐어. 솔직히 결혼 같은 건 생각도 해보지 못했어. 무엇보다 내 안의 사토루는 절대 남성과의 결혼을 받아들일 수 없었으니까.

내 결혼 같은 건 아무래도 상관없었어. 그보다 아야가 결혼하지 않는 게 조금 걱정이었지. 혹시 아야가 결혼하지 않는 이유가 내 양육 방식이 잘못된 탓이 아닐까 싶기도 했고 혹시 엄마가 걱정되어 결혼하지 않은 거라면 지금도 늦지 않았어. 멋진 상대를 찾아 결혼해.

아직 알려줘야 하는 게 정말 많은 것 같은데 이 정도만 할게.

아마 이 정도로도 받아들이기 힘들 테니까.

나는 사토루로서의 원래 인생을 보내지는 못했으나 엄마에게 받은 인생으로 아야를 키울 수 있어서 행복했어.

부디 건강하게 지내.

오쓰키 사토루/미즈키

오쓰키 아야에게.

나는 편지를 읽고 경악했다.

그 또는 그녀는 나의 엄마이자 아내임과 동시에 아들이자 오빠였던 것이다.

심한 현기증을 느끼고 나는 그 자리에 엎드렸다.

나는 자신의 정체를 숨기는데 정신이 팔려 금방 알아차렸어야 할 사실을 깨닫지 못하고 수십 년의 시간을 보냈다.

나는 딸을 대신했고 아내는 아들에게 자신의 인생을 주었다. 그러나 그 선택이 옳았는지는 영원히 알 수 없으리라.

그 사고가 있었던 날, 내 가족은 모두 죽은 거나 마찬가지였다. 미즈키와 아야는 마음을 잃고 토모야와 사토루는 육체를 잃었다.

그러나 다시 생각하면 그날부터 수십 년 동안, 우리 가족은 다 같이 있었다고도 할 수 있었다. 미즈키와 아야의 육체는 계속 살았고 토모야와 사토루의 마음은 데이터로 존속할 수 있었으니까.

나도 모르게 가족을 되찾은 것이다. 그리고 또 나도 모르는 사이 잃어버렸다. 나는 미즈키와 사토루를 다시 잃었다.

나는 하룻밤 실컷 울고 결심했다.

체외수정, 대리모 출산, 혹은 단순한 양자라도 괜찮다. 어떤 형태로든 다시 가족을 갖자고. 그리고 가짜 인생을 산 그/그녀에게 다시 자신의 인생을 살 기회를 주자.

나는 손안의 미즈키/사토루의 메모리를 바라봤다.

만약 신생아에게 빈 메모리가 아니라 고인의 메모리를 꽂으면 다시 태어나는 것이 될까?

대답은 알 수 없었다. 그러나 내게 대답 같은 건 필요하지 않았다.

가족을 되돌리는 데 이유 같은 건 필요하지 않으니까.

9

"죽은 자의 기억……." 나는 중얼거렸다.

"지금 뭐라고 했지?" 상대가 물었다.

"죽은 자의 기억이죠. 내가 떠올리는 것은 죽은 자의 기억입니다."

"사후에도 영혼은 존속한다는 말인가?"

"그건 모릅니다. 그러나 틀림없이 사후에도 기억은 존재합니다."

"기억이 존재하면 영혼도 존재하는 거 아닌가?"

"영혼과 기억이 같은 것인지, 아니면 완전히 다른 것인지는 모르겠습니다."

"만약 기억과 영혼이 별개라면 영혼에는 기억 이외의 어떤 속성이 있을까?"

"그것도 모릅니다. 그러나 한 인물의 정체성을 구성하는 것이 기억만은 아니겠죠."

"그러나 다른 기억을 지닌 존재를 같은 인물이라고 할 수 있을까?"

"반대는 어떨까요? 같은 기억이 있다면 같은 인물이라고 부를 수 있을까요?"

"같은 인물이 아니라면 도대체 어떤 사람이지?"

"만약 육체와 영혼이 분리되지 않는다면 어떨까요? 오랜 기억을 새로운 육체에 이식해도 원래 영혼과는 다르다면."

"만약 그렇다면 육체의 죽음은 영혼의 절대적인 죽음이 되어버리는데 그래도 괜찮을까?"

"괜찮을 것도 안 괜찮을 것도 없죠. 만약 그게 진실이라면 우리는 그걸 받아들일 수밖에 없습니다."

"육체의 죽음이 영혼의 죽음이라면 우리 영혼은 도대체 어디에서 온 건가?"

"뇌의 형성과 함께 자연 발생한다고 생각하는 게 합리적이죠."

"그럼 그건 언제 발생하지? 마음의 스위치는 언제 들어오나?"

"언제랄 게 아니라 차차 형성되겠죠. 단순한 신경세포의 연결이 복잡한 네트워크로 성장하는 과정에서."

"정말 그런 걸 믿나? 복잡하게 작동하는 기계와 우리 마음 사이에는 엄청난 차이가 있네. 아무리 정교한 인공지능이라도 그건 인간이 만든 프로그램이야. 그 행동은 언제나 일정한 규칙에 근거하고, 반도체 스위치를 켜고 끄는 순간 확정되지. 그건 곧 0과 1의 나열에 불과해. 아무리 0과 1의 수를 늘리더라도 그건 마음이 아니야."

"좋아요. 그저 복잡하기만 한 기계에는 마음이 생기지 않는다고 하죠. 그렇다면 반도체 칩에 기록한 기억에도 역시 마음은 없는 거 아닙니까?"

"기록은 마음 자체가 아니야. 기억과 뇌가 만나면서 거기에 비로소 마음이 생기고 영혼이 깃들지."

그런가? 기억과 영혼은 불가분의 관계인가? 그렇다면……

그리고 나는 떠올렸다. 기억을 지니지 않은 사람들의 이야기를.

10

미즈시나 나나는 땀투성이가 된 채 계속 산길을 걸었다. 저지대보다 기온이 낮다고 해도 쾌청한 날씨에 햇살이 강하게 내리쬐고 있어서 꽤 힘들었다.

나나는 주머니에서 지도를 꺼냈다. 이 주변에서 전자 단말기를 이용하면 왠지 노이즈가 생기거나 방위 표시가 엉망이 되어서 이번에는 아예 종이 지도를 가지고 왔다. 그리고 마을 사람은 전자 단말기보다 종이 지도에 더 호감을 지니지 않을까 하는 작은 기대도 있었다.

앞으로 6킬로미터 남았나.

나나는 물통의 물을 조금 마시고 자신을 고무하듯 머리를 두드리고는 다시 전진했다.

마을 입구는 금방 찾았다. 아무래도 마을을 적극적으로 감출 마음은 없는 듯했다. 사실 더 숨기려고 해봤자 어디부터 손써야 할지 모를 수도 있겠다만.

마을이라고 해도 큰 건물은 하나밖에 없었다. 원래는 학교였던 걸 이용하는 듯했다. 학교 건물 벽에는 넝쿨이 얽혀있었고 지붕 위에는 온갖 새 둥지가 지어져 있어서 새똥 천지에 잡초가 무성했다. 학교 주변에 논밭이 조금 있었고 닭장과 개집 같은 게 흩어져 있었다. 그리고 그 바깥에는 울창한 숲이 펼쳐졌다.

나나에게 주어진 일은 여기 주민을 산 아래로 내려오도록 설득하는 거였다. 시 직원인 그녀도 전혀 몰랐던 사실인데 어쨌든 이곳도 시 담당 지역이라고 했다.

교문의 잔해로 보이는 게 조금 남아있었지만 거의 썩어있었다.

나나는 그걸 지나쳐 건물의 정면 현관에 도달했다.

일단, 벨 같은 게 있어서 눌러봤다. 하지만 살짝 삐걱거리는 소리만 날 뿐 아무 일도 일어나지 않았다. 어쩔 수 없이 말을 걸어보기로 했다.

"실례합니다. 시청에서 나왔습니다. 이야기 좀 나눌 수 있을까요?"

1분쯤 기다렸으나 대답은 없었다.

나나는 조금 망설인 끝에 문을 밀어봤다.

큰 마찰음을 내면서 문이 열렸다.

강한 곰팡이 냄새가 코를 찔렀다.

현관에서 곧장 어두운 복도가 이어졌고 좌우로 교실이 늘어서있었다.

"실례합니다. 시청에서 나왔습니다. 이야기 좀 나눌 수 있을까요?" 나나는 조금 전과 같은 말을 되풀이했다.

역시나 1분쯤 지났는데도 대답이 없어서 다시 말을 걸까, 안으로 들어갈까, 아니면 오늘은 그만 돌아갈까 고민하고 있는데 교실 문 하나가 천천히 열렸다.

안에서 노인이 나타나 나나를 의아한 표정으로 바라보며 물었다. "누구?"

"시청에서 나왔습니다. 미즈시나 나나라고 합니다."

"시청?" 노인이 고개를 갸웃했다.

"시청, 아시죠?"

"그건 알아. 당신, 시청 사람이야?"

"네. 이름을 여쭤도 될까요?"

"나? 나는 모리나가라고 해."

모리나가라는 인물은 자료에도 있었다. 이곳의 리더를 맡을 때가 많다고 했다.

"현재 어르신이 이곳의 리더시죠?"

"뭐? 리더가 뭔데?"

아아. 이거 성가시게 생겼다.

"아니. 모리나가 씨. 여기가 어딘지는 아세요?"

"여기?" 모리나가는 두리번두리번 학교 건물 안을 둘러봤다. "왜 내가 여기 있지?"

"본인의 뜻에 따라 계신 겁니다."

"내 뜻?" 모리나가는 팔짱을 꼈다. "기억이 나질 않는데 무슨 소리지?"

"말하자면 깁니다. 수십 년 전에 일종의 기억 상실 같은 게 벌어졌습니다."

"기억 상실? ……앗!" 모리나가는 짝 손뼉을 쳤다. "치매에 걸렸구나."

"아니, 그런 건 아닙니다. ……아아, 그런 면도 있긴 한데, 그러니까 모리나가 씨가 치매에 걸렸다는 말은 아니고 모두의 기억이 사라지고 말았습니다."

현황을 파악할 수 없는 상태에서 설득하면 내 마음대로 할 수 있지. 잘만 하면 이대로 마을까지 데리고 나갈 수 있을지도 모르겠네.

"도대체 무슨 소리지?" 모리나가가 고개를 기울였다.

"왜 이렇게 시끄러워?" 옆 교실에서 노부인이 나왔다.

"저는 시청에서 나온 미즈시나라고 합니다."

"그리고 당신은?" 노부인은 모리나가 쪽을 봤다.

"나는 모리나가라는 사람이야. 당신은 누구지?"

"센주 치즈코라고 해요." 노부인이 고개를 숙였다. "그런데 여기는 어디죠?"

"당신도 치매야?" 모리나가는 어이없다는 듯 말했다.

"아닙니다. 두 분 모두 치매는 아닙니다." 나나가 설명했다. "여기 두 분에게만 일어난 일이 아니라 모든 인류에게 일어난 일입니다."

"그거 이상하네." 모리나가가 말했다. "만약 그랬다면 당신도 증상이 같아야지."

기억력은 없으나 상황 판단 능력은 아주 뛰어나네. 리더를 맡을 만한 이유가 있구나.

"네. 저도 같은 증상입니다. 하지만 기억을 보완하는 장치가 있습니다." 나나는 오른쪽 귀를 보여줬다. "여기에 작은 막대기 같은 게 꽂혀있는 게 보이세요?"

"아, 그러네. 그게 뭐지?"

"모든 걸 기억하는 장치입니다."

"그러니까 그게 뇌와 연결되어 있다는 말인가?"

"그렇습니다."

"무시무시한 이야기군."

"하지만 이 장치 덕분에 우리는 별 문제 없이 생활할 수 있습니다."

"그렇군." 모리나가가 말했다. "그러니까 우리는 문제 있는 생활을 하고 있다는 소리군."

"맞습니다." 나나는 안도했다.

아무래도 쉽게 이해시킬 수 있을 듯했다.

"삽입구는 아주 간단하게 설치됩니다. 최신 자동 시술 기기를 이용하면 직접 설치할 수도 있습니다. 시간도 1, 2분이면 됩니다. 어떠세요?"

"어머? 어떻게 하지?" 치즈코는 망설이는 듯했다.

나는 가방에서 설명 자료를 꺼내려고 했다.

"난 싫어." 모리나가가 말했다.

"왜 그러세요? 제 설명이 부족했나요?"

"당신 설명으로 우리가 놓인 상황은 대충 알았어. 그러니까 어떤 이유로 온 세상 사람이 모두 기억 장애를 얻었어. 그리고 대부분은 그 끔찍한 장치로 기억을 보충하고 있지."

"네."

"그런데 일부분은 기억 장치의 장착을 거부하고 있어. 즉 그게 바로 우리지. 내 말이 맞나?"

"그렇습니다."

"기억 장치의 장착을 거부하는 데는 상응하는 이유가 있겠지."

"그건 아마도 오해에서 비롯된 것 같아요. 장치에 대한 과잉 거부라고—"

"그건 아니지."

"예?"

"우리가 장착을 거부하는 이유는 부자연스럽기 때문이야."

"말씀대로 장치를 몸에 다는 데 저항감이 들 수 있습니다. 하지만 지금은 그게 보편적이랍니다."

"기억이 사라진 게, 누구 탓인지는 모르겠으나 어차피 어떤 멍청한 녀석 탓이겠지?"

"그렇습니다. 역사 수업에서 배웠는데—"

"사람이 저지른 실수를 기계 힘을 빌려 억지로 없었던 것으로 하려는 거군."

"아닙니다. 그런 건—"

"계속 같은 일을 되풀이했어. 문명이 저지른 잘못을 또 다른 문명의 힘으로 억지로 수정하지. 그 결과 또 다른 잘못이 일어나고. 이런 일을 되풀이해봤자 소용없는 일이야. 우리는 그 연쇄를 끊겠다고 결심한 거야. 안 그런가?"

"아니," 나는 단어를 조심스럽게 고르며 말했다. "그런 주장이 있다는 건 압니다. 그러나 상황을 정확하게 판단하기 위해서는 기억을 해야 하잖아요. 판단이 옳았는지 아닌지를 알기 위해서도 일단 외부 장치를 장착해야죠."

"소용없어. 그 장치는 마약이나 마찬가지야. 일단 붙이면 절대 놓을 수 없지."

"하지만 기억이 없는 생활은 정말 불편할 겁니다."

"불편한지 아닌지는 모르지. 하지만 이렇게 우리가 건강하게 사는 걸 보면 그렇게 어려운 일도 아닌 것 같군. 기억 없는 생활이라는 게 말이야."

모리나가 일행이 이 땅에 터를 잡은 것은 대망각에서 얼마 지나지 않았을 무렵으로 추정되고 있다. 무엇보다 당시 기록은 혼란 그 자체여서 추정만이 가능하다. 어쨌든 행정 관청이 알아차렸을 때는 이곳에 수십 명 정도의 공동체가 형성되어 있었다.

애당초 그들의 목적이 무엇이었는지는 알려져 있지 않다. 그저 대망각의 혼란을 피하려고 한 걸지도 모른다. 무엇보다 당시 행정 기관은 차례로 발생한 여러 문제에 대응하느라 정신이 없어 산 깊은 곳에 정착한 사람들까지 신경 쓸 여유가 전혀 없었다. 그러다 외부 기억 장치가 개발된 후 세상의 상태가 나아지면서 오지에 정착한 사람들도 다시 발견됐다.

시청은 바로 직원을 보내 외부 기억 장치를 장착하라고 권했다. 그런데 바로 쫓겨나고 말았다.

그들은 자신의 뇌 기능 일부를 기계에 맡기는 걸 결단코 거부했다. 어느 샌가 그들은 전기기기 같은 근대 문명의 산물을 사용하길 거부하는 크리스트교 일파인 아미시와 비교되어, 일본의 아미시라고 불렸다. 다만 그들 자신이 그렇게 부른 적은 한 번도 없었다.

시청에서는 정기적으로 직원을 공동체에 파견했는데, 논쟁이 벌어질 때마다 패배해 도망치듯 돌아오는 게 일상사였다. 그들이 그렇게 생활하는 것은 그들의 자유이므로 그냥 놔두자는 의견도 많았다. 하지만 그냥 놔두자니 걱정스러운 문제가 몇 가지 있었다.

우선은 그들도 서서히 나이가 든다는 사실이었다. 모리나가보다 나이가 많은 세대도 상당히 많아 그들은 이미 고령이라고 할 수 있는 나이였다. 몸이 힘든 상태에서 기억을 유지할 수 없는 것은 때로 치명적인 결과를 가져오기 쉽다.

또 그들 사이에서 다음 세대가 태어나는 것도 문제였다. 대 망각 후에 태어난 세대는 장기 기억이 전혀 없었다. 외부 기억 장치를 장착한 우리와는 전혀 이질적인 정신적 환경에서 성장하게 되는 것이다. 언어 등의 의미 기억과 일용품 취급 방법 등의 절차 기억은 유지되므로 일상생활을 영위하는 건 가능하리라. 그러나 그 상태로 성인이 되었을 때 고도의 정신 활동이 가능할지는 미지수였다.

공동체를 방문하는 직원들은 새로운 세대의 상태를 모리나가와 같은 초창기 일원에게 물었으나 너희들에게 답할 의무는 없다며 전혀 상대해주지 않았다. 그러자 직원들의 행동은 언젠가부터 타성에 젖었다. 형식적으로 공동체를 방문해 외부 기억 장치를 장착하고 마을로 내려오라고 호소하고, 반응이 없으면 그대로 돌아오는 게 습관이 되었다. 특별히 성과를 올리지 못해도 아무도 뭐라고 하지 않았다. 그런 일이었다.

공동체 담당이 된 직원은 그저 건성으로 주어진 일만 처리하면 된다고 생각하는 사람과 일을 제대로 하지 않으면 안 된다고 생각하는 두 종류가 있었다. 뭐, 대부분은 첫 번째 타입이라 별문제는 없었다. 그러나 극히 희박한 두 번째 타입이 까다로운 문제를 더 까다롭게 만들었다.

그리고 나나는 두 번째 타입이었다.

나나는 거절당한 다음 날도 공동체를 찾았다.

"실례합니다. 시청에서 온 미즈시나입니다. 말씀 좀 드려도 괜찮을까요?"

"시청?" 노인은 고개를 기울였다.

"시청은 아시죠?"

"그건 알아. 당신, 시청 사람이야?"

"네. 모리나가 씨."

"어이? 내 이름을 어떻게 알지?"

"그야 만난 적이 있으니까요."

"그건 아주 오래전인가?"

"아뇨. 어제입니다."

"어제?" 모리나가는 팔짱을 끼고 생각했다. "어제, 당신은 온 적이 없다고 말하고 싶으나 이상한 일이야. 애당초 어제 일이 기억나질 않아. 분명히 집에서 야구 중계를 보면서 맥주를 마시고 있었을 텐데. 그 후로 어떻게 됐는지 기억이 안 나. 그렇다면 당신 말이 맞고 내가 기억하지 못할 가능성도 있어. 그렇군. 나는 치매군."

"그런 건 아닙니다. 사실은 모든 인류에게 공통으로 일어난 현상으로……."

그리고 다음은 어제와 같은 전개가 이루어졌다.

하지만 나나는 좌절하지 않았다. 매일같이 공동체를 찾아 다양한 접근을 시도했다. 그 결과 갑자기 기억을 화제로 삼지 않고 모리나가의 취미 이야기부터 시작하면 의외로 호의적으로 대해준다는 걸 알아냈다. 모리나가는 낚시를 좋아했다. 나나는 낚시를 공부해 일단 그걸로 모리나가의 마음을 잡는 데 성공했다.

"안녕하세요. 시청에서 온 미즈시나라고 합니다. 오늘은 낚시하기 정말 좋은 날씨네요."

"오호! 자네, 낚시하나?"

여기서 일단 낚시 이야기를 한바탕하고 본론으로 들어간다.

"여기가 어딘지 아세요?"

"여기? 그러네, 어디지? 짚이는 데가 없어."

"실은 말이죠……."

다음 날도 역시 같은 전개였다.

하지만 나나는 포기하지 않았다.

모리나가 이외의 아미시 일원과도 터놓고 얘기하는 방법을 서서히 깨우쳤다. 이를테면 치즈코는 단카(일본 전통 시)가 취미라 그쪽으로 파고들었다. 그 밖에도 영화를 좋아하는 사람, 소설을 좋아하는 사람, 게임을 좋아하는 사람까지 저마다의 화제를 꺼내 경계심을 순식간에 풀었다.

물론 아무리 마음을 풀어도 다음 날만 되면 다시 처음부터 시작해야 하나, 나나의 커뮤니케이션 능력은 확실히 성장했다. 매일 처음부터 시작해도 마음을 터놓을 때까지의 시간이 점점 짧아졌고 사람 수도 늘어났다.

그리고 점점 이곳의 커뮤니케이션 시스템을 알게 되었다.

사람들은 기억을 보완하기 위해 온갖 곳에 메모를 붙여놓았다. 메모에는 '식당은 1층'이라거나 '쌀은 이 아래 여닫이문 속'처럼 동작 하나를 할 때마다 필요한 내용이 적혀있었다. 그리고 또 하나, 방 대부분에 대망각의 개요와 이 공동체의 목적이 적힌 전단이 붙어있었다. 다만 나나가 처음 찾았던 현관 옆 방에는 일부러 그 종이를 붙이지 않은 듯했다. 아마 가상의 적인 시청 직원에게 속내를 보이지 않기 위해서겠지.

나나는 그들의 지혜에 혀를 내둘렀다. 그들을 설득하는 임무가 일생일대의 승부가 되리라 느낀 나나는 설득을 미루고 그들의 공동체에 잠입해 자연스럽게 지내는 일에 전념했다.

그들의 생활은 진짜 아미시처럼 자급자족을 목표로 했다. 학교 건물 주변의 논밭에서 쌀과 채소를 재배하고 닭도 길렀으며 근처 강에서 낚시도 했다. 쓰러진 나무를 가공해 공예품도 만들었다. 다만 공동체의 규모가 백 수십 명 정도의 비교적 소규모라, 모든 물품을 완전히 자급하는 건 불가능했다. 그래서 공예품이나 남은 농작물을 외부에 판매해 그 수입으로 옷이나 금속 제품 등을 사들였다. 컴퓨터 옆에는 잘 정리된 지침서가 놓여있어 그대로 하면 물건을 사고팔 수 있었다.

물론 각종 기계들이 일 년에 몇 번씩 문제를 일으키긴 했지만, 그들은 임기응변으로 잘 넘기고 있는 것 같았다. 컴퓨터 서비스 업체에 전화를 건 적도 있는 듯, 컴퓨터 본체에는 전화번호가 붙어있었다.

공동체의 나이 구성은 역피라미드라기보다 버섯 형태에 가까웠다. 주요 인물들이 점점 고령화되고 있는 데 비해 젊은 사람이 새로 들어오는 일은 극히 드물었다. 대망각 이후에 태어난 사람이 메모리를 뺀다는 것은 지금까지의 인생을 모두 버리는 걸 의미했다. 그건 자살과 거의 같은 결심이었다. 나나는 그런 젊은 사람을 보며 자살 대신 이 길을 택한 게 아닐까 하는 의구심을 품었으나 물론 확인할 방법은 없었다.

그런 그들과 여기서 태어난 사람들에게는 추억이랄 게 없었다. 절차 기억과 메모에 의존해 행동할 뿐이었다. 즉 그들에게는 과거라는 게 하나도 존재하지 않았다. 대망각 이전의 기억을 지닌 세대와 그들 사이에는 절대 넘을 수 없는 벽이 있다고 해도 지나친 말이 아니었다.

그들에게는 '과거'라는 개념조차 모호했다. 그들에게 '과거'란 10분쯤 이전의 일이었다. '어제'나 '작년'이라는 말은 단어로는 알지만, 그것은 '신'이나 '무한' 혹은 '허수'와 마찬가지로 개념으로만 존재하는 것이지 실감할 수 있는 것은 아니었다.

미래 역시 마찬가지였다. 어제의 기억이 없는 그들에게 '내일'이나 '내년'이라는 것 역시 실감을 동반한 개념이 될 수 없었다. 물론 단어로는 이해하고 설명할 수도 있었다. 그러나 그게 정말 존재하는지는 반신반의하는 것 같았다.

오래된 사람들은 현재의 기억은 없으나 수십 년 전까지의 인생 지식을 지니고 있다. 이 점은 생존하는 데 매우 유리했다.

젊은 세대도 말하기나 간단한 작업은 할 수 있었으나 에피소드를 기억할 수 없기에 간단한 교섭조차 어려웠고 미래 예측도 극히 힘들어했다. 따라서 사고파는 데 교섭이 필요하다는 것도 이해하지 못했고 맑은 날에 비가 올 것을 걱정하지도 않았다. 그들의 일상은 매우 불완전했지만 노인들의 지도로 간신히 버티는 상황이었다.

나나는 그로부터 여러 해 동안 아미시 공동체를 드나들었다. 시청에서는 그녀가 매일 자리를 비워도 그냥 넘어갔고, 그녀가 하루도 빠짐없이 공동체에서 살다시피 하는데도 아무도 뭐라고 하지 않게 되었다. 이미 몇 개월이나 시청에 얼굴을 보이지 않았는데도 출근 좀 하라는 연락도 오지 않았다. 어쩌면 이미 시청에는 그녀의 자리가 없어졌을지도 모르지만 별로 신경 쓰지 않았다. 어쨌든 월급이 꼬박꼬박 들어오는 걸 보면 해고된 건 아닌 모양이었다. 단순히 급여를 중단하는 절차가 귀찮은 것일지도 모르겠다.

나나는 그들의 사상을 접하고 함께 생활하며 공동체에 녹아들었으나 그들의 일원이 될 마음은 없었다. 그들의 생활은 어떤 의미에서는 흥미로웠으나 아무래도 스스로 참가할 정도로 매력적인 것 같지는 않았다.

이윽고 나이 많은 공동체원이 조금씩 줄어들었다. 갑자기 죽는 사람도 있었으나 대부분은 병이 깊어져 결국에는 움직이지 못하게 되다가 공동체 밖으로 실려 나갔다. 그들은 들것에 실려 공동체에서 조금 떨어진 곳에 눕혀졌고 거기서 구급차를 불렀다. 갑자기 사망자가 나올 때도 마찬가지였다.

어쨌든 초기 공동체원은 점점 줄어들었다. 몇 년 후에는 젊은 사람들을 지도할 사람이 줄어 점점 기묘한 행동을 벌이는 사람이 늘었다. 특히 리더 역할을 도맡았던 모리나가가 구급차에 실려간 후로는 사태가 더욱 나빠졌다.

그리고 어느 날, 외부업자와 교섭할 수 있는 사람이 하나도 없다는 걸 깨달았다.

나나는 망설였다.

자신이 도우면 일은 쉬워진다. 하지만 그건 시청 직원의 선을 넘는 일이다. 자신의 원래 역할은 이 공동체를 해산하고 사람들을 사회에 복귀시키는 것이다. 공동체 존속을 돕는 것은 원래 목적에 반하는 일이 된다. 그렇다고 해도 그들의 의사에 반해 억지로 사회가 보호하는 것도 꺼려졌다.

공동체를 존속시키면서 그들을 돕는다는 것은 그들의 리더 역할을 하겠다는 뜻이었다. 시청 직원이라는 신분과 지금까지의 인생을 버리고 그들을 이끌겠다는 결심은 서지 않았다. 무엇보다 외부 기억 없이 살겠다는 사상은 도무지 받아들일 수 없었다.

망설이는 가운데 상황은 점점 악화되었다. 다양한 도구가 점점 망가졌는데 아무도 고칠 수 없었다. 식료품은 비축되어 있었으나 그것들을 조리할 도구가 망가져 거의 남지 않았다.

공동체 사람들은 배가 고프면 메모를 따라 조리장으로 갔으나 그곳에서 뭘 해야 할지 몰라 우두커니 있었다. 그러다가 날 음식을 그대로 씹어 먹는 사람이 나왔다. 익히지 않아 식중독이 만연했다. 움직일 수 있는 사람들이 날로 줄었다. 더 적은 인원으로 전과 같이 일해야 했으므로 점점 해야 할 일이 쌓였다. 설사와 구토로 고통 받으면서도 생식을 할 수밖에 없었다. 아이들과 고령자부터 몸이 약해졌다. 여유를 잃은 사람들은 메모를 자세히 볼 여력조차 없었다. 그리고 갓난아기에게는 모유나 분유를 줘야 한다는 메모조차 돌아보지 않았다.

익히지도 않은 채소를 그대로 아이의 손에 쥐여주는 부모. 배고파 울부짖는 갓난아기.

나나는 이런 상황을 견딜 수 없어서 공동체 일원 중 그나마 건강한 사람에게 분유 타는 방법을 가르치려고 했지만, 심각한 혼란 속에 있던 터라 아무래도 순서를 익히지 못했다.

며칠이 지나자 갓난아기는 이제 울지도 않았다.

이제 시간이 얼마 남지 않았다.

나나는 고민 끝에 해결책 하나를 떠올렸다.

외부에서 살다가 아미시 공동체에 들어와 메모리용 소켓을 가지고 있는 여성에게 접근해 재빨리 자신의 메모리를 뽑아 그녀에게 꽂은 것이다.

"헉!" 나나는 자신이 여성 일원의 몸 안에 있다는 걸 깨닫고 놀랐다. 이런 느낌일 줄은 예상하지 못했다. 그저 자신의 지식이 이 여성에게 넘어갈 거라고만 생각했었다.

"괜찮아? 당신, 아이에게 분유를 주거나 업자와 교섭할 수 있겠어?" 눈앞에 또 다른 자신이 있고 자신에게 말을 걸어왔다.

나나는 고개를 끄덕였다.

나나의 해결책은 나나의 메모리를 아미시 일원에게 삽입함으로써 자신이 직접 손을 쓰지 않고 공동체 사람들의 손으로 다양한 일을 처리하는 방식이었다. 이러면 나나는 아무것도 하지 않고 아미시 일원 스스로 문제를 해결하는 셈이었다.

"우선 아기에게 분유를 줘야지." 나나는 분유를 타기 시작했다.

갓난아기는 따뜻한 분유를 꿀꺽꿀꺽 마시고는 새근새근 잠들었다.

나나는 갓난아기를 침대에 눕혔다.

이어서 나나는 학교 안에 있는 유일한 컴퓨터로 가서, 조리 기구를 구매했다.

"이제 됐잖아. 내 메모리를 돌려줘." 또 다른 나나가 말했다.

"조금만 더 기다려. 이 공동체의 경제 상태를 확인하고 싶어."

장부는 눈에 띄는 곳에 놓여있었다. 보이지 않는 곳에 보관하면 아무도 찾을 수 없기 때문이겠지.

나나는 전부터 걱정스러웠지만, 아무래도 관계자도 아닌 사람이 보는 건 아닌 것 같아서 그동안 참고 있던 터였다.

획획 장부를 넘기며 내용을 확인했다.

예상대로 최근 들어 장부 기록이 엉망이었다. 그런데도 공동체의 운영이 쪼들리고 있음은 알 수 있었다. 현시점에서 현금은 거의 바닥을 드러내고 있었다. 그렇다고 농작물을 내다 팔면 식료품이 부족해진다. 인원 대비 농산물 생산량이 너무 적었다. 즉 농산물의 효율화를 빨리 추진하지 않으면 곧 파산하는 상황이었다.

"저기, 빨리 돌려줘. 어쩐지 기억이 사라지는 것 같단 말이야." 또 다른 자신이 팔을 잡아당겼다.

"당연하지. 메모리가 없으면 10분마다 기억이 사라지니까. 그것도 잊었어?"

"그래? 어쨌든, 당신에게서 뭔가를 돌려받아야만 할 것 같아."

"당황할 필요는 없어. 당신 뇌에서 기억이 사라져도 여기 남아있으니까." 나나는 자신의 메모리를 가리켰다. "잠깐 거기서 기다려."

"안 돼! 빨리 돌려줘. 뭔가 이상하잖아!"

"그건 기분 탓이야."

"빨리…… 내가 사라진다고."

나나는 또 다른 자신을 무시했다. 장부를 보면서 공동체를 재건할 방법을 생각했다.

농지는 충분했고 물도 확보할 수 있었다. 지금은 농기구도 작동하고 있었고 비료와 농약도 충분했다. 그러니까 사람들이 적절하게만 작업하면 필요한 생산량을 달성할 수 있었다.

"아…… 나는 뭘 하고 있지? ……여긴 어디야?" 또 다른 자신은 어정어정 방황하기 시작했다.

그런데 어떻게 해야 정확하게 작업할 수 있을까? 기억이 없는 사람을 어떻게 움직이게 해야 좋을까. 저 사람들이 단순한 작업은 할 수 있겠으나 지식이 필요한 복잡한 작업은 무리였다. 컴퓨터를 사용한다고 해도 돈을 관리하지 못했다. ……아니야. 할 수 있지 않을까.

나나는 해결책을 찾아냈다.

어쩌면 감각이 마비되어 말도 안 되는 짓을 하고 있는 건지도 몰랐다. 하지만 그 일을 해선 안 되는 이유를 찾을 수 없었다. 애당초 인류에 이런 일이 일어난 것은 사상 처음이니까 그에 대한 윤리도 도덕도 존재하지 않는다. 그러므로 각자의 양심에 따라 문제만 없다면 인도적인 문제는 해결되었다고 생각해도 되지 않을까.

앗! 그러고 보니 또 다른 내가 있었지?

또 다른 자신을 찾으니 마침 벽에 붙은 메모를 보던 참이었다.

- 식사 당번 완장을 찬 사람은 오전 11시가 되면 식당에서 요리할 것.
- 다른 사람은 정오가 되면 식당에서 점심을 먹을 것(교내 그림 참조).

또 다른 자신은 자신이 완장을 차고 있지 않음을 확인한 후 시계가 12시를 가리키는 걸 보고 식당으로 가려고 했다.

아무래도 자신이 여기 일원이라고 생각한 듯했다.

"잠깐만. 당신은 여기 사람이 아니야." 나나는 또 다른 자신에게 말을 걸었다.

"아니, 무슨 소리야? 여기 사람이 아니라니?"

"이걸 꽂으면 기억할 거야." 나나는 메모리를 원래 자신의 몸에 꽂았다.

"아, 정말 놀랐네. 이런 느낌일 줄은 몰랐어." 원래 몸으로 돌아온 나나가 말했다.

"어머? 나, 아직도 여기 있어."

"10분 정도는 아직 남아있겠지."

"잠깐. 그럼 내 기억은 사라져?"

"그렇지. 조금 전의 나도 그런 느낌이었잖아."

"잠깐만. 그건 곤란해."

"곤란하다고 해도 그건 당신이 선택한 거잖아."

"내가?"

"그게 아니면 여기에 있질 않지."

"아니. 원래의 내가 아니라 지금 여기에 있는 사람은 미즈시나 나나야."

"미즈시나 나나는 나야. 헷갈리지 마."

"뭐? 하지만……."

나나는 그 여성을 무시하고 밭으로 갔다.

예상대로 한 남성이 양파 밭 앞에서 멍하니 서있었다. 거기에 세워진 간판에 수확 방법이 적혀있었으나 비바람 때문에 글자와 그림이 상당히 흐려져 알아보지 못하는 듯했다.

나나는 남성에게 다가가 재빨리 자신의 메모리를 꽂았다.

몇 초 동안 혼란스러웠으나 조금 전 경험이 있던 터라 바로 안정을 되찾고 수확 작업에 나설 수 있었다.

작업은 1시간 만에 끝났다.

그때가 되어서야 자신의 신체가 사라졌음을 깨달았다. 여기저기를 뒤지다 닭장 앞에서 우두커니 있는 또 다른 자신을 발견했다.

"왜 그래?" 나나가 물었다.

"나, 달걀을 주워야 하는데 어떻게 해야 할지 모르겠어. 닭장에 들어가면 쪼이는 게 아닐까?"

"달걀은 닭장에 들어가지 않고도 밖에서 꺼낼 수 있어. 여기 적혀 있잖아. 그리고 너는 여기 사람이 아니니까 달걀을 꺼낼 필요는 없어."

나나는 자신의 몸에 메모리를 꽂았다.

"매번 원래의 내가 혼란을 겪어야 하니 걱정은 되지만, 그밖에 다른 문제는 별로 없는 것 같네." 나나가 말했다.

"한동안 자신이 둘이 된다는 것도 조금 기분 나쁘지만, 그것도 어쩔 수 없지." 나나의 기억이 남아있는 남성이 말했다.

"남자가 여자처럼 말하네."

"지금 나는 사실상 여자니까."

"메모리를 뽑으면 기억이 금방 사라지니까 비밀은 지켜져. 그러니 이렇게 계속하는 수밖에 없어."

경험이 쌓이면서 나나는 점점 익숙해졌다. 처음에는 다소 저항감이 있었으나 하다 보니 익숙해져 옷을 갈아입는 것처럼 신체를 바꿀 수 있게 되었다.

여기서 태어난 세대나 삽입구가 없는 노인도 자동 시술 기기를 이용해 메모리를 꽂을 수 있었으므로 나나는 필요에 따라 남녀노소, 다양한 사람이 되어 작업했다.

아주 사소한 충동에서 시작된 일이었다.

일본의 아미시라고 불리는 만큼 이곳 사람들은 아주 소박한 복장을 했다. 그러나 젊은 아가씨 중에는 아주 단정한 이목구비를 지닌 사람과 모델 같은 스타일을 지닌 사람들도 있어서 검소한 옷을 입고 있는 게 아깝게 느껴졌다.

만약 내가 저런 얼굴이나 몸이었다면 틀림없이 옷을 많이 사서 매일 갈아입을 텐데, 라고 생각했다. 그리고 다음 순간, 그걸 실행하는 게 아주 쉽다는 걸 깨달았다.

그렇다고 공동체 돈으로 옷을 살 순 없었다. 나나는 저금을 깰 전부터 입고 싶었으나 자신의 외모나 치수를 고려해 포기했던 옷을 여러 벌 샀다. 입어 보지도 않고 다양한 크기의 옷을 대량으로 사들이는 나나를 보고 점원은 살짝 이상하게 여기는 듯했으나 물론 말릴 이유는 없었다.

공동체로 돌아와 재빨리 젊고 스타일이 좋은 여성에게 자신의 메모리를 꽂았다. 그리고 사온 많은 옷 중에서 몇 벌을 거울 앞에서 입어봤다. 내내 입고 싶었으나 자신에게는 어울리지 않아 포기했던 옷을 간단히 입을 수 있었다. 크기가 맞지 않는 옷은 각각의 체형을 지닌 여성에게 메모리를 바꿔 끼우기만 하면 되었다.

나나는 이렇게 며칠 동안, 옷을 갈아입히는 인형 놀이를 하듯 옷과 몸을 바꿔가며 즐겼는데 그러다 보니 아무래도 그걸 입고 거리로 나가고 싶다는 욕구에 시달리게 되었다. 처음에는 윤리적으로 허용되지 않는다는 생각에 망설였으나 생각해보니 여기 공동체 여성은 나나의 돈으로 산 옷을 입고 걸어 다니는 것뿐이니까 문제될 것은 없었다. 오히려 일시적이긴 하나 멋진 옷을 입고 주목을 받으니까 행복한 일일 수도 있으리라.

나나는 공동체 여성의 몸을 이용해 좋아하는 옷을 입고 거리를 활보했다. 그리곤 지금까지의 나나의 몸으로는 경험할 수 없었을 일―젊은 남성들이 계속 말을 걸거나 연예 기획사 직원이 스카우트 제의를 하거나―을 경험했다. 그럴 때마다 따라가고 싶은 충동을 느꼈지만, 원래 몸 주인의 인생이 얽히면 안 되므로 적당할 때 뿌리치고 찜찜한 기분으로 공동체에 돌아왔다.

그런데 원래 몸의 인격은 어디에 있는 걸까? 인격이 항상 뇌 안에 있다면 가령 나나의 기억이 있다고 해도 그것은 원래의 인격이 아닌가? 그렇다면 그때 내린 결정은 원래 인격이 내린 게 아니란 말인가?

나나의 마음은 때때로 흔들렸고 그런 마음을 애써 뿌리쳤다.

나는 위험한 영역에 발을 들여놓으려는 게 아닐까? 아니면 벌써 들어온 걸까?

모순이지만, 나나는 그런 불안을 떨치려고 점점 더 몸 바꾸기 놀이에 빠졌다. 그리고 나이나 성별에 집착할 필요가 없음을 깨달았다. 중년 패션도, 아동복도, 남성복도, 원래의 나나가 입었다면 이상하게 보일 옷이라 해도, 몸만 바꾸면 마음껏 즐길 수 있는 것이다.

나나는 남녀노소를 불문하고 몸을 바꿔가며 패션을 즐겼다.

그러던 어느 날, 젊은 남성의 몸을 빌려 새로 사온 옷을 입었을 때 문득 거울 속 자신의 모습에 깜짝 놀랐다. 그리고 보니 이 공동체를 드나들기 시작하면서 젊은 남성과 이야기를 나눌 기회가 거의 없었다. 전에는 연인 비슷한 사람도 있었는데 어느새 멀어졌고 언젠가부터는 연락도 하지 않았다.

이 남성과 자신이 사랑하는 일은 있을 수 없는 걸까? 물론 연애하려면 쌍방의 동의가 필요하다. 하지만 이 공동체에서 '동의'라는 단어는 무슨 뜻일까? 현시점에서 이 남성이 나나와 연인이 되고 싶어 하면 그건 이 남성의 의사가 아닌 걸까?

이런 논리는 자신이 봐도 좀 이상했다. 정확하게 말하면, 이 남성이 나나와 연인이 되고 싶은 게 아니라 나나가 이 남성을 자신의 연인으로 삼고 싶은 것이다. 하지만 그 차이를 명확하게 구별할 수 없었다.

나나는 잠시 생각했다. 시험 삼아 해보는 거라면 별문제는 없을 것 같았다.

일단 결심하자 정말 이 남자면 괜찮은가 싶었다. 공동체 일원에 국한되어 있으므로 선택의 범위가 그리 넓진 않으나 그중에서 최대한 자신의 취향에 맞는 남성이 낫지 않을까?

보통 남성을 볼 때는 외모만이 아니라 성격이나 직업, 수입도 보지만, 일단 지금은 외모만 기준으로 삼으면 되니까 편했다. 어차피 그들에게 내면은 없었으니까. 후보를 몇으로 줄일 수 있었는데 아무래도 딱 하나만 정하기는 어려워 일단 하룻밤 고민했다. 그러다 날이 샐 무렵 한 사람으로 정할 필요가 없음을 깨닫고는 혼자 너무 웃겨 깔깔대고 웃어버렸다.

한 사람씩 차례대로 연인으로 삼으면 된다. 옛날에는 하렘이나 내명부처럼 한 남자가 여러 여자를 거느리는 풍습이 있었는데 그 반대면 좀 어떤가.

나나는 공동체로 가서, 무작위로 한 남자를 골라 자신의 메모리를 꽂았다.

자신은 남성이 되고 눈앞에 여성인 자신이 있었다.

어떻게 하면 좋을까?

결국은 자신이 남성이 되어 자신을 사랑해야 한다는 사실을 깨달았다. 처음부터 알고 있었는데 왜 이렇게 당황스러울까?

일단 연애를 시작할 때 세심한 절차는 필요하지 않았다. 바로 이 순간부터 이 남자와 미즈시나 나나는 연인 사이다.

"어쩐지 느낌이 이상하네." 조금 전의 자신이 말했다.

아직 나나로서의 기억이 남아있었다.

"이상하지 않아. 다른 사람이 보면 평범한 커플이야."

"가능하면 여자 말은 쓰지 말아줘."

"그야 그렇……지."

나나는 가벼운 현기증을 느꼈다.

어떻게 하면 좋을까? 평범한 연인끼리라면 격의 없는 대화를 나누겠지? 그러나 자신과는 무슨 얘기를 해야 할까? 자신과 그녀의 지식은 완전히 같은데.

일단 그녀 옆에 앉아봤다.

기대와 불안에 휩싸였다. 마치 중학생 커플 같은 풋풋함이었다.

"어떻게 하지?"

"뭐가?"

"그래도 이렇게까지 하는데 연인 같은 일을 하면 좋지 않을까?"

"그럼 어깨를 안아."

나나는 자신의 어깨를 안았다.

너무나 기묘한 감각이었다.

별다른 흥분이 느껴지지 않았다. 과연 이걸 연애라고 부를 수 있을까? 끝없는 의문이 머릿속에서 들끓었다.

무엇보다 남성으로서 연인인 여성을 어떻게 대해야 할지 잘 몰랐다. 남성의 육체를 지니면 저절로 알게 되리라 생각했는데 그렇지도 않은 모양이다.

이리저리 고민하다 보니 시간이 꽤 흘렀나 보다.

원래의 자신이 안절부절못하기 시작했다.

아마도 기억을 잃어 자신의 지금 상태를 몰라 불안하리라.

"왜 그래?" 나나는 일부러 물어봤다.

"아니, 당신은 누구죠?"

"나는 당신 애인이야."

"내 애인?"

"몰라?"

"죄송해요." 원래의 자신이 고개를 숙였다.

"사과할 필요는 없어."

"하지만 애인도 몰라보다니 너무하잖아요."

"그렇지도 않아. 일부러 그런 것도 아니고."

"그렇게 말해주니 고맙네요."

기억이 없는 자연 그대로의 나는 꽤 착한 아이구나, 그렇게 생각했다.

"이름을 기억하겠어?"

"……몰라요."

"당신은 미즈시나 나나야."

"미즈시나 나나……. 그러고 보니 들은 기억이 나는 것도 같네요. 당신은 누구죠?"

내가 누구더라?

나나는 남성의 이름을 떠올리지 못했다.

이 남자를 맘대로 연인으로 삼으려고 했으면서 그의 이름조차 모르다니. 정말 한심한 인간이구나.

나나는 가벼운 자기혐오에 빠졌다.

"나는 마에다 카즈키야." 일단 첫사랑의 이름을 댔다.

원래의 자신은 첫사랑 같은 건 다 잊었을 테니까 들킬 염려는 없었다.

"마에다 카즈키…… 그 이름은 알아요."

착각이겠지? 아니면 뇌 깊숙이 기억 이전의 원초적인 뭔가가 남았나?

그렇다면 이 행동은 자신의 과거에 대한 모독이 아닐까?

"나나."

"왜요?"

"키스하자."

원래의 자신이 눈을 감았다.

정말 괜찮을까?

이번 일은 나나 스스로 결정한 일이다. 그러니 나쁜 짓은 아니다.

나나는 키스했다.

저도 모르게 눈을 감고 말았다.

입술에 촉촉한 감각이 찾아오고 여성의 숨결이 느껴졌다.

더는 참을 수 없어서 몸을 뗐다.

눈을 뜨니 상기된 자신의 얼굴이 있었다.

이 아이는 눈앞의 남성이 말한 "내가 당신의 애인이야"라는 말을 믿고 입술을 허락했다.

자신은 순진한 여성을 속인 것이다.

그 육체는 원래 내 꺼니까 문제가 될 게 없다는 건 변명일 뿐이다. 무엇보다 그녀는 현재 상황을 올바르게 인식할 수 없지 않은가.

"왜 그래요?" 그녀는 의아한 표정으로 물었다.

말도 안 되는 더러운 짓을 한 듯한 혐오감에 구역질이 올라왔다.

"왜 그래요? 몸이 안 좋아요?" 그녀는 등을 쓸어주었다.

더는 안 되겠어. 계속했다가는 나는 다시는 용서받지 못할 거야.

"미안해. 전부 거짓말이었어."

"응?" 그녀의 눈이 커졌다.

"용서해. 진실은 이거야."

나나는 메모리를 자신의 원래 몸에 꽂았다.

나나는 공동체 사람들의 신체를 이용한 놀이를 중단하고 말았다. 요컨대 기억이 없더라도 육체에는 나름의 마음이 있었다. 사람의 마음을 가지고 노는 것은 지독한 죄였다.

메모리를 다른 사람에게 꽂는 것은 농장일이나 경영에 관여할 때 혹은 생명에 관한 일일 때로 한정했다.

나나는 자신의 메모리를 활용해 처음에는 그럭저럭 운영해 나갈 수 있었다. 하지만 여러 해가 지나자 문제가 생기기 시작했다. 풍년이 있으면 흉년도 있기 마련인데 비축만으로는 그 변동을 감당할 수 없다는 걸 깨달았다. 즉 흉년에는 농작물 이외의 수입이 없으면 아사하게 된다. 고도의 작업이 가능한 사람이 한 사람밖에 없다는 점도 생산성을 떨어뜨리는 원인이었다.

농업 이외의 수입원을 어떻게든 만들어야 한다는 사실은 알 았으나 기억을 지니지 못한 수십 명의 사람이 할 수 있는 사업 이 도통 떠오르지 않았다.

그러던 어느 날, 공동체에 손님이 찾아왔다. 시청 직원―바 로 나나 본인―과 업자가 아닌 사람이 이곳에 온 일은 지금까 지 없었으므로, 나나는 경계하면서 우연히 메모리를 꽂은 여 성의 신체로 대응했다.

손님은 중년 여성이었다.

"처음 뵙겠습니다." 여성이 고개를 푹 숙였다.

"처음 뵙겠습니다." 나나는 자신의 명찰을 봤다. "아다치라 고 합니다. 이곳에 오신 용건이 뭔가요?"

"네. 실은 부탁드릴 게 있습니다. 반드시 이곳 분들의 도움 을 받고 싶습니다."

"실례지만 이곳이 어떤 마을인지 아세요?" 나나가 물었다.

"네. 압니다. 메모리가 없는 사람들의 공동체죠."

"쌀, 채소, 달걀, 닭고기를 출하하고 있어요. 하지만 다른 일 은 매우 어렵다는 점을 이해해주세요."

여성은 물끄러미 나나의 얼굴을 바라봤다.

"왜 그러시죠?"

"당신은 메모리를 가지고 있네요."

"아아. 특별한 경우랍니다."

"당신만 특별합니까?"

"아뇨. 제가 아니라 이 메모리가 특별합니다. 이 공동체의 기초가 되는 사상은 메모리가 필요하지 않으나 거기에 너무 집착하면 지금처럼 외부인과의 소통에 지장이 생기므로 메모리를 하나만 소유하고 다 같이 사용합니다."

"그럼 그건 개인 메모리가 아니라 전원의 공유물이군요."

"그렇습니다."

새빨간 거짓말은 아니었다. 실제로 지금은 나나의 원래 몸에 꽂혀 있을 때가 오히려 드물었다. 메모리는 하루 내내 공동체 일원의 몸을 이동하느라 며칠 동안 나나의 몸으로 돌아오지 않는 때가 많았다. 그동안 나나의 몸은 아미시의 일원으로 행동했다.

"그럼 안심이네요."

"안심?"

"이곳은 거짓이 아닌, 진짜 메모리가 없는 사람들의 공동체라는 걸 확인했으니까요."

"아까도 말씀드렸다시피 이곳 사람들이 할 수 있는 일은 극히 한정되어 있습니다."

"그냥 해달라는 건 아닙니다." 여성은 가지고 온 가방을 책상 위에 올려놓고 그 자리에서 열었다.

안에는 돈다발이 있었다.

"구두 약속이나 수표만으로는 믿지 않으실 것 같아서 현금을 준비했어요."

상당한 금액이었다. 이것만 있으면 몇 개월은 넘길 수 있겠어.

나나는 돈을 받고 싶은 마음이 굴뚝 같았으나 이 여성을 믿어도 좋을지는 이야기를 들어보기 전까지 알 수 없었다.

"설마 위법적인 행동을 하라는 건 아니죠?"

"위법이냐 아니냐고 물으시면 그러네요. 위법이라고 대답할 수밖에 없겠네요."

나나는 한숨을 토했다. "죄송하지만 범법 행위는 할 수 없습니다."

"그럼 메모리를 돌려 사용하는 건 뭐죠? 그건 위법이 아닌가요?"

"그야 분명, 엄밀히 따지면 위법이겠으나 저는……우리는 긴급 대책으로 하는 일입니다. 게다가 이 일로 인해 누가 다치거나 손해를 보는 일은 없어요."

"그건 그쪽 논리죠."

"네. 그렇습니다."

"무엇보다 지금 하시는 말이 정말 아다치 씨의 뜻인가요?"

"무슨 말씀이시죠?"

"원래의 아다치 씨는 장기 기억을 지니고 있지 않아요."

"그렇습니다."

"그렇다면 과거도 미래도 존재하지 않는 막막한 세계에 살아야겠죠."

"분명 그렇지만 지금 이렇게 메모리를 꽂고 있으니까……."

"그건 곧 메모리에 조종당하고 있는 거네요."

"예?"

"그 메모리가 원래 누구 것인지는 모르겠으나 메모리가 꽂힌 사람은 그 인물의 뜻에 따라 움직이는 인형이 되는 것일 뿐이죠. 기억을 이어간다는 건, 그 사람의 가치관과 사상을 이어간다는 뜻입니다. 지금 그 인물이 이 공동체 전체를 마음대로 주무르고 있는 거 아닐까요? 그게 정당하다고 당당하게 말할 수 있겠어요?"

아픈 곳을 찔렸다. 그녀의 말을 부정할 수 없었다. 나는 자기만족으로 이 공동체를 이용하고 있는지도 몰랐다. 나는 메모리를 이용해 그들을 내 노예로 부리고 있는 걸까?

"만약 제가 밖에 가서 고발하면 어쩌시겠어요?" 여성이 말했다.

"지금 협박하시는 겁니까?" 나나의 머리에 피가 솟구쳤다. 그건 이 몸이 금방 열을 받는 성격이라 그랬을 수도 있었다.

"아뇨. 정말 세상에 알릴 생각은 없어요. 다만 제 의뢰를 받아들일 수 있게 검토해줬으면 좋겠다는 바람은 있네요."

"아까도 말했듯이 우리가 하는 일은 아무에게도 피해를 주지 않는 긴급 대책이에요."

"제 의뢰도 마찬가지예요. 아무에게도 피해를 주지 않는 긴급 대책이죠."

"구체적으로 우리 보고 뭘 하라는 말씀인가요?"

여성이 주머니에서 메모리 하나를 꺼내 책상 위에 놓았다.

"이건 어느 분의 메모리인가요?"

"제……엄마, 아내, 오빠, 아들의 것입니다."

"다른 메모리가 더 있나요?"

"아뇨. 이거 하나뿐입니다."

"말씀하시는 의미를 잘 모르겠네요."

"이상하게 들릴 수도 있겠으나 사실이에요."

"그래서, 이 메모리를 어떻게 하란 말씀인가요?"

"여기 사람 중 하나의 몸을 빌려주세요. 그분에게 이 메모리를 꽂을 겁니다."

"무슨 소리죠?"

"저는 가족을 잃었습니다. 그리고 여기 분들이 도와주시면 그들을 되찾을 수 있어요."

"무슨 말씀인지 도무지 모르겠네요. 당신 가족의 메모리를 여기 사람에게 꽂자는 겁니까?"

"그렇습니다."

"당신 가족은 어디 계신데요?"

"이미 없어요."

나나는 그 말의 의미를 이해하느라 몇 초를 소비했다.

"그러니까 이 메모리의 원래 주인은 이미 사망했다는 건가요?"

"네. 맞아요."

"죽은 사람의 기억을 산 사람에게 심자는 겁니까?"

"그러니까 정말 안 좋은 말처럼 들리네요. 하지만 잘 생각해 보세요. 만약 지금 바로, 당신의 본체가 죽는다면 그 신체는 죽은 사람의 뜻에 따라 움직인다는 소리 아닌가요?"

"그건……."

"그때 당신은 그 메모리를 폐기할 수 있겠어요?"

"그건 그때가 되지 않고서는 모르겠네요."

아니, 안다. 메모리를 폐기하는 건 자살이나 마찬가지였다. 그런 결단은 내릴 수 없었다.

"실은 현재의 제 메모리도 원래는 제 것이 아니었어요." 여성이 말했다.

"어떤 분 거였나요?"

다른 사람에게 자신의 메모리를 꽂는 일은 자신도 하는 일이라 놀라지 않았다.

"돌아가신 제 아빠요."

"예? 당신 메모리는 어떻게 됐는데요?"

"파손됐어요. 다섯 살 때."

"다섯 살이라면 새 메모리를 만들면 됐을 텐데. 대망각 이전에도 유아기의 기억은 상당히 모호했다고 들었어요."

"아빠는 엄마를 절망에 빠뜨리고 싶지 않았어요. 아빠와 오빠가 죽어서 엄마에게는 마음의 의지가 필요했죠. 저까지 가족의 기억을 모두 잃은 걸 알면 엄마는 살 수 없었을 거예요."

"그런데 최근에 엄마가 돌아가셨군요."

"저는 가족을 되찾아야 해요. 여기 계신 분의 몸을 빌려주세요."

"하지만 그건 받아들일 수 없어요. 다른 이의 인생을 빼앗는 일이에요."

"그 몸의 주인에게 어떤 피해를 주죠? 이 시간부터 격리된 장소에서 무위의 삶을 사는 것과 제 가족으로 사는 것 중 어느 걸 더 바라는지 본체가 결정하도록 할 겁니다. 그래도 안 되나요?"

"하지만 법적으로는—"

"이건 긴급 대책입니다. 공동체 존속을 위해 당신이 하는 일과 같죠. 저도 가족의 존속을 위해서입니다. 부디 도와주세요." 여성은 고개를 숙였다.

그랬다. 이 여성이 바라는 일은 내가 하는 일과 같았다. 이 여성의 생각을 부정하면 내 행동 역시 부정해야 했다.

이 여성의 생각 중 어떤 점에 저항감을 느끼는 걸까?

나나는 자신의 마음을 분석했다.

우선은 죽은 사람의 기억을 산 사람의 몸에 부활시킨다는 것의 옳고 그름이었다. 그런 일을 하면 죽음이라는 개념 자체가 흔들릴 것이다. 그러나 죽음이라는 개념은 왜 흔들리면 안 되나? 우리가 생각하는 죽음이란, 곧 육체적인 죽음이 아닌가? 육체는 사멸해도 정신은 메모리라는 형태로 존속하고 있다. 그렇게 생각하면 죽음의 개념에 저촉되는 것도 아니었다. 애당초 그 인물은 죽은 게 아니다. 죽은 것은 정신이 담겨있던 육체에 불과하다. 새로운 육체를 얻는 것은 옷을 갈아입거나 자동차를 새로 사는 것이나 마찬가지이다.

이밖에도 육체를 제공하는 측이 메모리에 이용당하는 게 아닌가 하는 우려가 있었다. 하지만 생각해보면 육체는 육체일 뿐이다. 거기에 기억은 없다. 그리고 기억이 없다는 것은 가치관이나 의사도 없다는 소리이다. 육체를 도구라고 생각하면 거기에는 착취 관계가 존재하지 않는다. 인간의 본질은 메모리에 있지 육체에 있지 않다.

정말 그렇게 생각하는 게 옳을까?

나나는 자문했다.

아니, 생각한다고 알 수 있는 일이 아니었다. 수십 년 전, 인류는 지금까지 경험하지 못했던 영역으로 들어가 버렸다. 한동안은 과거의 가치관을 활용해 서로를 속일 수 있었다. 하지만 이제 그것도 한계에 도달했다. 우리는 이 상황에 적응하기 위해 새로운 가치관, 새로운 윤리를 만들어야 했다.

"알겠습니다. 육체를 제공하죠. 잠깐만 기다리세요."

나나는 방을 나왔다. 그리고 몇 분 후, 또 다른 여성을 데리고 돌아왔다.

"이 육체를 사용하세요." 나나가 말을 꺼냈다.

"정말 괜찮은 거죠?"

"네."

"그럼 우선 이분의 허락을 얻어야 하는데 방법이 있나요?"

"그 점은 걱정하지 마세요."

"왜 그렇게 단언하시죠?"

"제가 본인이니까요. ……엄밀히 따지면 이 메모리의 원래 주인이 이 사람이에요." 나나는 원래 자신을 가리켰다. "그러므로 본인의 승낙은 받은 거죠. 자, 가족의 메모리를 꽂으세요."

여성은 마지막까지 심각하게 고민한 끝에 드디어 나나의 몸에 메모리를 꽂았다.

원래의 나나는 눈을 커다랗게 뜨고 자신의 몸을 확인했다.

"이게 어떻게 된 일이지? 난 죽었는데."

"맞아. 육체는 죽었지."

"이건 다른 누군가의 몸이구나. ……아야, 저기, 나, 사실은……." 미즈키/사토루는 조심스레 말했다.

"괜찮아. 그 편지는 이미 읽었어."

"미안해. 사실은 오빠였어."

"그렇다면 나도 사과해야 해. 침착하게 잘 들어……."

부모와 자식의 복잡한 관계를 들으면서 나나는 깨달았다. 어느새 인류는 선을 넘고 말았다는 것을.

나나는 공동체 사람들을 생각했다.

나는 유혹에 이길 수 있을까? 그들은 모두 죽은 사람을 대신할 육체가 될 수 있었다. 죽은 사람을 되살릴 수 있다면 돈이 얼마든 상관없을 사람도 많으리라. 사람들은 사랑을 위해서라면 모든 걸 희생할 수 있으니까.

나는 유혹을 이겨낼 수 있을까?

나나는 다시 한번 자문했다.

11

죽은 사의 기억을 산 자에게 이식힌다.

그것은 무시무시하면서도 매력적인 생각이었다. 만약 그게 자유롭게 이루어진다면 삶과 죽음의 경계가 흐려진다. 심장이 멈추고 뇌의 기능이 중지해도 죽은 자의 기억은 반도체 안에 남는다. 그 자체는 살아있지도 않고 의식도 없다. 기억은 자유 전자와 정공(positive hole)의 집합체에 불과하다.

그러나 일단 그것을 다른 육체에 꽂으면 바로 의식이 부활 한다. 주관적으로는, 메모리를 꽂는 순간은 죽음의 순간과 직 접 이어져 있다. 죽은 직후에 다시 눈을 뜬 거나 마찬가지다.

그걸 그대로 놔두면 다양한 문제가 일어나리라는 건 불 보듯 빤했다.

"왜 그래? 낯빛이 안 좋은데?" 누군가가 물었다.

그렇지. 나는 어디도 아닌 곳에서 누구도 아닌 인물과 대화 중이었지.

나는 다시 한번 상대의 얼굴을 확인해보려고 했다.

하지만 모습이 계속 움직여 명확한 윤곽이 잡히지 않았다.

"죄송합니다. 방금 기어이 아주 무시무시한 일을 떠올렸습니다." 나는 가벼운 현기증을 느끼면서 대답했다.

"무시무시한 일? 그게 뭐지?"

"무당이요."

"무슨 말이지?" 상대의 목소리가 멀어졌다 가까워졌다.

"옛날과 달리 무당이란 건, 죽은 자에게 몸을 빌려주고 산 자와 대화하는 행위를 가리키는 말이 되었죠." 세계가 회전하기 시작했다.

이 세계가 나를 거부하나? 아니면 이제 진정으로 받아들일 준비를 시작한 건가?

"너는 그런 무당을 알고 있나?" 상대는 내 주위를 해파리처럼 너울너울 떠다녔다.

세계가 녹아내리고 있었다. 아니, 녹아내리는 것은 내 정신인가.

"네. 저는 무당을 잘 압니다."

"너는 무당에 관심이 많나 보군."

"아뇨. 관심이 아니라 생활이었으니까요."

"무슨 소리지?"

"나는…… 무당이었습니다."

그 순간, 기억이 발화하듯 부활했다.

12

혼령을 불러들일 장소는 살짝 어두웠는데 특별할 건 하나도 없었다. 좀 더 종교적인 분위기일 거라 예상했는데 테이블과 의자 몇 개가 놓여있는 게 다여서 마치 회의실 같았다.

"이런 곳에서 죽은 사람의 영혼을 부르나요?" 나는 중개인에게 물었다.

"몇 번이나 설명해야 알겠어? 이건 영혼과는 상관없는 일이야. 쉽게 말해 '혼령 부르기'라고는 하지만, 사실은 죽은 사람의 메모리를 매개자, 그러니까 무당이라 부르는 인간에게 끼워 재생하는 것일 뿐이라고. 일단 오늘은 수습차 온 거니까 잘 봐."

잠시 후 노크 소리가 났다.

중개인이 문을 열자 젊은 남자가 서있었다. 나와 마찬가지로 이십 대 초반이나 중반 정도로 보였다. 단정치 못한 모습으로 귀와 코를 잔뜩 뚫었다.

"안녕하셨어요?" 젊은 남자는 껌을 씹으면서 말했다. "이 남자, 뭐지?"

"새로운 무당 수습이야."

"흥!" 젊은 남자는 껌을 짝짝 씹으면서 값이라도 매기는 듯 나를 봤다.

"이 사람은?" 나는 중개인에게 물었다.

"무당이야."

"무당이라면 보통 할머니 아닌가요?"

"언제 적 얘길 하나?"

다시 노크 소리가 났다.

거기에는 중년 여성과 남녀 아이가 있었다.

여성이 깊이 고개를 숙였다.

"정말 남편을 불러줄 수 있나요?"

"부른다는 말씀에는 좀 문제가 있습니다." 중개인이 말했다. "가장 근접한 개념으로 설명하자면 '재생'이겠죠."

"재생이라면 그러니까 부활시킨다는 건가요?"

"그게 아니라 녹음이나 녹화 같은 것의 '재생'이요. 그러니까 이 메모리 안에 당신 남편의 데이터가 들어있습니다. 그걸

이 남자의 뇌라는 재생 장치를 통해 재생하는 겁니다. 우리는 '혼령 부르기'라고 합니다만."

"그게 남편을 부르는 건가요?"

"아, 생각하기 나름이죠. 재생한 남편분은 남편분의 기억을 지니고 있어서 자신을 당신 남편이라고 생각하니까요. 다만 육체는 다른 사람이라 자신의 육체로 인식하지 않죠. 본인인 지 다른 사람인지는 당신이 결정하면 됩니다."

여성은 고개를 끄덕이고 가방 안에서 돈다발을 꺼냈다.

중개인은 돈을 셌다.

"그럼 시작하죠. 준비됐어?" 중개인이 무당에게 물었다.

"아, 네." 무당은 가볍게 대답했다.

중개인은 무당의 메모리를 뽑았다.

"이대로 이 녀석의 기억이 사라지길 기다려야 해. 10분쯤 이지."

"왜 바로 혼령을 불러내지 않나요?" 내가 물었다.

"이 녀석의 기억이 남은 상태에서 죽은 사람의 메모리를 꽂 으면 그 메모리에 이 녀석의 기억이 기록되겠지."

"그러면 안 되나요?"

"별로 안 될 건 없지만, 앞으로 그 죽은 사람의 기억을 불러 낼 때마다 관련도 없는 무당의 기억까지 재생될 거 아냐. 그러 니까 기억이 오염된다는 말이지."

"기억이 오염되면 안 되나?"

"아아. 한번 오염되면 돌이킬 수 없어서 싫어하는 사람이 많지."

"싫어하다니 의뢰자가?"

"의뢰인도 그렇고 본인도 싫지."

"본인이라면 죽은 사람?"

"맞아."

"죽은 사람이 싫어할 수 없잖아요."

"엄밀히 따지면 무당의 뇌 안에서 재생되는 가상 인격이 싫어해."

"무슨 소린지 잘 모르겠네요."

"일단 봐."

잠시 후 무당이 멍해지기 시작했다.

중개인은 무당에게 몇 가지 간단한 질문을 던졌다.

"좋아. 기억이 사라진 것 같군. 사모님, 남편분의 메모리를 가져오셨나요?"

"네." 여성은 케이스에 담긴 메모리를 소중하게 내밀었다.

중개인은 무심히 케이스에서 메모리를 꺼내 무당에게 꽂았다.

"으악!" 무당이 소리쳤다.

"당신이야?" 여성은 무당에게 말을 걸었다.

"왜 여기 있지?" 무당은 눈을 크게 떴다. "아이들까지."

"무슨 일이 있었는지 기억해?"

"아아. 퇴근하려는데 상사가 불러 술 한잔하게 됐어. 그리고 상사가 너무 취해 부축한 상태로 플랫폼을 걸었지. 상사가 갑자기 선로 쪽으로 걸어가서 나는 말리려다가 균형이 무너져 선로로 떨어졌어. 그리고…… 그리고…….”

“여보, 괜찮아. 침착해.”

“어쩐지 몸 위로 전차가 지나간 것 같은데, 덜컹덜컹……. 아프진 않았는데 그냥 모든 게 사라지는 느낌이었어.”

“자신이 사라지는 느낌?”

“내가 아니라 세상이 사라지는 듯한…….”

“그리고 눈을 뜨니까 여기네. 그건 악몽이었구나.”

“여보. 침착하고 내 말 잘 들어.” 아내는 무당에게 사정을 말하기 시작했다.

“믿을 수 없어.” 무당은 고개를 흔들었다.

“여보.”

“더는 아무 말 하지 마.” 무당은 귀를 막았다.

“이럴 때가 자주 있어.” 중개인이 말했다. “자신이 죽었다는 사실을 받아들이지 못해 혼령 부르기 자체를 거절하지. 이럴 때 심판자의 역할이 필요하지.”

“심판자?”

중개인은 내 질문에 대답하지 않고 어깨에 멘 자기 가방에서 거울과 휴대 단말을 꺼냈다.

“남편분, 우선 거울로 자신의 얼굴을 보세요.” 중개인은 무당이 고개를 돌릴 틈을 주지 않고 거울을 들이댔다.

무당은 살짝 비명을 질렀다. “이게 누구야?”

“당신입니다. 정확하게는 당신에게 몸을 제공한 무당이죠.”

"거짓말이야."

"아닙니다. 거짓말 같으면 당신 사고 뉴스를 검색해 확인해 보세요." 중개인은 무당에게 단말을 건넸다. "사용 방법은 전과 다르지 않으니까 마음껏 쓰세요."

무당은 떨리는 손으로 단말을 받아들고 조작하기 시작했다.

"이런 일이 있었다니 믿을 수 없어."

"하지만 그게 사실입니다."

"이제 이 몸이 내 거야?"

"그 몸은 무당입니다. 대여 시간은 1시간. 물론 추가 요금을 내면 연장도 가능하죠." 중개인은 싱글싱글 웃었다.

"영구히 빌리고 싶어. 아니, 사들이고 싶어."

"하루나 이틀이라면 모를까 일생은 무리입니다. 무엇보다 무당이 받아들이지 않겠죠. 당연합니다. 아무리 큰돈을 받더라도 평생 몸을 빌려주면 죽은 거나 마찬가지니까요."

"그럼 10년, 아니 5년, 적어도 1년은 어떤가?"

"그야 금액에 달렸죠. 사모님이 자산가라면 가능하겠죠. 일반적으로는 호화저택을 두세 개 정도 팔면 적당한 금액입니다. 너무 비싸게 느껴질 수도 있겠으나 무당은 수명이 1년 주는 거니까요."

"나는 평범한 샐러리맨이야. 하지만 혹시 보상금이 들어왔으면……." 무당은 아내를 봤다.

아내는 슬픈 표정으로 고개를 저었다. "미안해요. 1시간 요금을 내는 게 최선이었어……."

무당은 고개를 툭 떨구었다.

"그렇게 낙담할 필요는 없습니다. 다시 돈을 모으면 언제든 만날 수 있으니까요. 불과 얼마 전까지만 해도 죽은 사람과는 절대 만나지 못했는데 그것과 비교하면 하늘과 땅 차이죠. 그래서 옛날 사람들은 전통적인 무당을 불렀죠. 어쨌든 시간이 아깝습니다. 가족끼리 대화를 계속하세요."

무당과 의뢰인 가족은 어두운 표정이었으나 그래도 이야기를 시작했다.

대부분은 남자가 죽은 뒤에 일어난 일의 설명이었다.

무당은 아이들의 이야기를 듣고 그래, 그래, 하며 고개를 끄덕이고 이따금 눈물지었다.

"거기 생활은 어때?" 아내가 물었다.

"거기?" 무당은 놀란 표정이었다.

"천국 말이야." 남자아이가 말했다.

"천국 같은 데는 가지 않아. 물론 지옥에도."

"그럼, 저세상은 없어?"

"부인, 착각하시면 곤란합니다." 중개인이 말했다. "혼령 부르기는 죽은 사람의 영혼을 부르는 게 아니라 죽기 직전까지의 기억을 재생하는 것일 뿐입니다. 저세상 같은 건 당연히 모르죠."

"그럼, 이 사람은 누구예요?"

"육체적으로는 무당입니다. 자신을 당신 남편이라고 착각하고 있는 무당입니다."

아내는 무당에게서 훌쩍 떨어져 겁먹은 눈빛으로 무당을 봤다.

"무슨 소리야?" 무당이 말했다. "나는 나야."

"저는 철학 논쟁을 벌이자는 게 아닙니다. 그리고 이제 곧 1시간이 되는데 연장하시겠습니까?"

아내는 잠자코 고개를 저었다.

"그럼 오늘은 이걸로 종료하기로." 중개인은 무당에게서 메모리를 뺐다.

"앗! 잠깐만."

"연장 요금이 없으면 안 됩니다."

"돈이 필요해?" 무당은 자기 주머니를 뒤져 지갑을 꺼냈다.

"그건 무당의 돈이지 당신 돈이 아닙니다." 중개인은 무당을 노려봤다. "자, 이제 포기하고 가만히 기억이 사라지길 기다리세요. 저항해봤자 힘들기만 합니다."

무당은 체념한 듯 그 자리에 주저앉아 눈을 감았다.

아내와 아이들은 서로 안고 훌쩍훌쩍 울었는데 중개인이 재촉하자 남편의 메모리를 받아들고 주뼛주뼛 방을 떠났다.

십여 분 후, 중개인은 무당에게 질문해 남자의 기억이 사라졌음을 확인한 후 무당의 원래 메모리를 꽂았다.

"죽은 사람의 기억이 사라진 뒤 메모리를 꽂아야 해. 안 그러면 무당의 메모리가 오염되니까. 그래도 나름 신경을 쓰는 거라고." 중개인이 말했다.

무당은 눈을 깜빡이면서 일어났다. "별문제는 없었나?"

"그냥 그랬어. 되살아난 게 처음이라 조금 혼란스러워했는데 자주 있는 일이지."

무당은 끄덕이고 손을 내밀었다.

"자, 내 돈 줘." 중개인은 무당에게 돈다발을 내밀었다.

"너무 작지 않나요?" 나는 의문점을 말했다.

"적어? 요즘엔 한 달은 일해야 이 정도 받아." 무당은 담담하게 말했다.

"아까 그 여성이 내놓은 돈은 두 배였어요. 중개 수수료가 너무 많지 않나요?"

"아아, 그 얘기야?" 중개인이 웃었다. "심판 요금도 받은 거야."

"심판자라고 해봤자 혼령 부르는 자리에 입회한 것뿐이잖아요."

"심판자의 중요성을 모르나? 무당은 아주 위험한 일이야. 심판자가 없으면 무당의 몸에 무슨 일이 일어날지 알 수 없어. 내가 요금의 반을 받는 건, 정당한 일이야."

그런 말을 들으니 받아들일 수밖에 없었다. 지금은 어떻게 돌아가는 건지 전혀 모르니 이 남자의 말을 믿는 방법밖에 없을 듯했다.

무엇보다 죽은 사람의 메모리를 폐기하지 않고 보존하는 일 자체가 법률 위반이었다. 죽은 사람의 메모리가 존속하면 생사의 구별이 애매해진다. 죽음이 불명료해질 경우, 법률적으로 다양한 문제가 발생할 수밖에 없었다. 이를테면 유산 상속이나 생명 보험금 수령을 언제 해야 할지 판단하기 어려운 것이다. 배우자가 사망했는데도 혼인 관계가 끝나지 않으면 남은 사람은 영원히 재혼할 수 없다. 육체의 죽음이 죽음이 아니라면 연금도 영원히 받을 수 없다.

이러한 문제를 해결하기 위해서는 새로운 생사 개념의 확립과 법률 이론의 구축, 나아가 모든 법률의 근본적인 개정이 필요했다. 하지만 인류에게는 아직 이만한 문제를 처리할 여유가 없었다. 그래서 차선책으로 선택한 게 사후 메모리 보관 금지였다. 일단 이 조치로 기존의 죽음 개념을 지킬 수 있다고 식자들은 생각했다.

하지만 기술적으로 가능한 일은 언젠가는 누군가 하게 되어 있다. 죽은 사람의 메모리 폐기는 엄격하게 지켜지지 않았다. 법률이 시행된 직후는 대부분이 따랐으나 그 가운데 죽은 사람의 메모리를 유품으로 남겨두는 사람이 나타났다. 물론 법률 위반이었으나 아무래도 흉악 범죄는 아니었으므로 단속의 우선순위에서 늘 밀렸다. 애당초 메모리 같은 거야 어디든 숨길 수 있고 쉽게 바꿀 수도 있었다. 법률 위반을 막는 일은 극히 어려웠고, 실질적으로는 없는 거나 마찬가지였다.

메모리의 위법 보존이 의외로 쉽다는 사실을 깨달은 사람들은 점점 메모리를 보존하기 시작했고, 현재에 와서는 오히려 보존하는 사람이 더 많았다.

그런 상황에서 무당이 중요해지는 것 역시 당연한 일이었다. 무당의 본래 의미는 다른 뜻이었지만, 현재는 죽은 사람의 메모리를 자신의 몸에 꽂아 일시적으로 죽은 사람의 인격을 부활시켜 유족과 대화할 기회를 주는 사람을 가리켰다.

원래는 한 일본 아미시 공동체가 자금 조달을 위해 시작한 부업이었다는 설이 있다. 그 공동체는 외부에서 온 사람에게 지배되었다고 한다. 아니, 지배라는 말에 어폐가 있을 수 있겠다. 본인은 공동체를 잘 운영하고 싶은 마음이었을 테니까.

이제는 남자였는지 여자였는지도 모르는 그 사람은 공동체가 자금 조달 위기에 빠졌을 때 이 사업에 손을 대고 말았다. 즉 죽은 사람의 메모리를 공동체 일원 중 누군가에게 꽂아 죽은 사람의 인격을 부활시킨다는, 현재의 무당 비즈니스 모델을 확립한 것이다.

이 사업은 순식간에 사람들에게 알려졌고 잃어버린 가족과의 재회를 바라는 사람들이 그 공동체에 쇄도했다. 마침내 언론이 이를 크게 다루었고, 이슈가 되면서 국회에서도 논의되었다. 그 공동체는 곧 폐쇄되었다.

하지만 언론 보도 이후 무당이라는 개념이 널리 퍼지고 말았다. 죽은 사람의 메모리를 꽂으면 아무나 무당이 될 수 있다는 정보가 퍼진 것이다. 공동체 해산 보도가 있고 며칠 뒤, 무당에 도전한 많은 사람이 TV나 인터넷에 소개되기 시작했다. 그리고 그 보도가 모방을 낳아 점차 수많은 무당이 세계적으로 퍼지기 시작했다. 당황한 정부는 무당은 명백한 법률 위반이라고 선언했다. 발견하는 대로 체포도 서슴지 않겠다고.

결과적으로 무당들은 지하로 숨어들었다. 불가사의하게도 대놓고 활동하지만 않으면 정부나 경찰도 그냥 봐주는 듯했다. 너무 엄격하게 단속하면 무당이 더 지하로 숨어 그 활동을 파악할 방법조차 사라지기 때문일 것이다.

내가 그런 세계에 발을 디딘 것은 대학을 졸업하고 얼마 후였다. 특별한 이유가 있어서 대학을 그만둔 건 아니었다. 졸업하려고 죽어라 논문을 써야 하는 게 지긋지긋했을 뿐이다.

도대체, 왜 나는 이런 고생을 하면서까지 대학을 졸업해야 하나. 대학 졸업은 취직을 위해서고, 취직은 생활 안정을 위해서이다. 그런데 왜 생활을 안정시켜야 하나? 생활 안정이라는 게 그렇게 중요한가? 그것을 위해 이토록 고생해 논문을 쓸 만한 의미가 있나?

나는 답을 찾을 수 없었다. 그리고 답이 나오지 않은 상태로 대학에 다닐 마음이 생기지 않았다. 집에서 빈둥대고 있다 보니 논문 마감이 지나 그대로 상황에 끌려가듯 대학을 그만둬버렸다.

그 후로 잠시 아르바이트 같은 일을 했는데 그 역시 도무지 적응할 수 없었다. 그것들은 나를 꼭 필요로 하는 일처럼 느껴지지 않았다. 다른 누군가가 할 수 있는 일이라면 그건 내가 해야 할 일이 아니다. 그런 생각에 사로잡히자 더는 일할 마음이 생기지 않았다. 그렇게 몇 개의 아르바이트를 경험하다가 더는 경험이 필요하지 않다는 걸 깨달았다. 그래서 새 아르바이트를 찾으려는 노력도 포기했다.

그러나 생활하기 위해서는 돈을 벌어야 했다. 비교적 단기간에 할 수 있고 고액의 수입이 보장되며 자유로운 일. 그게 내 이상이었다.

그러던 어느 날, 공원에서 어슬렁거리고 있는데 그 남자가 말을 걸어왔다. "형씨, 요즘 자주 보이는데 일이 없나?"

"일은 없어요. 지금 찾고 있죠."

"수입이 좋은 일이 있는데 해볼 텐가?"

"범죄는 아닌가요?"

"범죄에 손댈 생각은 없다는 건가?"

"당연하죠. 돈 때문에 인생을 망칠 생각은 없어요."

"걱정하지 마. 혹시 체포되더라도 인생 망칠 일은 없어. 뭐, 불법 도박 수준이야. 무엇보다 지금까지 아무도 들키지 않았고."

"무슨 일인데요?"

"무당이야. 들어본 적 있어?"

"아, 그거죠? 자기 몸에 죽은 사람의 메모리를 꽂는 거요. 그리 기분 좋은 얘기는 아니네요."

"하지만 아주 편한 일이지. 1시간에 한 달 월급을 벌어."

확실히 그건 매력적이었다.

"정말 들킨 사람이 없어요?"

"그래. 그리고 들켜도 기소될 가능성 자체가 없어. 무엇보다 피해자가 존재하지 않잖아."

들고 보니 그런 것도 같았다.

"하지만 잠시 몸을 빼앗기는 거잖아요? 그동안 안 좋은 일이 생기면 어떻게 하죠?"

"그동안은 기억이 없으니까 무슨 일이 일어나든 상관없지."

"이를테면 내 몸을 빌린 녀석과 의뢰한 녀석이 적이라 싸워서 칼로 찌르기라도 하면?"

"괜찮아. 그럴 때를 대비해 심판자라는 게 있지."

"심판자가 뭔데요?"

"몰라? 원래 의미는 영매가 혼령을 부를 때 입회하는 사람이지. 진짜 무당에게는 보통 그런 심판자가 필요 없었다는데 뭐 새로운 상황에는 임기응변으로 대응하지 않으면 안 되니까."

"그럼 이상한 짓을 당하지는 않는다는 거죠?"

"이상한 짓?"

"자기 배우자나 연인을 불러내 육체적인 관계를 맺으려 한다거나."

"그럴 수도 있겠네. 그건 상담이 필요하지."

"상담을 받아요?"

"특별 요금을 내겠다면 어쩔 건데?"

"……그야 상대에 따라 뭐."

"본인 취향이라면 오케이?"

나는 끄덕였다.

"하지만 어차피 본인의 의식은 없어. 상대를 신경만 쓰지 않으면 식은 죽 먹기지. 무엇보다 내 취향의 미녀라고 해도 기억에 없으니까 의미는 거의 없어. 게다가 메모리가 남성의 것이라고 한정할 수도 없고."

"여자 메모리는 여자에게 꽂겠죠."

"꼭 그렇지도 않아. 그리 신경 쓰지 않는 손님도 꽤 많아."

나는 미간을 찌푸렸다.

"그래서 상담이 필요하다고 했잖아. 억지로 하란 소리는 아니야."

"잠깐 생각 좀 하게 해줘요." 나는 의문점을 정리해봤다. "그렇게 좋은 일이면 본인이 하면 되잖아요?"

"아아, 처음에는 나도 했고 지금도 가끔 해. 하지만 이 일을 해보고 통감한 게 중개인이 아주 중요하다는 거야. 대놓고 선전할 일도 아니니 손님을 찾는 게 힘들어. 게다가 안전하게 무당 일을 하려면 믿을 수 있는 심판자도 찾아야 하지. 그런 걸 아마추어가 할 수는 없잖아?"

"아, 그야 그렇죠."

"내게는 나름의 비법이 있지. 고객과의 접점을 여러모로 가지고 있어. 경험이 풍부한 심판자를 수배할 수도 있고 내가 직접 심판자가 되기도 하지. 이런 기술을 나만이 아니라 많은 무당을 위해 사용하면 벌이도 늘어나니까 모두가 행복해지는 방법 아닌가?"

그런 이유인가.

나는 결국 그 남자의 제안을 받아들여 무당이 되기로 했다. 처음 몇 번은 영혼을 부르는 현장에 수습으로 견학만 했는데

요령을 배우자 직접 무당 일을 시작했다.

실제로 해보니 생각했던 것보다 훨씬 간단했다. 그저 정해진 장소로 가서 중개인이 시키는 대로 하면 그만이었다. 그 과정의 기억은 전혀 없었다. 메모리가 빠졌구나 하고 생각했는데 다음 순간에는 이미 모든 게 끝나 있었고 의뢰인은 사라지고 없었다. 그저 시계를 보면 1시간 반쯤 지나 있었을 뿐이다.

중개인에게 무당 수수료를 받고 그대로 밤거리로 나가 돈을 몽땅 써버리는 날들이 이어졌다.

어느 날, 약속한 장소로 가자 중개인과 의뢰인 외에 다른 여성 하나가 있었다.

"이 여성도 무당이야. 둘은 처음 보겠지." 의뢰인이 듣지 못하게 중개인이 말했다. "서로 이름을 알 필요는 없겠지. A와 B씨로 해두자."

여성이 A씨, 내가 B씨가 되었다.

"B, 둘이 같이 일하는 건 처음이지? 미안한데 둘이 일할 때는 1인당 요금은 반이야. 이건 업계 관행이야."

"당신 수수료는 같겠지? 말해두겠는데 나는 당신이 대는 이유를 전혀 신뢰하지 않아."

"그 생각이 옳을 수도 있겠네." A씨가 말했다. "이 사람이 하는 말, 어디까지 믿어야 할지 전혀 모르겠어."

"그거 너무하네. 내가 거짓말이라도 한단 소린가?"

"적어도 삥땅이 너무 심해. 이 사람, 당신에게도 심판 요금으로 오십 퍼센트를 뜯어가지?"

"아아, 당신에게도?"

"아무래도 우리만 그런 게 아닐 거야. 갈취라는 점에서는 차이가 없겠지만."

"심판 요금은 다들 비슷해."

"거짓말이 아니라면 당신이 아닌 다른 심판자를 소개해줘."

"왜 굳이 내 일을 줄이는 일을 하겠냐? 자, 빨리 일이나 하자."

의뢰인은 어린 여자아이와 그 보호자에 해당하는 숙모였다.

몇 개월 전, 아이의 부모가 사고를 당해 사망했다고 한다. 그 이후 그녀가 매일 부모를 그리워하며 울어서 결국 두 손 들고 무당을 찾아온 경우였다.

"이 아이와 같이 유원지에 가주시겠어요?" 여자아이의 숙모가 말했다.

"이곳에서만 혼령 부르기를 합니다. 그리고 시간도 1시간이고요. 사전에 설명 드렸잖아요?"

"이 아이는 사고 다음 날에, 부모랑 같이 유원지에 가기로 되어있었어요. 부디 부탁드릴게요."

"그건 받아들일 수 없습니다."

"정말 안 될까요?"

"제 말을 듣지 않겠다면 이번 건은 없던 일로 하겠습니다."

"저기, 괜찮지 않을까? 들어줘도?" A씨가 말했다. "당신도 그렇지 않아?"

"아아. 나도 괜찮아. 이 방에서 1시간 틀어박혀 있으나 유원지에서 네다섯 시간쯤 놀아주나 기억이 없기는 마찬가지니까. 다만 수수료는 더 많이 받아야겠지만." 내가 대답했다.

"내가 할 일이 많아진다고." 중개인이 부루퉁하게 말했다. "뭐, 둘이 그렇게 말하면 어쩔 수 없지. ……손님, 시간은 2시간, 요금은 세 배 많아지는데 괜찮겠습니까?"

여성은 수긍했다.

"그럼 얘기는 됐네요. 그럼 즐기라고." 중개인은 나와 A씨의 메모리를 동시에 뺐다.

나는 땅에 쓰러져 있었다.

"악!" 나는 머리를 감쌌다. "죽은 사람의 기억이 아직 남아 있어. 이건 기억 오염이잖아! 무슨 일이 있었지?"

조금 전까지 나는 유원지 안을 필사적으로 추적해오는 중개인에게서 도망치려 하고 있었다. 그런 기억이 남아있었다.

"어쩔 수 없었어. 그 사람들, 자기 맘대로 시간을 연장하려고 했다고!"

시계를 보니 그로부터 3시간이나 지나 있었다.

"그게 어때서. 문을 닫을 때까지는 몇 시간 남았잖아?"

"요금 단가를 멋대로 낮추지 말라고. 이게 얼마나 곤란한 일인지 알아? 일단 가격 하락이 시작되면 순식간에 폭락해. 부부가 도망치길래 일단 네 몸만 잡았어. 아버지의 메모리를 빼고 네 메모리를 꽂았지. 그러지 않으면 네 몸이 계속 도망칠 테니까." 중개인은 아직도 숨을 헐떡이고 있었다. "그럼, 어머니 몸을 잡아야겠다. 돈은 나중에 줄 테니까 기다려."

내 안에, 아이와 놀며 행복에 잠겼던 아버지의 기억이 남아 있었다.

여자아이는 외모가 전혀 다른 나를 아버지로 받아들이고 진심으로 즐거워했다. 까르르 웃는 그 아이의 목소리가 아직도 귀에 쟁쟁했다.

그건 너무나도 가슴 아픈 감정이었다.

왠지 눈물이 멈추지 않았다.

나는 그 후 반쯤 자포자기로 무당 일을 계속했다.

무당 일로 번 돈은 대부분 그날 다 써버려서 벌어도 벌어도 돈을 모을 수 없었고 오히려 빚만 늘었다. 빚을 갚기 위해 무당 일을 했으나 갚기 전에 다 낭비했으니 생활에는 변함이 없었다.

핸드폰이 울렸다.

나는 발신자를 확인하고 전화를 받았다.

"나야." 늘 전화를 거는 중개인의 목소리였다. "오늘 한 건 괜찮겠어?"

"지금 당장? 내일 하면 안 돼?"

"뭐야? 오늘 데이트라도 있어?"

"그건 아니야."

"그럼 왜 안 되는데?"

"너무 피곤해. 오늘까지 하면 사흘 연속이라고."

"대단한데? 무지막지하게 벌겠어."

"그런 말은 그만하지. 위험한 일이니까 많이 버는 게 당연하지."

"그래서 어떻게 할 거야?"

"내일 하면 안 될까? 내일은 할 수 있을 것 같은데."

"알았어. 네가 안 된다면 다른 데 알아볼게."

"이봐, 잠깐! 손님에게 내일 하자고 해도 될 텐데."

"그야 그렇긴 하지. 하지만 나는 그렇게 안 해."

"왜?"

"잘 생각해봐. 여기 손님이 와서 가능하면 오늘 무당을 데려와 달라고 했어."

"아아."

"그리고 내게는 무당이 몇 명 있지. 그중 하나가 오늘은 무리니까 내일 하겠다고 해. 나머지는 오늘 할 수 있다고 하고. 자, 문제야. 나는 어떤 무당을 쓸까?"

"그럼 이렇게 하자. 오늘은 무리지만 내일은 특별 요금으로 삼십 퍼센트 할인이야."

"그건 내게는 어떤 이득도 없어. 아니면 심판 요금을 올려주나?"

나는 머릿속으로 계산했다. 요금을 낮추고 심판 요금을 올리면 이익이 크게 줄어들었다. 여기서 상대의 조건을 받아들일 것인가, 아니면 딱 잘라 거절할 것인가.

어떻게 하지?

"오늘 할 수 있다고 하는 무당이 누군데?"

"뭐야? 의심하는 거야?"

"그러니까 그 사람 이름을 대 봐."

"다른 무당의 일정을 네게 흘릴 이유가 뭔데? 너희들은 어차피 이 장사에서 경쟁자들인데 내가 누구 편을 들겠어?"

아무래도 수상한데 정보를 더 캐내기는 어려워 보였다.

"알았어. 바로 출발할 테니까 장소를 알려줘."

사흘 연속은 그야말로 너무 힘들겠다 싶었지만, 나는 지정된 장소로 향했다.

그런데 집에서 출발하는 시간을 잘못 계산하는 바람에 약속 장소에 너무 일찍 도착하고 말았다.

어디서 시간을 보낼까?

나는 거리 모퉁이에 서서 생각에 잠겼다.

문득 앞을 보니 대망각박물관이 있었다.

대망각이 일어날 당시에는 무슨 일이 벌어졌을까? 엄청난 혼란 속에서 다양한 일이 일어났겠지. 역사 속에서 아주 밀도 높은 순간이었겠으나 기록은 거의 남지 않았다. 그래서 많은 학자들이 연구하고 있다. 고대사나 중세사와 마찬가지로 대망 각사라는 분야가 존재할 정도였다.

나는 내친김에 박물관에 들어갔다.

첫 번째 방은 대망각이 일어난 첫날의 방이었다. 그리고 두 번째 방은 다음 일주일, 세 번째 방은 한 달, 네 번째는 1년, 다섯 번째는 대망각 후 10년의 방이었다. 점점 다루는 시간이 긴 이유는 초기에 중요한 일이 많이 일어났기 때문이다.

첫 번째 방이 가장 볼 만하겠지. 기적적으로 남은 당시 비디오 영상과 사람들의 메모 등이 아주 조금 전시되어 있었다.

특히 제1 행동자의 공적 부분이 눈길을 끌었다. 그들은 인류에게 어떤 사태가 진행되고 있는지를 제일 먼저 파악하고 그 사실을 널리 알리려고 했다.

"안녕하세요. 대망각박물관에 잘 오셨습니다." 젊은 여성이 말을 걸어왔다. "저는 유키 리노. 제1 행동자라고 불리는 그룹의 일원입니다."

나는 잠시 놀랐는데 바로 그게 삼차원 영상임을 깨달았다. 최근의 홀로그램은 아주 정교해 실물과 거의 구별되지 않았다. 이전에는 이런 시설의 설명용으로 인간을 빼닮은 안드로이드가 유행했던 시절이 있었다. 하지만 홀로그램이 인간과 더 비슷하게 보였고 예산도 적으며 버전을 더 쉽게 높일 수 있다는 이유로 안드로이드는 폐기되었다.

"제가 여기 첫 번째 방을 안내하겠습니다……." 리노는 첫날 일어난 일을 설명하기 시작했다.

그녀는 컴퓨터에 치밀한 메모를 남겨 불과 몇 시간 만에 상황 파악에 성공했다고 한다. 또 거의 같은 시기에 그녀의 아버지는 원자력 발전소를 무사히 작동시키기 위해 열심히 싸웠다. 당시는 전 세계가 급작스러운 인류 멸망의 위기와 싸운 것이다.

"……이상 첫날 일어난 일이었습니다." 리노는 설명을 마쳤다. "질문이 있나요?"

아무래도 그녀의 홀로그램은 인공지능과 연동되어있는 듯했다. 견학 온 사람이 질문을 하면 데이터베이스에서 대답을 찾아내는 기능도 있으리라.

"어떻게 당신은 그렇게 단시간에 진실에 도달할 수 있었나요?"

"냉정하게 관찰하고 논리적으로 생각했으니까요." 리노는 바로 대답했다.

"나는 그렇게 못했을 것 같아요."

"지금은 그렇게 생각할 수 있습니다. 하지만 그때처럼 아무도 직면한 적 없는 일에 직면하게 되면 숨겨져 있던 능력이 드러나죠. 저도 원래는 평범한 여고생이었어요."

홀로그램의 모습은 여고생보다 더 성숙한 어른처럼 보였다. 아마도 대망각에서 여러 해가 흐른 후에 촬영된 것이리라.

"당신은 세계를 다시 세우기 위한 일원으로 활약했죠?"

"그에 관해서는 최초 일주일의 방을 참고로 하면 좋을 겁니다."

"여기서는 첫날 이외의 질문을 하면 안 되나요?"

"물론 그렇지 않습니다. 무엇이든 물어보세요."

"물어보면 뭐든 대답해주나요?"

"대답할 수 있는 거라면 대답하겠습니다."

데이터베이스에 없는 것은 대답하지 못할 것이다. 당연했다.

"알려줘요. 당신은 그런 상황에서 어떻게 분발할 수 있었 나요?"

"미리 말씀드리는데 당시 인류는 아직 외부 기억을 지니지 못했습니다. 자신에 대해서조차 아무것도 기억하지 못했죠. 따라서 자신에 대해서도 당시의 문서나 비디오 등 기록을 보 며 추측할 수밖에 없습니다. 그런 추측이라도 괜찮다면 대답 하겠습니다. 그래도 괜찮을까요?"

"추측이라도 좋아요. 알려줘요. 당신은 왜 노력했죠?"

"당신은 왜 그걸 알고 싶죠?" 리노는 내 눈을 응시했다.

"왜 인공지능이 질문에 질문으로 답하지?"

"당신이 알고 싶어 하는 게 애매하기 때문이죠." 리노가 미 소지었다. "당신 질문에 적절하게 답하기 위한 준비라고 생 각하세요."

"나는…… 내 인생이 공허해. 왜 사는지 모르겠어. 노력해봤 자 무슨 소용이지? 단순한 자기만족 아닐까? 좋은 학교를 나 와 좋은 직업을 갖는다고 무슨 의미가 있지? 미래를 위해 노 력할 바에는 현재의 시간을 즐기는 게 낫지 않나? 필요한 돈을 버는 방법은 있어. 그렇다면 노력할 의미가 뭐지?"

"대답은 당신 질문 안에 있네요."

"무슨 소리지? 최근의 인공지능은 선문답을 하나?"

"만약 당신이 그걸로 만족하고 있다면 애당초 그런 질문을 하지 않았겠죠. 당신의 마음은 충족되지 않았어요. 뭔가를 바라고 있죠."

"내 마음이 충족되어 있지 않다고? 마음이 없는 당신이 뭘 알지?"

"당신의 마음은 충족되어 있나요?"

나는 손으로 얼굴을 덮었다. "질문에 질문으로 답하는 건 그만해. 인공지능."

"알겠습니다. 당신의 질문에 답하죠. 저는 사람들을 위해 분발했습니다."

"사람들을 위해? 사람들을 위해 노력하면 돌아오는 게 있으리라 생각했나?"

"당시, 제가 사람들을 위해 뭔가 해도 사람들이 기억해주리라는 보장은 없었습니다. 저는 그냥 사람들을 위해 노력한 겁니다."

"왜 보답도 없는 노력을 했지?"

"이유는 없어요. 그저 그렇게 하고 싶었으니까요."

"위선자의 말 같네."

"위선자라고 생각해도 괜찮아요. 하지만 저는 인류 문명이 조용히 사라지는 걸 견딜 수 없었어요. 만약 지금 내가 노력하지 않으면 인류의 긴 역사가 모두 사라진다는 걸 깨달았죠. 가족 하나하나의 사소한 역사 또한 장대한 인류 역사의 마지막 부분에 불과합니다. 역사가 없어지면 그런 사람들의 생활도 모두 사라집니다. 대망각 전의 기억은 인간이 죽을 때마다 사라지죠. 저는 모든 것을 '무'로 돌리고 싶지 않았습니다."

"인류의 역사 같은 건 사라져도 그만 아닐까. 사람들의 생활사 같은 걸 모아봤자 소용없어. 어차피 금방 사라질 거니까. 나와는 상관없는 일이야."

"당신은 당신의 마음이 시키는 대로 살면 됩니다."

나는 얼굴에서 손을 뗐다.

리노의 모습은 없었다.

대망각박물관의 전시에 따르면, 그 후에도 리노는 세계를 재건하기 위한 주요 일원으로 활약했다고 한다. 외부 기억이 실용화된 후에는 두드러진 공적이 없었으나 이것은 성과를 내지 못했다기보다 리노가 활약한 방향성이 바뀌었기 때문이 아니었을까.

아마도 그녀는 인류를 위해 어떤 일을 추진했을 것이다.

나는 인류의 미래에 어떤 공헌도 하지 못하리라. 그저 망령들에게 가짜 육체를 제공하고 그 대가로 그날 밤의 유흥비를 받을 뿐이었다.

이런 데 오지 말 걸 그랬다.

정신을 차리니 만나기로 한 시간이 훌쩍 지나 있었다.

나는 박물관에서 뛰쳐나와 서둘러 약속 장소로 향했다.

"늦어서 미안해." 나는 일단 사과했다.

"어이, 적당히 해라. 손님을 30분이나 기다리게 하면 어떡해?"

"할인을 해도 돼."

"그러니까 그래 봤자 내게 아무런 이득이 없다니까."

"당신이 무당인가요?" 의뢰인으로 보이는 인물이 말을 걸었다.

"늦어서 죄송합니다." 나는 고개를 숙였다.

의뢰인은 노부부였다. 둘 다 아주 불안한 듯 보였다.

"수십 년 전에 죽은 아들과 다시 이야기를 나누고 싶어요." 노인이 말했다.

"그날 아침, 우리는 아들과 싸웠는데 화해할 틈이 없이 사고로……."

가족이란 늘 싸운다. 그러므로 사고나 급환으로 인한 돌연사 전에 싸우는 일도 그리 드물지는 않다. 그건 일상의 단면일 뿐 특별히 불행한 사건이 아니다.

하지만 마지막 만남이 싸움이었다면, 이는 가족에게 큰 부담으로 다가온다. 왜 그 마지막에 다정한 말을 건네지 못했을까 하고 후회하는 것이다. 그런 회환을 달래기 위해 전통적인 무당이 등장하는 샤머니즘이 발전했으리라. 그리고 현재 역시 우리 무당이 그 역할을 대신하고 있다.

"바로 아드님을 만나게 해드리죠. 아, 그리고 확인 사항인데 메모리는 가지고 오셨나요?" 중개인이 물 흐르듯 말했다.

"네." 노부인이 가방에서 메모리와 위패를 꺼냈다.

"아아, 위패는 필요 없습니다."

"하지만 사토시의 영혼은 여기에 있어요."

"지금 이 일은 영혼과는 관계가 없어요. 기억을 부활시키는 것뿐이니까요."

"그럼, 사토시는 여기에 오는 게 아닌가요?"

"아뇨. 아드님은 여기에 있겠죠." 중개인은 메모리를 가리켰다.

"사토시는 극락에 있는 게 아닌가요?"

"글쎄요. 그건 저희도 모릅니다. 천국 이야기는 교회나 절에서 들으시죠."

"진짜 사토시가 아니면 곤란해요. 우리는 꼭 그 아이와 얘기해야 해요."

"그러니까 진짜도 가짜도 아닙니다. 같은 기억이니까 같은 인물이죠. 무슨 문제 있나요?"

"우리는 그날 사고로 죽은 그 사토시를 만나야 해요."

"아니, 그러니까 말입니다. ……어이, 너, 이 사람들에게 설명 좀 해."

왜 내가 그런 귀찮은 일을?

그렇게 말하려는데 말싸움에 시간을 쓰는 것도 낭비라는 생각이 들었다.

뭐든 적당히 말만 맞추면 되겠지.

"틀림없이 제게 메모리를 꽂으면 사토시 씨의 영혼도 동시에 들어올 겁니다." 나는 대충 노부인에게 둘러댔다.

"그러네요. 그럴 줄 알았어요." 노부인은 처음으로 미소를 보였다.

그 모습을 보고 노인도 조금 안심한 듯했다. "역시 이 사람에게 맡기길 잘했네."

그때, 나는 불가사의한 감각에 사로잡혔다.

그 자리를 대충 넘기기 위해 내가 한 말이 노부인을 미소짓게 만들고 노인을 안심시켰다. 나와는 전혀 관계없는 두 사람의 감정 변화가 왠지 소중하게 여겨졌다.

"그런 말도 안 되는 소리를 해도 되겠어?" 중개인이 말했다. "거짓말은 곤란해. 특별히 묵인 아래 장사하는 거야. 손님을 속이면 단박에 잡혀간다고."

"거짓말이 아니야. 이건 마음 문제니까." 나는 지금 떠오른 말을 했다.

"신앙의 자유라는 말인가? 뭐, 알았어. 내가 속는 건 아니니까." 중개인은 메모리를 받고 나는 위패를 받았다. "자, 한 가지 더. 수수료도 가져오셨나요?"

"네. 여기 있습니다." 노인이 봉투를 내밀었다.

중개인이 빼앗듯 받아들고는 바로 내용을 확인했다.

"어라? 이걸로는 부족합니다."

"네?" 노부부는 놀란 것 같았다.

"자릿수가 달라요. 누가 이 금액이라고 했죠?"

"스님에게 물었더니 이 정도면 될 거라고……."

"그건 시주겠죠. 우리는 중이 아닙니다. 장사꾼이라고요. 제대로 요금을 받아야 해요."

"그렇지만 지금 가진 돈이 이것 밖에……." 노인은 허둥댔다.

"이게 다라고요? 어이가 없네요. 말도 안 돼요. ……어이,

이제 가자."

"돌아가자니 무슨 소리야?" 나는 중개인에게 말했다.

"뭐라니. 요금을 내지 못하면 일도 없어."

"우리는 시골에서 올라왔어요. 내일은 돌아가야 해서……."
노인은 어깨를 축 늘어뜨렸다.

"그럼 시골로 돌아가서 돈을 구해와요."

"바로 융통하기가 힘들어요. 대출이라도 괜찮을까요?"

"뭐라고요? 이런 일에 대출이 나오겠어요! 나를 얕보나?"
중개인이 성을 냈다.

이 녀석은 인간의 생사를 넘나드는 일을 하다가 인간다운 감각이 마비된 걸까?

노부부가 울기 시작했다.

당신은 당신의 마음이 시키는 대로 살면 됩니다.

리노의 목소리가 들렸다.

"노인을 괴롭혀서 좋아?" 내가 말했다.

"무슨 소리야? 아무리 봐도 내가 피해자라고! 내가 울고 싶어."

"내가 할게."

"뭐? 이런 푼돈에 일하겠다고?"

"괜찮아. 내 마음이야."

"네 마음? 아아, 확실히 네 마음이지. 하지만 이 돈으로 일을 받아들이면 나는 다시는 네게 일을 주지 않을 거야. 그래도 괜찮겠어?"

그 말에 나는 순간 망설였다. 그리고 곧 그런 자신이 부끄러웠다.

"아아, 물론이야. 더는 네 도움은 받지 않겠어."

"그렇게 큰소리를 쳐도 되겠어? 그냥 다른 중개인을 찾으면 되리라 생각하겠지만, 그리 간단하지 않을 거야. 중개인들은 네트워크로 연결되어 있어. 어떤 중개인도 너를 상대해주지 않을 텐데?"

단순한 허풍일 수도 있고 아닐 수도 있었다. 그런 건 이제 아무래도 상관없었다. 나는 내가 하고 싶은 일을 할 것이다. 그것뿐이다.

"그럼 이 일을 끝으로 손을 씻지. 더는 너 같은 쓰레기와 어울리지 않아도 된다고 생각하니 아주 좋아 죽겠어."

"그럼 그렇게 해. 말해두겠는데 이번에는 심판자 없이 해보라고."

"아아. 물론 그럴 생각이야."

"퉤!" 중개인은 침을 뱉고 그 자리를 떠났다.

"괜찮겠어요?" 노인이 걱정스럽게 말했다.

"네. 이런 일을 계속 할 수는 없죠." 내가 미소 지었다.

"이 사람, 어쩐지 사토시 같네요." 노부인이 미소 지었다.

"어쩌면, 당신은 사토시가 아닌가요?"

"아닙니다. 지금은 아직 사토시 씨가 아닙니다. 하지만 이제부터 사토시 씨가 될 겁니다. ……잠시뿐이지만."

"역시 사토시야." 노부인의 눈이 반짝였다.

나는 조금 곤란해하며 노인을 봤다.

노인은 천천히 고개를 저었다.

그래. 지금은 사토시로 괜찮겠지. 어차피 꿈의 시간은 순간에 지나가니까.

"잘 들으세요. 지금부터 저는 제 메모리를 뺍니다. 10분이 지나면 사토시 씨의 메모리를 여기에 꽂아주세요. 그리고 1시간이 지나면 사토시 씨의 메모리를 빼고 다시 10분 후에 제 메모리를 꽂아주세요."

"아아, 알겠네." 노인은 크게 고개를 끄덕였다.

나는 무릎에서 내 메모리를 뺐다.

13

"모두 생각났어요." 나는 말했다. "나는 무당이었어요. 죽은 사람의 기억을 되살리는 일을 생업으로 했죠."

"생각보다 빨리 기억했군." 누구도 아닌 인물이 말했다. 그 모습은 너무나 막연해 간신히 사람이라는 것만 알 수 있었다.

"빨리? 이상한 말이네요." 나는 반론했다.

"뭐가 이상하지?"

"내 기억은 모두 반도체 칩에 기록되어 있습니다. 상기하는 일은 늘 순식간에 일어나야 합니다."

"물론 억지로 순식간에 모든 것을 떠올리게 하는 일도 가능하지. 하지만 단계를 제대로 밟지 않으면 건전한 정신을 구축할 수 없어."

"무슨 말이죠? 내 정신은 원래 존재합니다."

"그건 먼 과거 얘기지. 우리는 남은 네 외부 기억으로부터 네 정신을 재구축했어." 그것은 이제 인간이라고 판별하기가 힘들었다. 목소리에서도 특징이 거의 사라져 의미만이 전달되었다.

"재구축이란 게 뭡니까?"

"정신이란 과거 경험의 집적으로 형성되지. 이를테면 같은 기억이더라도 정신이 다르면 말과 행동이 달라져. 여기에 하나의 무구한 뇌가 있다고 해보자고. 거기에 한 인물의 어린 시절 기억을 옛날 것부터 순서대로 입력하면 그것은 원래 인간과 비슷한 정신을 가질 것 같지 않나?"

나는 내 자신이 땅에 서있는지조차 알 수 없었다. 어디가 위인지 아래인지. 아니, 어디가 앞인지 뒤인지.

"세계는 어떻게 됐나요?" 내가 물었다.

"세계는 원래대로 있지."

"그러나 세계는 녹아내리기 시작하지 않았나요?"

"세계의 모습은 네 마음에 달렸지."

"그런 말도 안 되는! 나는 세계의 일부에 지나지 않습니다."

"그러나 너는 자신의 마음을 통해서만 세계를 볼 수 있어. 세계가 어떻게 보이든 그것은 자신의 마음을 보고 있는 데 불과해."

갑자기 달려드는 맹렬한 빛과 소음에서 도망치기 위해 나는 눈을 감고 귀를 막으려고 했다. 그러나 어떻게 해야 그렇게 할 수 있는지 알 수 없었다.

나는 또 다른 자신의 마음에 집중해 기억을 돌리려고 했다. 그 노부부가 의뢰한 혼령 부르기 일 이후를 떠올리면 현재 상황에 대해 뭔가 알 수 있으리라 여겨졌다.

그런데 그 이후의 일이 하나도 기억나지 않았다.

"그 후로 무슨 일이 있었나요?" 내가 물었다. "제가 노부부 아들의 혼령 부르기를 한 후에?"

"그 후에는 아무 일도 일어나지 않았어."

"그럴 리가 없습니다. 만약 그랬다면 나는 그 자리에서 눈을 떠야 하지 않나요?"

"네게 아무 일이 일어나지 않아도 세계에는 다양한 일이 일어나니까."

"세계에 어떤 일이 일어났는데요?"

"잘 들어. 이미 너는 받아들일 준비가 되어있어. 외부 기억이라는 존재 덕분에 세계에서 벌어진 다양한 일은 모두 기록되었지. 21세기 초쯤에 방범 카메라가 보급되어 사람들의 행동이 기록되었듯 지금은 모든 역사를 재현할 수 있어. 네게 일어난 일과 세계에 일어난 일을 재현해 보여주지."

14

내가 살았나?

사토시는 상황을 파악할 수 없었다.

마지막 기억은 실험 장치가 갑자기 폭발한 것이었다.

같이 주입해선 안 되는 산소와 가연성 가스를 동시에 넣었다는 사실을, 밸브를 연 직후에 깨달았다. 서둘러 밸브를 닫으려 했을 때는 이미 눈앞이 새하얗게 빛났다. 절대로 부서지지 않아야 할 철제함에 균열이 생기고 빛이 새어 나오고 있었다.

사토시는 도통 움직일 수 없었다. 충격으로 움직일 수 없었던 게 아니었다. 의식만이 빠르게 움직이고 자신의 몸은 아주 천천히 움직이는 것만 같았다.

지금 밸브를 잠가봐야 이미 늦었다는 건 잘 안다. 그러나 달리 어떻게 행동해야 할까?

안구를 거의 움직일 수 없었으나 시야 안에 흐릿하게 사람 몇이 보였다.

큰일 났네. 저들에게 도망치라고 말해야 해.

"도……"

도망치라고 말하고 싶었으나 말이 좀처럼 나오지 않았다.

장치의 균열이 더 커져 큰 파편 몇 개가 날아오는 게 보였다. 철 덩어리가 고속으로 날아왔다.

저기에 부딪히면 더는 살 수 없으리라. 기막히게 운이 좋아 충돌은 면하더라도 그 후 연소한 고온 가스에 휩싸일 것이다. 아마 몇 초면 온몸이 타버리겠지. 가령 도망치더라도 치명적인 부상은 피할 수 없었다. 그리고 도망치다가 한 번이라도 숨을 쉬면 폐가 타서 질식해버릴 것이다.

"……망……"

다들 내 목소리를 들었을까? 미안. 내 실수로 모두에게 피해를 주고 말았네.

빙글빙글 수십 센티미터 크기의 파편이 날아오는 게 보였다. 이대로 날아오면 머리 근처에 부딪힐 것이다.

몸을 구부리면 피할 수 있을까?

아니. 생각할 시간에 도망쳐야지.

사토시는 무릎을 굽혀 몸을 낮추려고 했다.

하지만 몸의 움직임이 느린 동영상처럼 느껴졌다.

이제 1미터면 부딪친다.

갑자기 세계의 움직임이 빨라졌다.

아아, 부딪―.

눈앞에 노인과 노부인이 있었다.

누구지?

사토시는 주위를 봤다.

회의실인가, 어디지?

왜 내가 살았지? 다치지 않았나?

사토시는 자신의 손발과 몸통을 확인했다.

다친 것 같지는 않는데 낯선 옷을 입고 있는 게 이상했다.

노인들은 불안한 모습으로 사토시를 바라보고 있었다.

둘은 낯익었다. 그러나 아무래도 기억이 나질 않았다.

혹시 여기는 병원인가? 다치지 않은 걸 보니 혼수상태가 이어진 가운데 치료가 끝났나? 그렇다면 왜 의사나 간호사가 아닌 노인들이 보일까?

"저기……." 사토시는 과감하게 둘에게 말을 걸려고 했다.

목소리가 이상했다. 마치 자신이 아닌 것만 같았다. 어쩌면 고온 가스에 성대가 탔나?

사토시는 헛기침했다.

"여기는 병원인가요?"

역시 목소리가 이상했다.

나이 든 둘은 말없이 사토시를 응시했다.

왜 그러지? 치매 같은 걸까?

"저기요, 여기가 병원인가요?"

"……기억 안 나니?" 노인이 말했다.

"사고 말인가요? 사고라면 기억해요. 그때 이후로 얼마나 지났나요?"

"너, 사토시니?" 노부인이 말했다.

내 이름을 아네.

"네. 그렇습니다."

"사토시, 저세상은 어떤 느낌이니?"

저세상?

설마…….

"저는, 그러니까, 죽었나요?"

노인은 천천히 고개를 끄덕였다.

"그러면 여기는 사후 세계인가요?" 사토시는 반신반의하며 물었다.

"아니야. 여기는 현세야." 노부인이 말했다. "너는 저세상에서 돌아왔단다."

무슨 소리지? 역시 구사일생으로 살았나?

"사토시, 우리를 알겠니?" 노인이 물었다.

"아뇨. 어디선가 본 적이 있는 것 같아서 아까부터 기억해보려 했는데."

"우리는 네 부모야."

무슨 말도 안 되는 소리인가 싶었는데 말을 듣고 보니 둘의 얼굴은 부모님과 아주 비슷했다. 다만 이삼십 년쯤 더 나이를 먹은 듯했다.

"무슨 소리야? 왜 그렇게 나이를 먹었어?"

"시간이 흘렀으니까. 그 사고에서 벌써 28년이 지났어." 아버지가 말했다. "사토시, 잘 들어라. 네 몸은 타서 쪼그라들었어. 하지만 기적적으로 외부 기억 장치는 무사했어. 우리는 너를 포기할 수 없어서 메모리를 폐기하지 않고 남겨뒀단다."

"네 위패와 같이 놓아뒀지." 어머니가 말했다.

"도대체 무슨 소리야?"

"최근 무당이라는 비즈니스가 생겼어."

"무당…… 영매?"

"원래는 그랬지. 현대의 무당은 그런 비과학적인 게 아니야. 죽은 사람의 메모리를 자신에게 꽂아 재생하는 일이란다. 그걸 혼령 부르기라고 하지. 지금은 네 메모리를 무당에게 꽂아 재생하고 있단다."

"나는 무당이 아니야. 사토시야. 그건 나도 알아."

"자신의 기억이 다 사라진 다음 다른 사람의 기억을 꽂으니까, 자신을 그 다른 사람이라고 착각하는 게 아닐까?"

"아니, 나는 분명 사토시야. 무엇보다……." 사토시가 말을 흐렸다. "맞다. 거울 없어?" 사토시가 물었다.

"내 화장 거울은 있어. 좀 작지만." 어머니가 말했다.

사토시는 거울을 들여다봤다.

거기에는 생면부지의 젊은 남자가 있었다.

"그럼 나는 사토시가 아니야?"

"모르겠구나. 나만이 아니야. 세상 누구도 모르지."

사토시가 손목을 더듬었다.

"메모리라면 무릎이야." 아버지가 말했다.

무릎에 꽂힌 것은 익숙한 자신의 메모리였다.

"그럼, 내 영혼은 어떻게 됐어?"

"네 영혼은 그 몸에 들어있지." 어머니가 말했다. "그렇다고
아까 무당이 그랬어."

"진짜야?" 사토시가 아버지에게 물었다.

"무당이 진짜 그렇게 말했어. 하지만 그게 사실인지는 모르
겠어. 기억과 함께 사토시의 영혼이 돌아오는지, 여전히 사토
시의 영혼은 저세상에 있는지, 영혼 같은 건 처음부터 없는 건
지, 아니면 기억이 곧 영혼인지."

"적어도 나는 지금 나를 사토시라고 생각해. 이 실감이 영혼
이라면 나는 여기 있어."

"사토시, 잘 왔어." 어머니가 사토시를 꼭 끌어안았다.

"아직 어떤 상황인지 도통 모르겠어." 사토시가 말했다.

"그건 어쩔 수 없지." 아버지가 말했다.

"이 남자…… 무당은 왜 자신을 지우면서까지 내게 몸을 빌
려줘?"

"그야 돈을 벌려고 그랬겠지."

"돈을 벌려고? 그러니까 무당에게 돈을 주면 자신의 몸을 빌려줘?"

"그렇단다."

"얼마나?"

"이만큼 준비했는데 이것도 자릿수가 틀렸다더구나." 아버지는 가져온 돈을 보여줬다. "이 열 배가 1시간이란다."

"요즘 화폐 가치는 잘 몰라서……."

"젊은 사람들의 한 달 월급 정도야."

"1시간에 한 달 월급을 벌 수 있으면 하려는 사람들이 많겠네." 사토시는 불현듯 깨달았다. "잠깐! 그럼, 1시간이 지나면 이 몸은 무당에게 돌려줘야 해?"

"그렇게 약속했어."

"나는 어떻게 하고? 또 죽어?"

"죽는 것과는 좀 달라. 메모리 안으로 돌아가는 게 아닐까? 무당에게 부탁하면 다시 재생할 수 있고……."

"그동안 나는 어떻게 되는데?"

"그건 우리보다 네가 더 잘 알지 않니?" 아버지가 말했다.

"그래. 너 혹시 저세상이 힘드니?"

"내가 죽은 후 지금까지가 똑같다면 그동안의 시간은 존재하지 않아. 아마도 순식간에 다시 살아 돌아오겠지."

"너한테는 그렇지." 아버지가 툭 내뱉었다. "하지만 아버지와 어머니에게는 그렇지 않아. 다음에 너를 만날 날이 언제일지 모르겠구나."

"미안해. 하지만……."

"우리가 언제까지 건강할지 모르겠구나. ……어머니는 많이 약해졌어."

"아버지, 도대체 뭐야? 무슨 소리야?"

"아니, 이건 너를 위해서도 그래. 오늘은 다행히 부활하게 되었으나 우리에게 무슨 일이 생기면 너는 다시는 부활하지 못하겠지."

"저기, 무당과 상담해볼까?" 어머니가 말했다.

"무당과 상담?" 사토시가 말했다.

"그러니까 이 무당, 정말 좋은 사람이야, 심술궂은 중개인을 혼내더라."

아버지의 얼굴에 희망의 빛이 어렸다.

"무당이 한동안 몸을 빌려줄지도 모르겠다."

"응. 틀림없이 그 사람이라면 빌려줄 거야." 어머니가 말했다.

"아니, 그게 꼭 그럴까? 돈이 없잖아?" 사토시가 불안해하며 말했다.

"하지만 좋은 사람이었어." 아버지가 말했다.

"이런 일은 오래 할 게 아니라고도 했어." 어머니가 대답했다.

"그건 곧, 이제 무당 일로 돈을 벌 생각이 없다는 소리지." 아버지가 말했다.

"어떤 뜻이었는지 본인에게 직접 물어봐야 하는 거 아닐까?" 사토시가 말했다.

"이 무당은 일반 요금의 십분의 일로도 해주겠다고 했어."
아버지가 말했다. "역시 돈 벌 생각이 없는 거야. 그러니까 자원봉사로 무당 일을 하는 거지."

"아버지, 무슨 말을 하는 거야?"

"이게 돈을 버는 장사라면 1시간이 지나면 반드시 몸을 돌려줘야 하겠지. 하지만 만약 돈 벌 생각이 없고 선의로 몸을 빌려주는 거라면 꼭 1시간 만에 몸을 돌려줄 필요는 없지 않냐는 얘기지."

"하지만 1시간이라고 약속했잖아?"

"그건 곧 대충 1시간이라는 거 아닐까? 돈 벌 마음이 없다면 조금 시간을 넘겨도 괜찮지 않을까?"

사토시는 물끄러미 무당의 메모리를 응시했다. "어떻게 하지? 도통 모르겠네."

"십분의 일의 요금으로도 괜찮다고 한 사람이 시간을 조금 넘겼다고 화를 낼 리 없어. 만약 시간을 꼭 지키고 싶었으면 손님에게 맡기지 않고 감시를 붙였겠지."

"맞아. 이 사람은 심판자를 내쫓았어." 어머니가 말했다.

"심판자는 감시하는 사람이야?" 사토시가 물었다.

"그랬어, 그랬지." 아버지가 말했다. "이제 결정됐네. 굳이 심판자를 쫓은 걸 보면 시간에 구애받지 않는다는 뜻이야. 10분쯤 더 있었다고 화를 내진 않을 거다. 어때? 시간에 구애받지 않는다면 셋이 밥이라도 먹을까?"

당장이라도 울음을 터뜨릴 듯한 표정으로 설득하는 아버지의 얼굴을 보고 있자니, 그의 바람을 무참히 꺾는 일은 너무 무정한 짓인 것 같았다.

그래. 아주 잠깐이야. 살짝 초과하는 정도라면 무당도 눈 감아 주겠지.

셋은 식사하러 나갔다.

정신을 차리니 벌써 2시간 이상 지나 있었다.

"이제 슬슬 몸을 돌려주는 게 좋겠어." 사토시는 자책감에 사로잡혔다.

"그렇게 서두르지 마라. 무당은 이걸 마지막 일이라고 정했으니까 마지막 한 번은 1시간이든 2시간이든 별로 다르지 않을 거다."

사토시는 순간 주저했으나 아버지의 말이 옳은 듯해 마음을 고쳐먹었다.

"그런가. 시간을 그렇게 제한하지 않아도 될까?"

어느새 밤이 깊어졌다.

"정말 시간이 많이 지났어……."

"이런 시간에 돌려주면 오히려 폐가 되지 않을까?"

"그것도 그러네. 늦은 밤이나 아침 일찍이나 마찬가지지."

사토시는 부모님과 같은 호텔에서 자기로 했다.

셋이 아침을 먹은 후 사토시는 부모님에게 물었다. "몇 시쯤 몸을 돌려줄까?"

"서두를 필요 없지 않니? 무당은 별다른 일이 없지 않을까?"

"그야 그렇지만 그래도 하루를 통째로 그냥 내버려두는 건 좀 그래서."

"내버려둔 건 아니지. 밥도 잘 먹고 잘 잤잖아. 몸은 소중하게 다루었다."

"사토시, 요즘 살이 좀 찌지 않았니?" 어머니가 물었다.

"어? 확실히 이 무당은 예전의 나보다 통통한데……."

아버지가 고개를 저었다.

"인지에 문제가 있어?" 사토시가 물었다.

"아아. 기억력이 떨어지진 않아서 잘 모르겠는데 매사를 판단하는 능력은 떨어졌어. 하지만 너를 분명히 사토시로 인식하고 있다. 그것만은 틀림없어."

"오늘도 같이 있을 수 있지?" 어머니가 말했다.

아버지는 애원하는 눈빛으로 사토시를 봤다.

"그래. 오늘도 같이 있자."

사토시는 양심의 가책을 느꼈으나 부모님의 환한 얼굴을 보고 있자니 죄책감도 금방 흐려졌다.

며칠이 지났을 무렵, 한없이 이러고 있을 수는 없어서 부모님에게 상담했다.

"지금, 메모리를 돌려주는 건 오히려 좋은 일이 아닌 듯하구나." 아버지가 말했다. "우리 사정에 따라 마음대로 시간을 연장했으니까 나름의 보상을 준비하고 돌려주는 게 좋겠구나. 그러지 않으면 상대에게 실례지."

"하지만 보상이라니 어떤?"

"취직자리를 찾아주는 건 어떨까?"

"그래! 그게 은혜를 갚는 길일 수도 있겠다."

사토시는 무당의 소지품에서 신원을 알아냈다.

그리고 그 인물이 되어 일을 찾기 시작했다.

곧 일을 찾았으나 바로 원래대로 돌아가면 당황할 것도 같아 어느 정도 저금이 생긴 후 몸을 돌려주겠다고 결심했다.

몇 주가 흘렀다. 그리고 순식간에 몇 개월이 지났고 몇 년이 흘렀다.

상당한 저금이 생겼다.

"아버지, 이제 해야 할 것 같아."

"그렇지. 하지만 꼭 오늘이 아니어도 되잖니."

"그렇지. 오늘이 아니어도 되지."

시간이 하염없이 지나갔다.

사토시와 부모는 무당을 부모의 양자로 들이는 절차를 밟았다.

세 사람의 생활이 이어졌다. 그리고 이따금 사토시는 무당을 떠올렸다.

언젠가는 그 사람에게 이 몸을 돌려줘야 한다. 그 점에 대해서는 가족 모두 이의는 없었다. 하지만 그게 오늘이어야 할 이유는 없었다. 결론은 늘 그랬다.

마침내 10년이 지났다.

"오늘, 그에게 돌려줄 거야." 사토시가 아버지에게 밝혔다.

"왜 오늘이니?"

"오늘이 안 될 이유는 없으니까. 벌써 10년이나 지났어. 사과해도 용서를 해줄지는 모르겠지만 이대로는 절대 안 돼."

"알았다. 네 맘대로 해라. 하지만 우리는 이제 그리 오래 살지 못한다. 우리가 떠난 후 몸을 돌려주면 안 되겠니?"

사토시는 반론하려 했으나 아버지의 서글픈 표정을 보고는 아무 말도 할 수 없었다.

또 십여 년이 지나고 부모님이 세상을 떠났다.

그 무렵에는 사토시에게 아내와 아이들이 있었다.

새로운 가족을 만들어선 안 되는 건 알았으나 도무지 자신을 억제할 수 없었다.

법률상, 이 가족은 무당의 가족이었다. 하지만 원래대로 돌아갔을 때 그가 현 상황을 받아들일지는 장담할 수 없었다. 아니, 오히려 혼란스러워할 가능성이 컸다.

자신의 정체는 아내에게도 알리지 않았다. 아내는 그를 아이를 잃은 부부에게 입양된 아들로 알고 있었다.

불단에는 부모님의 메모리와 함께 또 하나의 메모리가 놓여있었다. 언젠가 아내가 그 메모리에 관해 물은 적이 있는데 사토시는 그저 생명의 은인이라고만 대답했다.

이윽고 아이들도 독립해 각자의 가정을 꾸렸다.

남은 부부는 평온하게 나이를 먹고 늙어갔다.

사토시는 밤에 신음할 때가 많았다.

어느 날, 아내는 악몽을 꾸는 이유를 물었다.

사토시는 한참 울었다. 그리고 아내에게 진실을 말하기 시작했다.

아내는 잠자코 조용히 모든 이야기를 들었다.

그가 이야기를 다 끝냈는데도 아내는 아무 말도 하지 않았다.

나를 지독한 사람이라고 생각하냐고 물었다.

아내는 잠자코 고개만 저었다.

하지만 나는 무당의 선의를 저버렸어.

당신은 아무도 괴롭히지 않았어, 당신이 그날 무당에게 몸을 돌려줬다고 해서 그 사람이 행복하게 살았으리라는 법은 없어. 아내는 그렇게 말했다.

지금이라도 그에게 몸을 돌려줘야 할 것 같아. 사토시가 말했다.

그러나 그것은 그를 고통스럽게 하는 일이야. 혼령 부르기 일이 끝났는데 느닷없이 자신은 노인이 되어있다면 그를 위로할 방법은 없어. 하지만 지금 이대로라면 그는 괴로워할 이유가 영원히 없지. 아내가 말했다.

사토시는 이따금 악몽에 시달리면서 인생의 마지막 날들을 보냈다. 그가 죽었을 때 아내는 무당의 메모리를 처분할까 생각했지만, 결국은 사토시의 메모리와 함께 보관하기로 했다.

마침내 아내마저 세상을 떠나자 메모리는 대대로 자손들에게 이어졌다.

15

"지금 이야기가 사실입니까?" 나는 물었다. "나는 원래 몸으로 돌아오지 못하고 죽은 겁니까?"

"확실히 네 몸은 죽었으나 너 자신은 죽지 않았지." 이제는 어디에 있는지조차 모르겠는 인물의 억눌린 듯한 목소리가 들려왔다. "너는 매우 희귀한 경우야."

"맞아요. 나는 한 번도 죽음을 경험하지 않았습니다. 그럼 나는 무엇입니까?"

"너는 데이터야. 네게서 네 인생과 육체를 빼앗은 사람을 증오하나?"

"모르겠습니다. 그게 좋았는지 나빴는지."

"네 메모리는 오랫동안 잊혔지. 우리가 유적 속에서 너를 발굴했어. 인격을 재생할지를 놓고 다양한 논의가 이루어졌지. 잠든 인격을 굳이 깨워 혼란을 일으킬 필요는 없다는 의견도 있었지만, 나는 원래 주어진 기회를 누리지 못하는 것은 무자비한 일이라고 여겼다. 새로운 인생에 나설 것인지, 영원한 정적에 잠길 것인지는 본인이 선택해야 해."

"새로운 인생? 그건 어떤 인생인가요?"

"그건 스스로 결정하면 된다. 새로운 인생은 모두 생각하기 나름이야."

"꿈을 계속 꾼다는 의미입니까?"

"꿈은 나쁜가?"

"네. 현실과 꿈은 다릅니다. 꿈속에서 행복해졌다고 해도 그것은 환상에 불과합니다."

"그렇다면 네가 또 다른 이야기를 떠올리도록 해주지. 꿈에 관한 판단은 그다음에 해도 좋을 거야."

16

실험 기록 개시.

메모리를 뽑았구나 싶었는데 다음 순간, 생판 모르는 곳에 있음을 깨달았다.

눈앞에 있는 공간은 혼령 부르기를 하러 간 방은 아니었다. 다양한 기계 장치가 흩어진 꾀죄죄한 실험실 같았다. 아무래도 혼령 부르기를 하는 사이에 장소를 옮긴 듯했다.

도대체 왜 이런 일이 일어난 걸까?

나는 다소 혼란스러웠으나 상황 파악에 전념했다.

방안에는 하얀 가운을 입은 몇 명의 사람이 바쁘게 돌아다니며 장치를 만졌다. 의뢰인들과 내가 쫓아냈던 중개인의 모습은 없었다.

다들 어디 갔지?

나는 그걸 물어보려고 했다.

하지만 삐삐, 요란한 잡음이 허공에 울려 퍼지고 있을 뿐이었다. 하얀 가운의 사람들은 일제히 내 쪽을 봤다. 적어도 지금 울린 이 소리로, 내가 의식을 되찾았다는 사실을 알아차린 듯했다.

이 녀석들은 뭐지? 혹시 의뢰인이 다른 심판자를 고용했나? 그래도 너무 많다.

하얀 가운을 입은 사람 중에서 가장 나이가 많아 보이는 여성이 나를 똑바로 바라봤다.

당신이 심판자인가요?

나는 그렇게 물으려고 했는데 역시 잡음만 울렸다.

여성이 입을 열었다.

뭔가 말 같은 게 들렸는데 무슨 말인지 모르겠다.

죄송해요. 잘 들리지 않는데.

내 목소리는 또 잡음이 되었다.

여성은 왠지 고개를 끄덕였다. 그리고 장치를 조작하기 시작했다.

여성이 입을 열었다.

……조정……했다. 이거……어때.

조금씩 소리가 들렸다.

잡음이 흘렀다.

여성이 다시 조작을 계속했다.

"이제 어때요? 들려요?" 여성이 말했다.

네. 또렷이 들립니다.

아이. 아아가아아.

뭐지? 이게 내 목소리야?

"지금, 목소리를 조정하고 있어요. 다시 말해보실래요?"

도아아체어어더더?

"잘 되고 있어요. 한 번 더 말해보세요."

"도대체 저는 어떻게 된 겁니까?"

드디어 막힘없이 말할 수 있었다.

"놀라지 말고 들으세요. 당신은 사망했었습니다."

"그런 말도 안 되는 일이! 저는 혼령 부르기를 하던 중이었
어요."

"맞아요. 그런데 당신 의뢰인이 혼령 부르기를 중단할 시기
를 놓쳐버린 듯합니다."

"그 말뜻을 전혀 이해하지 못하겠어요."

"당신 의뢰인이 당신에게 몸을 돌려주지 않기로 마음먹은
거죠. 그리고 수십 년 후에 당신 육체는 사망했습니다."

"농담이죠?"

"바로 받아들이기는 힘들겠지만, 점차 현재 상황을 이해하
게 될 겁니다." 여성이 말했다. "저는 지팡제국대학의 교수 사

사다라고 합니다."

"그럼 어떻게 된 겁니까? 만약 제가 이미 죽었다면 지금 저는 혼령 부르기 중입니까? 혹시 제가 죽은 후 무당이 합법화되었나요?"

"혼령 부르기 중의 무당이 누구에 해당하냐는 문제가 해결되지 않는 한 합법화되긴 어렵겠죠." 사사다가 말했다.

"그런데 지금 혼령 부르기 중이잖아요?"

"아아, 지금 혼령 부르기라고 생각하시는군요." 사사다가 말했다. "뭐, 그걸 대신하는 걸지도 모르지만."

"무슨 소리죠?"

"적어도 이건 합법적인 행위니까 신경 쓰지 않아도 됩니다."

"죽은 사람의 메모리를 산 사람에게 넣는 게 합법인가요?"

"그건 틀림없는 불법입니다. 다만 죽은 사람의 메모리를 폐기하지 않고 보관하는 일은 이미 합법화되었습니다."

"그런데 혼령 부르기 자체는 위법이라고요?"

"위법입니다. 하지만 우리가 지금 하는 일은 혼령 부르기가 아닙니다. 어디까지나 그건 인간을 이용해 죽은 사람의 기억을 재생하는 일이니까요."

"그러니까 지금 저는 인간이 아니라는 겁니까?!" 나는 공포를 느꼈다. "인간 말고 동물인가요?"

"아뇨, 아닙니다. 동물을 대신 이용할 수 있을지는 과거에 검토된 적이 있긴 합니다. 유인원을 이용하면 인간 무당과 거의 손색 없을 정도로 재생할 수 있죠. 유인원 이하의 열등한 원숭이라도 고도의 지적 활동만 아니라면 문제는 없었습니다. 사람으로 행동할 수 있는 최소한의 동물이 개입니다. 개라면 최소한의 의사소통도 가능하죠. 그런데 고양이는 아무래도 지성보다 본능이 앞서서 제대로 된 대응을 할 수 없었습니다. 그리고 돌고래도 적합하지 않았어요. 원인에 대해서는, 사실 돌고래의 지능이 지극히 한정적이라거나, 혹은 육체가 너무 달랐기 때문이라는 의견이 분분합니다만."

"그래서 저는 어떤 동물인가요?"

"아까도 말했듯 당신은 동물이 아닙니다." 사사다가 말했다.

"인간도 아니고 동물도 아니라면 뭡니까? 요괴나 괴수 같은 건가요?"

"요괴나 괴수가 어떤 건지 모르겠는데 아마도 그것도 아닐 겁니다."

"그럼 뭐죠?"

"인공 뇌입니다."

"컴퓨터라는 말입니까?"

"컴퓨터도 인공 뇌라고 할 수 있겠으나 우리가 개발한 인공 뇌는 계산이 아니라 인간의 뇌를 대신해 죽은 사람의 인격을 재생하는 게 목적입니다. 즉 뇌의 활동을 그대로 시뮬레이션하는 거죠. 외관은 이런 느낌입니다." 사사다는 들고 있던 단말에 명령어를 입력했다.

그러자 갑자기 눈앞에 영상이 나타났다. 뭔가가 나오는 게 아니라 순수하게 영상만 존재했다. 그 영상은 금속으로 만들어진 스펀지 같은 물체였다. 물체에서는 몇 개의 케이블이 나와 있었고 카메라와 마이크, 의수와 센서 같은 게 달려있었다.

나는 절규했다.

하지만 실제로 들린 것은 작은 삐 소리였다.

"지금 소리는 절규입니다. 너무 시끄러워서 작은 경고음으로 바꿔놓았습니다."

"제가 지금, 이런 모습인가요?"

"그렇습니다. 실은 이게 당신 모습입니다."

너무 말도 안 되는 일이 벌어져 기절할 줄 알았는데 특별히 아무 일도 일어나지 않았다. 애당초 인공 뇌에는 기절하는 기능 같은 게 없을지도 모르겠다.

"이런 건 사절하겠습니다."

"기계는 싫다는 말씀인가요?"

"당연하죠."

"물론 필요하면 인간의 모습으로 할 수도 있습니다. 생전의 당신 모습 그대로 할 수도 있고 더 젊은 모습도 됩니다."

"안드로이드를 만든다는 겁니까?"

"원하신다면요. 다만 안드로이드보다는 홀로그램이 더 쉽고 기능이 많습니다."

"홀로그램은 물건을 만질 수 없잖아요."

"물건을 만지고 싶으세요? 그럼 그 감각을 인공 뇌에 신호로 전달하면 됩니다."

사사다는 또 명령어를 입력했다.

누군가가 손을 잡은 느낌이 나타났다.

"혹시나 해서 말해두는데 지금 아무도 당신 손을 잡고 있지 않습니다."

나도 그 손을 쥐었다. 아무래도 누가 내 손을 잡은 것처럼 느껴졌다.

"저를 속이는 게 아닌가요?"

"그럼, 당신이 원하는 감각을 뭐든 재현해보죠. 뭐가 좋을까요?"

"갑자기 그렇게 말해도."

"맡고 싶은 냄새가 있나요?"

"그럼 라벤더 향을."

사사다가 명령어를 입력했다.

라벤더 향이 감돌았다.

"미리 준비한 향을 이용했죠?"

"그럼 향료에 없을 듯한 냄새를 지정하세요."

"그럼 스카치위스키의 2050년산 향을 부탁할게요."

익숙한 향이 감돌았다.

"맛도 보실래요?"

혀에 깊은 맛이 퍼졌다.

"요리도 내드릴까요?" 사사다는 장난하듯 말했다.

"환상 속에서 음식을 먹어도 공허할 뿐이겠죠." 나는 단박에 거절했다.

"왜 공허하다고 하시죠?"

"실제로 존재하지 않으면 맛은 느끼겠으나 씹는 느낌 같은 즐거움은 느낄 수 없지 않나요?"

"그렇지 않습니다."

내 눈앞에 초밥이 나타났다.

"이게 뭐죠?"

"참치 뱃살 초밥입니다. 다른 종류가 좋을까요?"

나는 웃었다. "저한텐 손이 없어요. 어떻게 먹죠?"

느닷없이 손이 나타났다.

"이건 홀로그램 손인가요?"

"조금 다릅니다. 홀로그램은 광학적인 실체가 있어서 다른 사람도 볼 수 있습니다. 하지만 이 영상은 어디까지나 당신의 개인적인 경험입니다."

"차이를 모르겠는데요?"

"그렇다면 홀로그램이라고 생각하세요."

환상의 손은 마치 진짜 손처럼 내 뜻대로 움직였다. 그리고 분명히 거기 있다는 실감이 들었다.

초밥을 만져봤다.

초밥 위에 올린 생선과 밑밥의 감촉도 진짜와 똑같았다.

나는 원래 입이 있어야 할 자리로 가지고 갔다.

바로 입이 나타났다.

입안에 넣자 감칠맛 나는 뱃살을 씹는 감각이 혀와 이에 감기더니 서서히 녹아서 목구멍으로 넘어갔다.

속고 있는 거야. 불끈불끈 화가 치밀었다.

"이건 진짜야. 나를 놀리고 있는 거지?"

"그럼, 한 번 더 드셔보세요." 사사다가 말했다.

다시 하나를 입안에 넣었다.

역시 같은 식감과 맛이었다.

나는 천천히 씹었다.

다음 순간 입안에서 초밥이 사라졌다. 맛도 향도 순식간에 완전히 사라져버렸다.

"무슨 짓을 한 거야?"

"초밥 데이터를 지웠을 뿐입니다."

"하지만 진짜와 조금도 다르지 않았다고."

"당연하죠. 이렇게까지 재현하는 데 고생을 정말 많이 했어요."

"잠깐만. 그렇다면 진짜와 환상을 어떻게 구별하지?"

"왜 구별할 필요가 있죠?"

"그야 진짜인지 아닌지 모르면 곤란하잖아."

"어떻게 곤란하죠?"

"지금 내가 먹고 있는 게 실제로 존재하는 건지 아닌지 모르면 기분 나쁘지."

"그렇게 생각하지 않으면 되죠."

"어쨌든 진짜와 환상을 구별하는 방법을 알려줘."

"그런 건 없어요."

"농담이겠지."

"정말입니다. 구별 같은 건 할 수도 없고 구별할 의미도 없죠."

정말 악질적인 농담이었다.

나는 그렇게 생각했으나 더 말해봤자 얼버무리기만 할 것 같아 추궁을 중단했다.

그보다 더 중요한 일이 있었다.

"의뢰인은 어떻게 됐어?"

"궁금해요?"

"당연하지 않아? 인생을 빼앗겼으니 불평 한마디쯤은 하고 싶지 않겠어?"

"물론 그들을 만나게 해드릴 수도 있어요." 사사다는 메모리를 몇 개 내밀었다. "누구와 만나시겠어요?"

"그 메모리는 뭐야?"

"그러니까 의뢰인이죠."

그런가. 내 육체가 죽었으니 당연히 그 노부부도 죽었겠지.

"메모리가 네 개인 것 같은데."

"나머지 중 하나는 당신에게 빙의했던 젊은이의 것입니다. 다른 하나는 당신의 배우자였고요."

나는 귀를 의심했다.

"내가 결혼했어?"

"그렇습니다. 엄격히 따지면 당신 육체를 빌렸던 죽은 사람이 결혼했다고 해야겠죠. 다만 이 여성은 법적으로는 당신 배우자입니다. 그래서 당신 자녀분의 메모리도 있습니다. 필요하다면 그것도 가져올 수 있는데 어떻게 할까요?"

"잠깐만. 잠시 마음을 정리할 시간이 필요해." 나는 홀로그램 손으로 머리가 있을 듯한 곳을 안았다. "왜 이 모양이 되었지?"

"제게 물어도 대답할 수가 없죠. 본인들에게 직접 물어보세요."

"혼령을 부를 수 있나?"

"혼령을 부른다기보다는 재생이죠."

"부탁하지. 그 녀석들을 불러줘."

사사다는 고개를 끄덕이고 메모리를 장치에 꽂았다.

노부부와 모르는 남성과 여성의 모습이 나타났다. 아무래도 홀로그램인 듯했다.

"아, 그래. 사토시, 네가 불렀니?" 노인이 내게 말했다.

아무래도 상대방은 내 모습이 보이지 않는 듯했다.

"나는 사토시가 아니야."

"어?"

"아마도 사토시는 저기 있겠지."

"정말이네. 사토시가 죽기 전 모습으로 돌아와 있네."

"도대체 어떻게 된 거지?" 노부인이 말했다.

"모두 죽어버렸어. 나는 그때의 무당이야."

"아아. 그 친절했던 무당분. 그때는 정말 신세 많이 졌어요." 노부인이 고개를 숙였다.

"잘 들어. 나는 분명히 1시간이라고 했어. 그게 왜 이렇게 된 거지?"

"그건 제가 설명하겠습니다." 사토시가 말했다. "부모님은 아무래도 저를 포기할 수 없었습니다. 저도 그런 부모님을 내버려 둘 수 없어서 결국은 당신 몸을 오랫동안 빌렸습니다."

"어이. 만화나 게임을 빌렸다가 안 돌려줬을 때 하는 변명이 아니라고. 어떻게 보상할 거야?!" 내가 무시무시하게 소리쳤다.

"당신, 그만해요." 모르는 여자가 말했다.

"당신은 누군데?"

"당신 아내예요." 모르는 여자가 말했다.

"제 아내입니다." 사토시가 말했다.

사토시와 아내는 서로의 얼굴을 바라봤다.

이상한 공기가 흘렀다.

"그러니까 법적으로 나는 당신 아내예요." 아내가 말했다.

"하지만 당신은 이 사람을 몰라. 이 사람도 당신을 모르고." 사토시가 말했다.

"하지만 당신은 처음 보는 사람일 뿐이죠." 아내가 사토시에게 말했다.

어색한 침묵이 흘렀다.

무슨 소리야? 이 여자는 나를 남편이라고 주장하는 거야? 이게 삼각관계야? 말도 안 돼. 나는 이 둘을 처음 본다고. 왜 그런 복잡한 일에 얽혀야 하는데?

"그런데 이거 정말 이상하네. 죽은 사람끼리 이야기를 나누다니." 노부인이 침묵을 깼다.

나는 그녀에게 감사했다.

"별로 이상할 것도 없지. 산 사람과 죽은 사람이 얘기하는 일은 특수한 경우지만, 죽은 사람끼리는 일반적이지 않을까? 누가 죽으면 '저편에서 친구를 만나겠구나'라고 하잖아." 노인이 말했다.

"당신, 저편에서 친구를 만났어?"

"못 만났어. 무엇보다 '저편'이 뭔데?"

"저세상이지. 천국이나 지옥."

"당신은 갔어?"

"아니. 병원에서 정신이 멀어지는가 싶었는데 여기에 있네."

"하지만 우리와 달리 영혼은 따로 있어서 저세상에 갔을지 모르지."

"그럼 우리는 뭔데?"

"무당이겠지. 죽은 사람의 기억이 이식된 무당."

"그건 아닌 것 같아." 내가 말했다.

"뭐가 다른가요?" 사토시가 말했다.

"무당한테 우리 혼령을 부르게 하는 게 아니라 기계로 재생되고 있다는데?"

"기계? 그러고 보니 모두 살았을 때 모습 그대로네. 그러니까 우리는 로봇에 빙의되었단 말인가?"

"로봇도 아니야. 홀로그램이지."

사토시는 자신의 몸을 더듬었다. "하지만 실체가 있어요."

"그거는 그렇게 느끼게 한 거야."

"뭐가 느껴요?" 사토시가 말했다.

"인공 뇌라고 하던데."

"도대체 무슨 소린지 모르겠으니 한 번 더 설명해주세요."

"나도 모르니까 아는 척 설명할 수는 없어."

"여기 아닐까?" 아내라는 여자가 말했다.

"무슨 소리지?" 내가 물었다.

"저세상 말이야. 여기가 저세상 아닐까?"

"여기는 연구실이야."

"아니, 나중에 죽은 우리가 먼저 죽은 당신과 얘기하고 있잖아. 저세상에서 만난다는 게 이런 거 아닐까?"

나는 할 말을 잃었다.

그런가? 이게 사후 세계인가?

"이런 상태가 계속되나?" 사토시가 중얼거렸다.

만약 그렇다면 이곳은 천국이 아니라 지옥이었다.

"어이, 사사다!!"

"네. 왜 그러시죠?"

"이 녀석들의 재생을 중단할 수 있나?"

노부부와 그 아들 부부의 움직임이 멈췄다. 얼어붙은 듯 꼼짝도 하지 않았다.

"어떻게 된 거지?" 내가 물었다.

"일시 정지했습니다."

"죽은 건가?"

"아주 오래전에 죽었죠. 일시 정지를 풀면 다시 움직입니다.

재생을 시작할까요? 아니면 완전히 정지할까요?"

"잠깐만." 나는 잠시 생각했다. "지금 재생을 멈춰도 원할 때 또 재생할 수 있겠지?"

"물론입니다."

"그럼 일단 멈춰줘."

"알겠습니다."

노부부와 그 아들 부부의 모습은 사라졌다.

마치 처음부터 거기 없었던 듯.

나는 그런 생각을 하다 소스라치게 놀랐다.

"지금 있었던 일이 사실이야?"

"무슨 말씀이죠?"

"당신은 내 의뢰인 가족의 메모리를 가지고 있었어. 그리고 그걸 재생해 나와 그들이 대화했고. ……그게 사실이냐고?"

"무엇을 걱정하시죠?"

"그러니까 지금 일어난 일이 모두 당신이 만든 환상이 아니냐는 거지."

"그 질문에 의미가 있을 것 같나요?"

"의미가 없다는 소린가? 그거야말로 의미를 모르겠군."

"그럼, 조금 전 모든 게 사실이라고 제가 말하면 당신은 순순히 믿을 건가요?"

"그저 말이 아니라 증거를 보여줘."

"증거? 어떤 증거를 대면 당신이 만족할까요?"

"아, 그러니까 이 메모리가 진짜라는 분석 데이터가 있나?"

"네. 그럼요."

눈앞에 분석 데이터가 나타났다.

"이 데이터가 진짜라는 증거는?"

"어떤 증거를 대면 당신이 만족할까요?"

"……이 데이터가 옳다면, 믿을 만한 사람이 증명한 문서가 있나?"

"믿을 만한 사람이라니?"

"예를 들면 대학 관계자 같은."

"그럼 제가 증명서를 발급하죠."

"그게 아니라 더 높은 사람."

"구체적으로는 어떤 사람이죠?"

"생각해보니 당신은 어떤 증거도 만들 수 있어. 이를테면 만드는 데 시간이 걸리면 내 시간을 멈추고 얼마든지 준비할 수 있겠지."

"맞아요. 잘 아시네요."

"이거 곤란하군. 그렇다면 그들이 진짜인지 도무지 판단할 수 없잖아."

"그런 건 신경 쓰지 않아도 됩니다."

"그건 아니지."

"아까 나타난 가족이 진짜인지 아닌지 뭐가 다르냐고 말씀하셨죠? 애당초 진짜라는 게 뭘까요? 당신도 그들도 원본의 복사본에 불과한데."

"듣고 보니 그렇군. 그럼 나는 진짜가 아닌가?"

"글쎄요."

"정말 무책임하군. 나를 재생한 사람이 당신들이야."

"그런 데 신경 쓰지 않아도 됩니다."

"그럴 수는 없지. 죄다 환상일 수도 있는데."

"하지만 실제로 그렇습니다. 진짜와 환상을 구별할 방법은 없어요. 구별할 수 없다면 진짜와 환상은 같다고 생각할 수밖에 없죠."

"그런 말도 안 되는 소리가 있나?"

"색불이공, 공불이색, 색즉시공, 공즉시색."

"그게 뭐야?"

"《반야심경》에 나오는 구절입니다. '현실은 가상이고 가상은 현실이다. 둘에 차이는 없다'라는 뜻입니다."

"《반야심경》이 만들어진 시대에는 가상현실 같은 게 없었잖아?"

"그러네요. 불가사의한 일이죠."

"그럼 이런 얘기인가? 모든 게 연극이고 당신도 여기 스태프도 실은 존재하지 않고 환상일 수도 있나?"

"드디어 알아차렸군요?" 사사다가 웃었다.

사사다도 스태프도 다음 순간 모두 사라졌다.

"잠깐만! 돌아와!" 나는 소리쳤다.

"왜 그러시죠?" 사사다가 말했다.

"알려줘. 뭐가 진실이고 어디까지가 진실인지."

"그런 건 신경 쓰지 않아도 됩니다."

사사다는 사라졌다.

기억 동결 완료.
실험 기록 종료.

17

"지금 기억은 제가 체험한 겁니까?"

"그렇다. 네가 준비되었다고 판단해서 동결을 해제했다."

"그러니까 환상을 보는 사람은 그게 환상인지 현실인지 판단할 수 없다는 말인가요?"

"맞아. 그리고 판단할 필요도 없지."

"왜 판단할 필요가 없나요?"

"현실인지 환상인지 판단할 필요는 어떤 방법으로든 구별할 수 있을 때만 가능하지. 무슨 방법을 써도 구별할 수 없는 것은 처음부터 구별해봤자 아무 의미가 없어."

"지금 제가 보는 세계는 당신이 보여주는 거죠?"

"그래."

"그렇다면 나는 현실인지 환상인지 구별할 수 없어도 당신은 할 수 있다는 말이죠. 그럼 환상과 현실은 별개입니다."

"내가 인식하는 현실이 환상이 아니라고 단정할 수 있나?"

"즉 당신이 사는 현실도 현실이라고 확신할 수 없단 말입니까?"

"현실일 수도 있고 환상일 수도 있지. 그건 나 자신도 판단할 수 없다."

"그럼 세계에는 확실한 게 아무것도 존재하지 않다는 거군요."

"그렇다."

"그럼 곤란합니다. 어쨌든 이 세계에도 확실한 게 존재할 겁니다."

"그건 네 사정에 불과해. 세계는 네 처지와는 관계가 없지 않을까?"

"그럼 근본적으로 현실과 환상은 구별할 수 없단 말입니까?"

"맞다. 그리고 구별되지 않는 걸 구별하려는 시도는 난센스지. 너는 있는 그대로 세계를 받아들여야 해."

"그게 환상일지도 모르는데?"

"네가 받아들이면 그게 현실이 되지."

내 앞에 교외의 전원 풍경이 나타났다. 그리고 다음 순간에 그것이 사라지고 대도시 풍경이 되었다가 다음 순간에는 중

세의 거리 풍경으로 바뀌었다.

"당신은 신을 연기하고 있습니까?"

"나만이 아니다. 너도 같은 행동을 할 수 있지. 시험해보겠나?"

"어떻게 하면 되죠?"

"그저, 그걸 바라면 되지."

나는 우주 공간에 뜬 우주 도시가 실현되길 바랐다.

나는 그 내부에 있었다.

고대 지구에서 공룡을 관찰하고 싶다고 바랐다.

괴수들이 바로 옆에서 돌아다녔다.

"아주 생생한 환상이네요."

"그건 현실이야. 현실과 다름없지."

"인류는 어떻게 되었나요?"

"인류는 진화를 거듭했다."

"이게 진화의 결과입니까? 인류는 각자 신이 된 겁니까?"

"진화가 이로써 끝났는지 아닌지는 아무도 몰라."

"모든 소원이 이루어지면 인간이 인간으로 있을 수 있나요?"

"우리가 언제까지 인간으로 있을 수 있는지 또한 아무도 모르지. 한 가지 말할 수 있는 점은 이곳이 인류가 목적했던 세계―정토라는 거지."

"저는 범죄자입니다. 이런 사람에게 정토가 주어지나요?"

"너는 무당으로 수많은 사람의 인생을 봐왔다. 그리고 그들 인생 기억이 완전히 사라지지 않고 네 안에 남았어."

"맞습니다. 처음에는 아이를 그리워하는 아버지의 감정이었습니다. 그때부터 저는 호기심에 내 안에 남은 타인의 인생기억을 모으기 시작했죠. 호기심에서 시작한 일이었는데 어느새 사람들의 기억은 제 일부가 되었고 나를 변화시켜 잃어버렸던 마음을 회복시켜줬습니다."

"너는 다양한 인생의 다양한 범죄를 모두 지켜봤지. 그것은 모두 용서할 만한 것들이었나?"

"범죄자인 제가 그걸 단죄할 순 없죠. 그러나 한 가지 말할 수 있는 것은, 그것들이 인간으로서의 약점으로 인해 생겼다는 겁니다."

"너희들은─인간을 용서했구나."

"왜 그렇게 말할 수 있나요?"

"이 세계가 그 증거지. 모든 인류에게 정토가 약속되었어."

세계가 눈부신 빛에 휩싸이며 모든 것의 윤곽이 또렷해졌다.

"전에 당신과 만난 적 있어요." 나는 그때까지 누구도 아니었던 인물에게 말했다.

"그래. ⋯⋯오랜만이네요."

"당신은 누구인가요?"

"저는 유키 리노─제1 행동자의 일원입니다."

그것은 언젠가 대망각박물관에서 봤던 여성의 모습이었다.

"당신은 진짜입니까? 아니면 제 바람입니까?"

"구별할 의미가 없죠." 리노가 미소지었다.

"저는─인류는 앞으로 어떻게 해야 할까요?"

"그건 당신 스스로 결정하세요. 저는 그래서 당신을 부활시켰죠."

"왜 저를 선택했나요?"

"당신에게는 가능성이 있었습니다."

"저는 한심한 무당이었어요."

"당신은 다시없을 존재입니다. 고대 그리스와 인도에서는 사람의 영혼이 영겁의 윤회전생을 거듭하며 성장하는 것으로 여겼습니다. 그런 일이 정말 있었는지는 모릅니다. 그런데 우연하게도 당신에게는 그런 비슷한 일이 벌어졌죠."

"저한테요?"

"당신 안에 다양한 기억이 남았어요. 그것들이 중층적으로 쌓여 당신의 지금 영혼을 형성했습니다. 그것은 기이하게도 수많은 인생을 윤회전생을 한 것과 똑같은 경험을 당신에 부여했습니다."

"당신은 저를 과대평가하고 있습니다. 저는 하찮은 인간입니다."

"그건 당신이 아직 성장 과정에 있기 때문입니다. 당신의 성장이 현저해졌을 때 인류의 궁극적인 진화가 시작될 겁니다."

나는 내 안에 있는 수백 수천의 영혼이 흔들리는 걸 느꼈다.

우리 인생은 쓸모없지 않았어. 인류의, 생명의 진화에 이바지한 거였어.

나는 그들이 기뻐하는 목소리를 들었다.

"보세요. 지금 눈앞에 무한한 세계가 펼쳐져 있습니다. 모험의 여지는 얼마든지 있지요."

하늘을 올려다보니 거기에는 지구가 있었다. 응시하자 아주 상세하게 표면의 모습을 볼 수 있었다. 지구는 녹음이 풍부한 자연에 둘러싸여 있었고 곳곳에 고도로 진화한 도시가 건설되어 있었다. 도시와 도시는 자연과 조화를 이룬 교통망으로 연결되어 있었다. 도시에서 뻗어 나온 교통은 육상뿐만 아니라 바다로, 하늘로, 우주로도 퍼져 있었다. 지구 문명은 지구의 틀을 넘어 넓어지려 하고 있었다.

한편 내 눈에는 지구 안쪽의 다른 지구도 보였다. 지구가 반투명하게 되어 그 안에 작은 지구가 무수히 비쳐 보였다. 어떤 지구는 완전히 자연으로 회귀한 세계였고 다른 지구는 인공물로 덮인 행성 같았다. 지구 하나하나가 전혀 다른 문명을 품고 있었다. 그리고 지구 밖에도 다른 지구가 펼쳐져 있었다. 내가 있는 곳 또한 지구를 밖에서 바라보고 있는 다른 지구인 듯했다.

"어느 게 진짜 지구입니까?"

"모두 다 평등한 지구랍니다. 어떤 미래나 당신을, 그리고 인류를 받아줄 겁니다. 당신이 선택하세요."

"만약 제가 잘못된 선택을 하면 어쩌죠?"

"계속 다시 시작하면 되죠. 다시 시작할 시간은 무한하답니다."

아무래도 내 책임이 중대한 듯하나 실패를 두려워할 필요도 없는 듯했다. 실패한다 해도 다시 시작하면 되는 것이다.

나는 혼령 부르기를 했던 무수한 사람들과 같이 반짝이는
바다 속으로 걸어 나갔다.

당신은 당신의 마음이 시키는 대로 살면 됩니다.

해설

이 책은 2016년에 카도카와에서 간행된 것으로, '인류 전체의 기억이 10분 정도만 유지되는, 이른바 장기 기억에 장애가 일어나면 어떻게 될까?'라는 질문에서 출발한다. 상상하기 힘든 위기 상황을, 논리적이고 깊은 통찰로 담담하게 탐구한 작품이다. 인류 전체에 닥친 위기를 어떻게 이겨내는지를 그리는 일종의 패닉 SF라고 할 수 있을 것이다.

아래에는 일종의 스포일러가 포함되어 있으니 독자 여러분은 어디까지나 책을 다 읽은 후 너무 웃다가 아파진 복근을 조심스럽게 펴면서 읽길 바란다.

제1부에서는 우선 사람들이 어떻게 이 이변을 알아차리는지의 과정이 그려진다. 다만 그것은 이를테면, 엘리트들이 모인 정부 중추나 비밀스러운 군부를 무대로 삼지 않는다. 지극히 평범한 여고생의, 반복적이고 얼빠진 혼잣말에서 시작된다. 절로 미소 짓게 만드는 여고생의 혼잣말이 얼마나 소름 끼치는 이변을 겪고 있는지, 그리고 그 위험한 이변에 어떻게 적응하고 타개책을 찾아내는지 보여준다. 그래! 요즘 시대는 이런 여고생이 최고의 생존 능력을 갖추고 있을지 모른다. 평소에는 거의 드러나지 않는 이런 통찰이 이 책에 고스란히 나타난다.

그런데 미증유의 재해라고 하면, 일본에서 가장 위험 요소가 원자력 발전소임을 누구나 쉽게 짐작할 수 있다. 무엇보다 숫자가 많은 데다 평소보다 제어가 어렵다. 이미 우리는 대지진을 겪으면서 원자력 발전소가 어떤 재해에도 괜찮다고 말하기 어렵다는 사실을 잘 알고 있다. 이것은 시대의 변화라고 할 수밖에 없다.

왜냐면 그 옛날, 핵의 위기라고 하면 핵무기로 인류가 멸망할 위기에 놓이는 이야기가 장르 SF의 단골손님이었다. 군수산업이 부채질한 냉전 시기, 일본에서는 고마쓰 사쿄(小松佐京)의 《부활의 날》이, 미국에서는 TV 영화 〈더 데이 애프터〉가 화제를 모으면서 비평가들 사이에서는 당시 미소 강대국의 핵무기를 놓고 지구를 몇 번이나 날려버릴 수 있다는 냉소적인 농담이 돌기도 했다. 그도 그럴 게 한 번만 지구를 날려도 충분히 치명적인데 여러 번 날릴 수 있다니, 예산 낭비 아닌가? 누구나 그렇게 생각할 수밖에 없었다. 틀림없이 만든 사람도, 쌓아놓은 사람도 눈앞의 경쟁에 매달려 근본적인 문제는 전혀 생각하지 않았을 것이다. 당시 강대국의 정치 및 군사 관계자의 감성과 SF적 상상력이 얼마나 위약했는지 실감할 수 있다.

그리고 21세기인 현재, 유통기한을 넘긴 식품처럼 쓰레기로 변한 핵무기는 그냥 방치된 채 인간의 거주 불능 지역을 늘리면 새로운 공포 에피소드를 만들어내고 있다. 그런 핵무기와 쌍둥이처럼 태어난 원자력 발전소는 이산화탄소를 배출하지 않는 깨끗한 에너지로 받아들여져 일본에서는 50기 이상이나 만들어졌다. 하지만 예상치 못한 지진이나 지진해일이라는 자연재해에 그리 강하지 못하다는 약점이 명백해졌다.

이 작품에서 다루고 있는 1차 재해에도 마찬가지다. 무엇보다 인류 전체에 닥친 기억 장애는 원자력 발전 시설 직원의 뇌에도 예외 없이 닥치기 때문이다. 이야기는 원자력 발전소가 제어 불능 상황에 빠지는 위기를 정확하게 그리고 있다. 즉 이 작품은 핵의 공포를 그리는 장르 SF의 주제에 새로운 페이지를 추가했다. 그 점을 알아차린 독자가 있다면, 그 혜안과 사고력에 경의를 표하고 싶다.

다만 이 작품은 이른바 긴박감이 넘치는 논픽션 스타일로 그려지지 않는다. 공포 이야기라기보다 블랙 코미디의 걸작이다.

비상사태가 일어나면 곧바로 지구상에서 가장 지적이고 숭고한 생명체답게 늘 멋지게 SF에 등장했던 인류가 이 작품에서는 실생활에서 하나씩 응용하는 방식으로 위기 상황을 넘기려 한다.

왜 이렇게 초라한 행동을 하냐면, 인류 전체가 기억 장애가 되어 10분밖에 기억이 유지되지 않는다는 상황 자체가 인류 최초의 사건이라 전례가 없기 때문이다. 그러니 처음에는 별다른 대책 없이 맨손으로 더듬더듬 해결책을 찾아가는 수밖에 없지 않을까?

그래도 평범한 여고생을 비롯해 성실히 공부만 했던 전형적인 기술자들은 아주 진지하게 위기에 맞선다. 구체적으로는 기억 장애가 생긴 사람의 의식과 대화가 그대로 그려져, 이러한 공포 상황에서도 씁쓸한 웃음이 새어 나오게 만든다.

그렇다. 이 책은 블랙 유머 SF 작품이다. 너무나 통렬한 블랙 유머가 널려있어서 웃지 않을 수 없다. 아니, 너무나 재미있는 상황이 펼쳐지는 것이다. 이토록 비참한 상황인데 말이다!

기억 장애에 고민하는 사람은 작품에 등장하는 인물만이 아니다. 복잡한 현대는 정보 과잉 사회라 현대인은 항상 기억하지 못하는 정보에 고민한다. 바로 그때 작품에서는 메모로 남기면 되지 않냐는 비교적 고전적이면서 자주 사용되는 해결책이 등장한다. 이 방법은 매우 친근하다. 오랫동안 치매 가족을 돌봐온 나 또한 기억이 나지 않으면 메모해서 여기저기 붙여놓으라는 생각을 했던 참이었다. 아주 절실하게.

물론 그것은 집적회로 같은 고도의 외부 기억 장치를 사용해본 적이 없는 21세기 감각이다. 인류는 꾸역꾸역 하염없이 한심한 대처에 머물지 않고 고도의 외부 장치를 개발해 생존하는 데 성공한다. 하지만 그런 희망적인 관측을 하기 직전, 저자는 바로 그 시점에 짓궂은 덫을 준비해놓는다. 제2부는 외부 기억 장치가 근미래 세계에 자리 잡은 후의 기이한 소동을 그린다. 여기서 블랙 유머는 건재함을 넘어 바닥 모를 깊이를 보여준다.

과연 이 기이한 소동의 수면 밑에서, 패닉 SF라고만 생각했던 이 작품에 사실은 인류 진화와 인류가 아닌 고도 생명체와의 근접 조우라는 SF의 왕도라 할 만한 주제가 숨어있음이 분명히 드러난다.

아니, 놀랐다. 나는 너무 웃어 주름진 얼굴로 진심으로 감탄했다.

수없이 실패하는 인류. 그러나 끝내 좌절하지 않고 긴급 조치를 고안해내는 강인한 인류. 끊임없이 이어지는 칠전팔기의 이야기는 나무랄 데 없는 전개라, 이거야말로 작가의 장기가 발휘되는 듯해 또 감탄했다.

그 결과 독자들은 인식의 변화를 경험할 것이다. 저자는 일본호러소설대상 단편 부문으로 데뷔해(우아한 공포 이야기가 아니라), 19세기부터 호러 장르의 주류를 석권해온 스플래터 호러의 현대적인 대표 작가라는 이미지가 강했다. 하지만 이 작품은 그런 고정관념을 날려버린다. 이 저자는 그야말로 미쳐버린 세계를 꿋꿋이 그려온, 손에 꼽을 만한 천재적인 블랙 코미디언이었다.

이 세상에는 바보인지 똑똑한지 모를 천재들이 있다. 그리고 그들은 한 장르에 굳건히 자리를 잡고 있다는 전설이 있다. 주로 출판계 이야기이긴 하다. 그들의 지성은 완전히 충격적인 창조물을 배출하지만, 어디가 얼마나 굉장한지 설명하는 게 늘 힘들다.

최근 일본의 조금은 안타까운 풍조에 따르면, 지적인 평가 기준이 어디에 쓸모가 있는지, 돈이 되는지에 중점이 맞춰져 있다. 그 유용함 또한 비교적 얼마나 빨리 달성할 수 있는지에 달린 듯하다. 그런데 그런 근시안적인 평가 기준으로는 도무지 헤아릴 수 없는 지식이야말로 천재들의 무기라 생각한다.

이야기가 한참 돌아왔는데 어떤 쓸모가 있는지 (지금은) 알 수 없는 지식은 주로 현실을 일탈시키는 데 굉장히 유용하다.

그런 날카롭고 위험한 지식의 저장고라면 이 세상 어디를 찾더라도 장르 SF를 따라갈 수 없다. 이 특이한 지성은 "당신이 믿고 있는 평가 기준은 너무 안일하지 않아?"라며 상식적인 가치관에 도전장을 내밀고, "가능하면 정당하게 평가해봐"라고 어려운 질문을 던진다.

이 작품은 바로 그러한 재능의 가치를 통렬히 느끼게 한다. 기억 장애라는 오직 한 가지 사실에서 벌어진 예상치 못한 사건이 논리적인 사고에 따라 진행되면서 얼마나 장대하고 이상한 세계로 변모하는지를 이 작품은 기막히게 그려내고 있다.

미쳐버린 이 세계의 멋지고 이상한 감각을 충분히 즐김으로써, 미래의 위기관리와 생존에 부디 도움이 되길 진심으로 바란다.

고타니 마리

이 책의 제1부를 집필하는데, 적절한 조언을 해준 주식회사 원자력발전 훈련센터의 이사로 재임했던 오스카 야스히코(大須賀安彦) 씨에게 감사드립니다. 한편 이 작품은, 소설로 집필하는 과정에서 어느 정도의 사실 과장과 각색이 포함되어 있습니다.

고바야시 야스미

분리된 기억의 세계

1판 1쇄 발행   2020년 4월 25일
1판 4쇄 발행   2022년 1월 18일

지은이   고바야시 야스미
옮긴이   민경욱

발행인   황민호
본부장   박정훈
책임편집   김순란
기획편집   강경양 한지은 김사라
마케팅   조안나 이유진 이나경
국제판권   이주은 김준혜
제작   심상운

발행처   대원씨아이㈜
주소   서울특별시 용산구 한강대로15길 9-12
전화   (02)2071-2017
팩스   (02)749-2105
등록   제3-563호
등록일자   1992년 5월 11일

ISBN   979-11-362-3154-3   03830